Fabriquer une femme

DE LA MÊME AUTRICE

aux éditions P.O.L

TRUISMES, 1996

NAISSANCE DES FANTÔMES, 1998

LE MAL DE MER, 1999

BREF SÉJOUR CHEZ LES VIVANTS, 2001

LE BÉBÉ, 2002 (réédition #formatpoche 2021)

WHITE, 2003

LE PAYS, 2005

ZOO, 2006

TOM EST MORT, 2007

PRÉCISIONS SUR LES VAGUES, 2008

TRISTES PONTIQUES d'Ovide, *traduction*, 2008

LE MUSÉE DE LA MER, *théâtre*, 2009

RAPPORT DE POLICE, *essai*, 2010

CLÈVES, 2011

IL FAUT BEAUCOUP AIMER LES HOMMES, 2013, prix Médicis, prix des prix

ÊTRE ICI EST UNE SPLENDEUR, 2016

NOTRE VIE DANS LES FORÊTS, 2017

LA MER À L'ENVERS, 2019

PAS DORMIR, 2021

Marie Darrieussecq

Fabriquer une femme

Roman

P.O.L
33, rue Saint-André-des-Arts, Paris 6e

ISBN : 978-2-8180-5991-3
www.pol-editeur.com

I

D’après Rose

Elle tape le nom dans la barre de recherche, et trouve des ragots, des photos. Solange tient la main d'un beau gosse, ciel bleu, palmiers, lui n'est pas une star apparemment, même pas son nom sous la photo, biceps serrés dans son tee-shirt. Solange boit à la paille dans un énorme gobelet. Son regard droit sur l'objectif glisse par-dessus ses lunettes noires. Ils sortent de chez elle apparemment, le portail est ouvert sur le bleu royal d'une piscine. Sa cuisse encore juvénile s'arrondit sous le short savamment élimé et sa chemisette nouée sur le nombril dévoile un ventre doré, musclé, sous les seins tendus, sûrement refaits. Solange a cet air d'ennui et de pleine forme, de volaille élevée en liberté, heureuse d'être paparazzée pendant sa digestion.

C'est un site français. Les Américains, Rose l'a remarqué en circulant sur les réseaux, ne font pas de Solange une priorité. Pourtant, du vilain petit canard du village à cette poule hollywoodienne, la métamorphose laisse toujours Rose médusée.

*

C'est terrible, cette gamine, quel gâchis, quel gâchis. Maman ne s'en remet pas. Elle s'en rend malade, et il faudrait que tout le monde se rende malade aussi.

Solange va avoir un bébé !

Rose se sent comme paralysée. Tout ce qui lui vient en tête, c'est un souvenir : elles deux, meilleures amies déjà, jouant à se mettre des coussins sous le pull. Elles se pavanaient en petites filles enceintes, et Solange savait que ça sortait par *là* parce qu'elle avait vu la chienne du voisin mettre bas.

Ça doit faire très mal.

Et le père, alors, le père de ce bébé : c'est qui ?

Rose a décidé avec qui elle aura, un jour, des enfants : avec Christian, son amoureux depuis l'école primaire. Elle a déjà les prénoms : Emma et Gabriel.

Mais quinze ans bien sûr c'est beaucoup trop tôt. Solange a fait n'importe quoi, ses parents sont à l'Ouest, et puis côté fréquentations, il faut voir. La pauvre ne mérite pourtant pas ce qui lui arrive.

Christian est beau et intelligent, avec quelque chose de Matt Dillon dans le bas du visage. Et il écoute David Bowie. Le père de Rose le traite de *Basque pouilleux* mais c'est pour énerver le monde. Christian est différent, il est poète. Quand elle l'épousera elle s'appellera Rose Goyenetche. Prendre le nom de son mari, on peut voir ça comme une preuve d'amour. Sauf que les garçons ne le font pas. Et dans le cas de Solange : le bébé portera sans doute son nom ? Qui est en fait le nom de son père. Absurde.

C'est quoi l'amour ? Ça se sent où ? Dans le cœur ? Dans le ventre ? Dans la tête ? Est-ce qu'on peut *vraiment* mourir d'amour ? Est-ce que c'est normal qu'elle ne ressente pas l'amour comme un morceau d'elle-même, l'amour qu'elle a pourtant pour Christian ?

Elle lui a dit, pour la grossesse de Solange. Il était horrifié. Elle lui a raconté le shopping entre filles et Solange dans sa cabine et maman qui a ouvert le rideau et c'est là que tout est parti en vrille. Elle n'avait jamais vu Solange aussi *mal* et sa mère pareil, quelle angoisse. Et maxi hors délai pour avorter. Elle, elle s'applique à tout bien faire, mais c'est comme si Solange était toujours plus intéressante, Solange qui est devenue comme la mission de maman.

C'est papa qui a eu l'idée de lui offrir une poussette. Maman a acheté le modèle canon et ils ont chargé Rose de faire signer la carte à tous leurs camarades. Au début ça l'a saoulée mais à mesure qu'elle réussissait à choper de plus en plus de signatures, elle les a voulues toutes, tout le monde dans sa classe et même dans la classe de Christian, la collection complète.

*

Rose sait, au son de la voix de Christian, à quel point il l'aime ou pas.

– Mais je t'aime toujours pareil, proteste-t-il.
– Je ne crois pas que ce soit possible, dit Rose, il y a forcément des hauts et des bas dans un amour.
– Quand tu m'as quitté au collège, j'étais comme ton ombre, j'étais comme la moitié de chez Platon, tout perdu.
– J'ai cassé avec toi parce que tu draguais Nathalie.
– Pas du tout, c'est elle qui me draguait.

– Tu as raconté aux Boursenave et à Bidegarraï qu'elle était pucelle et que c'est l'unique raison qu'elle a pas voulu coucher avec toi.
– J'ai raconté ça, moi ?

Ils sont debout dans le hall du lycée, toujours au même endroit, que les autres appellent « leur terrier ».

– Si tu m'aimais comme moi je t'aime, tu entendrais ma voix dans ta tête.
– Tu ne m'entends pas vraiment.
– Je t'entends en vrai. Je suis télépathe en amour. Sauf si tu ne m'aimes pas assez fort.

Parler de leur amour est comme le point le plus élevé de leur amour. Christian n'est pas comme tous ces pauvres types, Bidegarraï par exemple, qui ne pensent que par leur bite. (Avec Solange, elles ne parlent pas de leur amitié, parce que Solange n'est pas assez *méta*.)

Bien sûr, Christian voudrait. Elle aussi, quand elle sera prête. Christian comprend, complètement. Pour lui aussi ce sera la première fois. Il a peur de lui faire mal. Elle et lui adorent en parler.

*

« Tu vas aller porter cette boîte de chocolats chez Solange. » Des chocolats de la meilleure pâtisserie, celle de B. Sud. Au dernier moment, maman ajoute une petite céramique qu'elle vient de terminer, une sorte d'oiseau aux ailes mi-ouvertes, qu'elle emballe dans du papier de soie. « Il faut prendre soin des gens qu'on aime. »

Rose tient la boîte et l'oiseau comme deux grenades amorcées.

Il y a un rideau, c'est nouveau, que Solange soulève avec l'air d'une condamnée à mort, ça promet.

Sa meilleure amie est seule, allongée dans le vieux canapé débordant de couvertures. Ça sent la clope et le linge mal séché. Sa mère est à la boutique, c'est un soulagement. Où s'asseoir ? On dirait que son ventre, sur lequel il est difficile de ne pas poser les yeux, va faire sauter sa tête hors du cou, *poc*. Rose essaie de ne pas penser qu'il y a réellement un bébé là-dedans, un vrai être humain avec une tête deux bras et deux jambes. C'est incompréhensible, de toute façon.

– Tiens, de la part de ma mère.

La gentillesse est une valeur dont Rose n'est pas très sûre. Par exemple Christian est le garçon le plus gentil qu'elle connaisse, mais les autres ont tendance à se moquer de lui.

Solange déballe l'oiseau et lui caresse les ailes.

– Ma mère dit que si tu as besoin on est là.

Solange émet un bruit par le nez.

– Je peux te rattraper les cours si tu veux.

Solange regarde par la fenêtre.

– On devait aller à Madrid en train, mais finalement c'est trop cher alors on ira en car. Comme profs y aura Maïder, tu sais, celle qui fait le club théâtre, et l'autre prof d'espagnol et la prof d'histoire-géo et la prof d'arts plastiques, et même Viviane, alors que prof de gym ça n'a rien à voir, non ?

C'est incroyable mais tout dans l'attitude de Solange semble indiquer que la personne embarrassante ici, c'est Rose. La voilà qui allume une cigarette et souffle la fumée avec son air théâtral.

– Mes parents ont la pétoche parce qu'ils disent que personne va nous surveiller. Ça les rassure que j'y aille avec Christian. Raphaël Bidegarraï a prévenu qu'il va sauter sur tout ce qui bouge. Il a dit qu'il va se faire Concepción même si c'est une grosse catho. Enfin c'est quand même un séjour linguistique. On va loger les filles avec les filles les garçons avec les garçons mais Christian voudrait coucher avec moi et je me demandais si peut-être j'accepterais qu'il me *doigte*. Il paraît que ça fait pas mal, vu qu'évidemment c'est plus petit.

Solange semble se réveiller d'un long rêve :

– Tu en as envie ?

Solange *daigne* lui parler, on hallucine. Faites des efforts après pour distraire les gens.

*

Rose a choisi de repeindre sa chambre en blanc sans aucun bibelot sauf la statuette grecque rapportée de croisière par sa grand-mère. C'est sa mère qui a tout repeint. C'est très apaisant tout ce blanc. Pour ses quinze ans elle a eu sa propre platine CD-magnétophone, en plus du vieux mange-disque de son enfance.

Christian est là pour le goûter. Il la rejoint sur le petit lit. Elle voudrait terminer *Le Monde selon*

Garp, c'est grandiose. Même *L'Attrape-cœurs*, qui est son livre absolument préféré, passerait pour un petit chapitre de ce livre grandiose, explique-t-elle à Christian. Lui préfère Éluard et Aragon, ces vieux débris. Maman tape à la porte, avec des sablés maison et du chocolat Van Houten. Christian trouve ça amer, il préfère le Benco. Ses lèvres ont un bon goût de chocolat mais elle ne veut pas qu'il mette la langue, avec les miettes c'est crado. Des câlins d'accord mais pas de caresse *précise*. Son gel dans les cheveux lui ouvre des raies blanches sur le crâne, c'est rigolo, là où le cuir chevelu ne voit pas le soleil. Il dit que son frère l'avait déjà fait à son âge. Maman dit toujours que c'est ceux qui en parlent le plus qui le font le moins. Les seins d'accord mais les mains *sur* le tee-shirt.

Il saute soudain du lit et met une cassette, *Sarri Sarri askatu zaila dugu sortzea*, il s'est lancé dans un pogo, *les flics de Madrid pourront bouffer leur paella*, « les enfants moins de bruit ! » crie la mère de Rose.

– Je vais y aller, halète Christian.

Rose le raccompagne, rouge et transpirant. « Eh bien Christian, tu me dis pas au revoir ? » Papa est là, dans son bureau tapissé de livres, avec son affiche rouge pour Solidarność, et jaune pour les Droits des peuples indigènes du Chiapas. La femme de ménage surgit de la cuisine, Rose est toujours un peu embarrassée que Christian voie qu'ils ont une femme de ménage, surtout que c'est la mère de leur copine Delphine, qui est aussi concierge là-haut, au château. Il kicke et re-kicke sa meule pour la faire démarrer, au revoir, au revoir, *Aïïïïïïïoooo!!* crie papa qui moque son accent, c'est horripilant. « À demain, mon amour! » lui crie Rose.

Elle jette un œil vers la maison d'en face. Avec Solange dedans. Et la créature indésirable dans Solange. Nageant dans son eau noire. Il lui semble l'entendre : un clapot répétitif, comme un esprit frappeur. Une lamentation sourde. Mais ce n'est pas une lamentation, c'est de la peur. L'appel au secours d'un être piégé là et qui ne veut pas naître.

*

De temps en temps, c'est Rose qui va chez Christian. D'autant que son grand frère, avec qui il partageait sa chambre, a disparu on ne sait trop où. « Toi tu vas filer droit » : le père de Christian est de mauvaise humeur tout le temps. Il a un entrepôt de pneus près de la gare de B. Nord. Autrefois il faisait du commerce avec l'Espagne, mais pour se prendre des cailloux par ces jeunes cons d'Etarak postés sur les ponts, il ne veut plus aller de *l'autre côté*. La mère aussi gueule souvent, en plus de bosser dans la boîte du père elle se tape toute la maison, et les soins pour les bêtes, poules, canards, lapins. Mais ils ne détestent pas tous les deux l'aider au maïs, racler les épis assis au bord de la cuve. Elle raconte son enfance à Gernika, elle mélange le basque l'espagnol et le français. Quand elle est arrivée ici à Clèves elle a bien connu la grand-mère de Rose. « *Ici il n'y a pas de frontière / Car je suis d'un pays par les mots et les pierres / Quatre et trois font un.* » C'est le dernier poème de Christian, et c'est Rose, fière, qui le lit à table, il baisse le nez sur son assiette. « Pourquoi tu ne les écris pas en basque, tes poèmes, tu as honte ou quoi » dit la mère. La chatte est pleine et se frotte à leurs jambes. Il y a des napperons sur les accoudoirs des fauteuils, des tableaux en fils tendus, et un gros bidon Castrol pour le grain aux poules. Ils terminent la soupe en faisant chabrot, une lampée de vin dans le fond du bol. Après, ils trinquent, une goutte, une autre, dans des petits verres que distribue la mère. Le père, lui, a beau être basque, il ne croit qu'à Chirac et à la règle de trois. Et aux profs qui disent qu'il n'y a d'avenir qu'en informatique ou en comptabilité.

Rose contemple Christian, elle reconnaît sa lenteur de fin de repas. Elle aussi, Rose, elle aime bien boire, ses parents ne sont pas au courant que ça va de soi chez Christian. Tout devient doux. Même le père se détend. Rester là, à table, sans avoir rien besoin qu'un verre de plus... Le présent suffit, calme et rond... Elle ne pourra jamais être à la hauteur du futur que ses parents exigent d'elle.

« Faut mettre la viande dans le torchon », annonce le père, qui éteint la télé. La mère va fermer les poules. Christian ramène Rose chez elle d'un coup de meule, ils s'embrassent longtemps devant les sapinettes de chez Solange.

*

Est-ce que j'en ai envie, se demande Rose devant sa montagne de devoirs. Est-ce qu'il ne vaudrait mieux pas qu'on s'entraîne avec d'autres pour être sûrs de ne pas rater notre première fois. Dans tous les romans les garçons l'ont déjà fait avant. Ils se sont débrouillés avec une prostituée ou une *fille facile*.

« Rose ! Rooose ! »

Sa mère l'emmène à son cours de piano. C'est en voiture qu'elles se parlent le mieux, les yeux droit devant sur la route. Les règles, les risques, la reproduction. Mais comment on commence, qu'est-ce qu'on fait en premier ? Et la douleur ? Elle a déjà vu une capote déroulée, la taille ça fait peur. Elle n'ose pas lui poser ces questions-là. Ni à la gynéco, avec laquelle sa mère lui a pris rendez-vous après le piano. La même que pour Solange, de toute façon il n'y en a qu'une à B. Nord. Dans la foulée on s'arrête au laboratoire faire la prise de sang pour la pilule. Pharmacie. Rose remonte dans la voiture avec, sur les genoux, le sac blanc à croix verte de sa future vie sexuelle.

L'histoire de la bite, ça passionnait Solange, elle se souvient de leurs fous rires en Histoire devant la photo du traité de Yalta : « Tu crois qu'ils l'ont lavée avant de venir signer ? Tu crois qu'elle pue ? Tu crois qu'ils y pensent, quand ils sont assis sur leurs couilles à se partager le monde ? » Ça la faisait mourir de rire, Solange, mais pas seulement rire, c'était une interrogation scientifique, elle aurait aimé étudier ça, vraiment l'étudier comme en Histoire. Pauvre Solange. « Il faudrait que je les fasse tailler, qu'est-ce que tu en penses Rosita ? » Maman ausculte ses boucles dans le rétroviseur, elle a pris un coup de vieux depuis qu'elle a défait ses nattes à la Bo Derek.

Le Minitel, Rose a essayé de poser des questions et la seconde après, un type sorti de nulle part lui proposait de *l'enfiler*. Elle a l'air con aussi d'avoir demandé conseil à Solange, ça fait vraiment pucelle. Vu qu'elle a fait croire à tout le monde qu'elle l'avait déjà fait en

Angleterre l'été dernier. D'un autre côté elle pourrait très bien l'avoir déjà fait et que ce soit *quand même* la première fois avec Christian.

Dans sa chambre, elle ouvre le sachet de la pharmacie, le papier crisse. Les petits cachets roses s'alignent dans un emploi du temps serré : lundi, mardi, mercredi, jeudi, vendredi, samedi, dimanche, trois semaines ; puis des cachets bleus pendant la quatrième, celle des règles. Trois plaquettes dans la boîte, trois mois. Comme la vie des femmes est bien organisée. Elle repense à sa cousine Sixtine qui était venue en vacances avec un lot de sept culottes, se baladant avec « lundi » ou « mardi » au bas du ventre. Les préservatifs, eux, se présentent comme une longue guirlande détachable sans jour précis. Durex, comme les verres Duralex au fond desquels on peut lire son âge. *Dura lex sed lex.* Sa mère a choisi « résistant », « sans parfum », « hypoallergénique ».

*

Madrid, Madrid, me pongo triste
Al ver lo bien que tù te vistes
Se van a reír de ti

Raphaël Bidegarraï lui a fait du pied pendant les huit heures de route. Alors qu'elle était assise à côté de Christian. Sa Dockside d'imitation passait sous le siège, lui tapait le talon, la cheville, ce qu'il trouvait. Au début Rose a protesté, et Christian se retournait, menaçant. Obligé. Ta gueule petit pédé, lui a dit Raphaël. D'un ton affectueux, vu que Christian est infichu de se battre et que tout le monde le sait.

Un soleil rouge tournoyait sur des pins qui semblaient prendre feu dans la montagne puis ça descendait dans des virages et Rose avait très mal à la tête et il y eut des vomis que la nuit avalait et Raphaël glissait son pied le long de son mollet.

Elle avait renoncé à se plaindre pour ne pas mettre Christian encore plus en difficulté. Dormi un peu, peut-être. Par les fenêtres du car étaient soudain montés des immeubles modernes, des rues comme des canyons, Rose n'avait jamais rien vu d'aussi lumineux, d'aussi haut, d'aussi impressionnant. On aurait dit New York – pas de toreros ni de flamenco ni de castagnettes, mais sous les réverbères, dans les néons, dans les rampes de la ville inouïe, des créatures ni hommes ni femmes, nues sauf des porte-jarretelles, dévoilant, épouvante et merveille, d'énormes seins et d'énormes, euh, zizis.

Les profs poussaient des cris et couraient dans le car pour fermer les rideaux. « Oh putain » criait

Raphaël suivi par tous les Boursenave qui se collaient aux vitres, d'horreur ou de bonheur. Christian dormait, son visage pur, ses paupières closes sous lesquelles tremblaient ses yeux, sa longue veste comme deux ailes repliées. Puis c'étaient des lampions rouges, des danseurs fluo, des bières jaunes, des joints incandescents. Le car peinait dans les rues, tout Madrid était dehors, des jeunes beaucoup mieux lookés qu'eux poursuivaient une fête « qui a commencé à la mort de Franco », Maïder s'était emparée du micro comme une guide touristique dopée à la Movida.

*

Au Prado il y a *Les Ménines*, un grand tableau plein d'ombres et de têtes carrées. Raphaël Bidegarraï la prend à part et elle peut voir de près le relief de son acné. Qu'est-ce que tu fais avec ce clown. Rose bafouille un de-quoi-je-me-mêle. Ses boutons sont assortis aux trémas de son nom, mais il est beau dessous, l'aplomb du mâle lui pousse sous la peau. Il a séché le Prado pour aller au *tobaccos* de l'autre côté de l'avenue, mille pesetas la cartouche de Fortuna, imbattable. Il propose une clope à Rose sous le nez de Christian raide comme un roi encadré. Maïder a acheté une carte postale des *Ménines*, elle veut que tout le monde signe pour Solange, elle a écrit « à notre princesse de Clèves ». Ça surprend Rose, soudain, une envie de pleurer. Papa les appelait comme ça quand elles étaient petites, au pluriel, les princesses. Comme elles s'entendaient bien, toujours à traverser la route pour aller chez l'une chez l'autre.

On pousse jusqu'au Retiro pour pique-niquer. C'est très pittoresque et il y a même un Gitan. Qui propose de leur lire les lignes de la main. « Allez viens » dit Raphaël : « *¿ Quién va a follar con esta tía tan rara* ? » Qu'est-ce qu'il a dit ? demande Christian. Raphaël a ses uniques bonnes notes en LV2 parce que sa mère est espagnole, comme celle de Concepción. Le Gitan ou supposé Gitan, déguisé comme un conquistador, a attrapé la main de Rose. Mais au lieu de se pencher dessus, il la regarde dans les yeux. C'est gênant. Les profs interviennent de loin et mollement, allongées dans l'herbe. « Qu'est-ce qu'il a dit ? » insiste Christian. Le Gitan est très petit, plus petit que Rose, il la regarde menton levé. Leurs mains chauffent. Rose tire pour se dégager. « Hé lâche-la, dit Bidegarraï, *dejala cabrón, ¿ qué haces ?* » La main de Rose est devenue comme une braise dans la main du Gitan, mais ça ne lui fait pas mal, elle a juste la sensation étrange de le brûler lui – il crache des mots comme un extincteur. Dans quoi Raphaël les a fourrés, et Maïder et Viviane qui restent sous leur arbre avec les autres profs terrassées. Raphaël file un paquet de Fortuna à l'autochtone qui s'éloigne : « *! Bruja!* » Le soleil frappe comme un sortilège. Silence sous le midi torride. Christian s'assoit contre un arbre, l'air malheureux. Dans l'herbe jaune, la carte postale des *Ménines*.

Rose éblouie lève lentement sa main contre le ciel. L'intérieur de sa paume, à contre-jour, semble noirci, comme à la suie. « Il t'a traitée de sorcière, dit Raphaël. Embrasse-moi, vite. » Pourquoi est-il si sûr qu'elle va l'embrasser ? Elle le regarde intensément, il recule. Ça marche, c'est sûr, elle est télépathe.

*

Couvre-feu à 22 heures. Mais aucune famille madrilène n'a encore dîné si tôt. Nos héros s'égayent pour le *paseo*. La grande nouvelle c'est que Delphine et Salim sortent ensemble. Christian a acheté du Coca et du vin. Et tout à coup il devient un mec normal, mieux même : c'est le roi du kalimotxo. Il fait le mélange dans un sac en plastique et le reverse dans les bouteilles en pressant le sac comme un énorme sein, il gagne encore en popularité à mesure que l'opération se déroule, et que les autres mecs y goûtent, avec les correspondants espagnols. *Madrid, Madrid.* Rose reste tout près de lui mais il la repousse sans s'en rendre compte, il gesticule, il ressert tout le monde, dans une autre vie il a été barman. Quelqu'un a apporté une boombox, *Aquí no hay playa,* les voilà à taper le pogo. Toutes les fenêtres de la rue sont ouvertes sur une chaleur étrange, les bouteilles passent de main en main, Raphaël a piqué de la vodka, le kalimotxo ça va un momento. Les frères Boursenave sont à la jacqueline : vin blanc-limonade, « normalement, dit un des Boursenave (tout le monde les confond, ça doit être André), il faut aussi un trait de grenadine ». Allez savoir pourquoi tout le monde hurle de rire, *normalement il faut un trait de grenadine* reste une phrase culte, sacré Gorka ! (C'était Gorka.) Une pluie d'œufs s'abat soudain, putain ça colle, ils se bousculent, « *axto pitoa !* » gueule en basque Gorka vers les fenêtres madrilènes – « ça veut dire *pine d'âne* » : Christian traduit obligeamment à Laetitia et la pétasse se pâme de joie. Rose trébuche, Christian ne fait même pas mine de l'aider et Raphaël drague Concepción. Elle voudrait rentrer à la maison.

*

Le lendemain sur la Plaza Mayor, Raphaël a acheté des churros. Un tee-shirt Rip Curl rose met ses bras en valeur. Dans sa longue veste noire, Christian est plus pâle qu'un vampire nouveau-né. Raphaël suce un churros et en offre un à Rose : « Trempe-le dans le sucre au fond du sachet, c'est ça qui est bon ».

La fin d'après-midi c'est corrida en plein cagnard tout en haut des gradins, les trente jeunes Basques lancent des *¡ olé!* sans arrière-pensées, sauf Christian qui fait la gueule pour protester contre cette culture coloniale. Il boit de la San Miguel au goulot. Tout le monde fume. Raphaël assis derrière Rose lui enfonce les genoux dans le dos. Le taureau halète, des lutins pailletés dansent autour de son agonie. Rose ferme les yeux. Migraine sous le soleil banderille, mugissements sur Madrid. L'arène tourne, elle tombe dans un rêve de pierre et de poussière où il ne reste aucun oiseau. Sauf des corbeaux. Des corbeaux. Quelqu'un soutient Rose et lui donne de l'eau. La foule debout applaudit. Elle se sent soulevée dans des bras, le torero brandit des choses ensanglantées. Un perroquet vert traverse le ciel bleu roi.

Maïder a donné à Raphaël la permission d'accompagner Rose, ou c'est ce qu'il prétend. Elle le regarde, incrédule. Il lui a mouillé les cheveux, lui a massé la nuque et les tempes avec de l'eau glacée achetée à un marchand ambulant. Où est Christian ? Ils sont seuls dans les immenses toilettes carrelées des arènes, dans l'ombre fraîche. Et maintenant.

Maintenant Raphaël la pousse doucement contre un lavabo et va pour l'embrasser. Elle tourne la tête et les lèvres se posent sur sa joue, ça fait un petit choc électrique. Il sent bon, un peu trop, un de ces parfums métalliques et virils. Il l'embrasse dans le cou, Rose frissonne, elle a chaud et elle a froid. Il l'embrasse dans le creux des épaules, glisse une main sous son tee-shirt. Sa migraine a disparu, elle a juste des images de Christian, Christian, comme un fax qui lui enverrait sa photo sans arrêt, Christian en noir et blanc, l'air triste et intelligent. Pas que Bidegarraï soit con. Comparaison n'est pas raison, c'est sa mère qui dit ça. Elle voit sa mère maintenant, stop ! Il ne manquerait plus qu'elle voie Solange. Bidegarraï a l'air content, il lui a glissé l'autre main dans le jean, elle se recule légèrement, il est sensible à la nuance, quelle chance. Elle hésite. Il marque un temps d'arrêt. Elle l'embrasse. Longuement. Et ça fait comme une question de plus en plus lancinante tout le long du corps de Rose. Allez ça suffit. Ils ressortent au grand jour de l'arène, explosion de lumière. Il faudrait qu'elle s'achète des lunettes de soleil.

*

Maïder, Viviane et les autres profs les ont emmenés voir on ne sait quel monument et manger des tapas. Ce sont des profs ambitieuses et qui n'ont peur de rien, trente ados sous hormones dans les rues d'une capitale bien chaude. Christian semble avoir pris de l'avance : « T'étais où ? » comme un propriétaire. La colère ouvre à Rose un répertoire de gestes, un déhanché, des mimiques. J'étais où je veux. « Allez, dis-moi ! » Il la secouerait presque comme le gros macho qu'il n'est pas, avec ses inflexions suppliantes qu'elle déteste.

Les jumeaux Villebarouin veulent aller dans la boîte dont tout le monde parle, allez, c'est la soirée mousse. Christian boude, Christian boit. Rose demande dans un espagnol de cuisine à un barman débordé s'il y a quelque chose sans viande, comment on dit viande déjà, vianda ? « *Españolo es facilo*, se moque Maïder, *¿ Te foutas de mi bobina ?* » Maïder a un coup dans le nez elle aussi.

Dehors un ours est appuyé contre un arbre. Laetitia qui a un appareil photo veut que tout le monde pose devant. Rose a comme un vertige, il lui a semblé voir l'ours bouger, s'étirer vers les branches de bronze – *Madrid me mata*, Madrid me tue. On va à la soirée mousse, alléééé. Raphaël s'est carrément jeté aux pieds de Laetitia, prends-moi en photo, prends-moi Laetitiaaaa, il râle comme sous le coup d'un orgasme. Rose essaie de s'amuser et attrape la bière qu'on lui tend. Qu'est-ce qu'elle en penserait Solange, elle trouverait ça cool ou pas, que son amie Rose ait deux amoureux, enfin deux soupirants. *Espuma, espuma ¡ Fiesta de espuma !*

Donc on va à la soirée mousse. Au début c'est rigolo. Un grand trait blanc dans les lumières qui tournent. La mousse, la mousse ! Jaillie d'un canon, on n'a jamais vu ça. Ces Espagnols, ils savent s'amuser. *¡ Mi novio es un zombi !* On chante tous ensemble le tube d'Alaska et les profs ne boudent pas leur plaisir. Christian bégaie qu'il voudrait du rock basque. Rose dansote dans l'écume qui monte, on en a aux genoux, bientôt aux cuisses, c'est volatil, gluant, léger. Leurs pieds glissent et Rose le rattrape, mon fiancé est un zombi. La mousse vole par-dessus les têtes et l'univers devient blanc. Des habitués torse nu ont mis des lunettes de piscine. Rose a perdu Christian. Elle a du mal à respirer, elle ne reconnaît plus les chansons, maintenant elle se perd aussi dans le son. Elle se résout à faire du surplace. Ça s'arrête quand, la mousse ? Ses cheveux collent et ses yeux brûlent. Qui est là ? Elle aimerait appeler, crier, mais la musique tape comme un gros cœur de bête. Christian ? Christian ? Quelqu'un l'attrape par la taille. C'est Raphaël, qui lui enfonce la langue dans la bouche, goût de liquide vaisselle. Elle le repousse mais elle manque tomber, il la serre, ses mains glissent sur son corps, les vêtements adhèrent à la peau et elle a l'impression d'être nue, offerte, savonnette, dans le noir, dans le blanc, elle ne sait plus où elle est, si ça lui fait plaisir ou pas, « mais personne nous voit » dit Raphaël.

*

Donc ensuite c'est le matin et on fait le musée d'art moderne. Christian ne la lâche pas. Quand elle cherche du côté de Raphaël, elle voit Laetitia et Concepción. Triangles et carrés épuisants dans tous les sens. Raphaël a toujours son tee-shirt rose. Concepción qu'on appelle Concé et les mauvaises langues Coincée parle couramment espagnol et ça leur fait une énervante complicité. Et Laetitia a pour elle d'être Laetitia, belle et riche, belle d'être riche. Tout le monde a les yeux rouges à cause de la mousse et du manque de sommeil. Raphaël tourne autour d'une sculpture compliquée, Rose tourne aussi, elle aimerait être seule avec lui, elle se fait les questions et les réponses

– je ne sais plus si je suis amoureuse de Christian

– ah bé c'est à toi de voir, je vais pas t'attendre cent sept ans

– mais tu m'attends ?

– à toi de voir si je t'attends

– donne-moi un signe au moins

Pas de signe. Pas de télépathie. Et on dirait qu'il drague vraiment Laetitia. Ou Concé. On ne sait pas. Christian prend la main de Rose. Toute la classe fatiguée se traîne vers le métro. On achète des *bocadillos*.

Le temple de Debod. Tout le monde s'écroule dans l'herbe. Raphaël semble plonger tout de suite dans le sommeil, superbement seul, à l'écart, les bras de plus en plus bronzés. Que c'est un temple qui a été offert par l'Égypte. Que quand ils ont voulu l'engloutir sous un barrage ils l'ont transporté ici bloc par bloc. Rose prend des notes parce que 1) elle a toujours aimé l'Antiquité 2) il faudra rendre un exposé. Maïder fait des moulinets vers les murailles alignées et elle dit qu'elle finira d'expliquer plus tard et elle s'allonge dans l'herbe jaune.

Le soleil de Madrid les poursuit. Cogne sur le crâne de Rose. Le temple est monté à l'envers. Ça lui apparaît soudain. Il faudrait inverser l'image, comme une page qu'on tourne. Cette enfilade de portiques symétriques, il faudrait mettre le pilier gauche à la place du pilier droit, basculer l'Est sur l'Ouest. Ça la déborde, ça bouillonne, elle voudrait le crier, le démontrer, mais tout le monde semble saisi du même charme qu'hier, dans un envoûtement de visites et de nuits blanches. Réveillez-vous, les pôles vacillent. Un coin de migraine s'enfonce dans son œil, remettez-moi ce temple à l'endroit. Il est possible que Rose rêve mais pas sûr. Il est possible qu'elle dorme comme les autres, mais il est possible aussi que l'envoûtement agisse sur elle différemment. Peut-être le temple va décoller comme un vaisseau de pierres pour se poser dans un désert peuplé de dieux et d'aliens.

Raphaël est penché au-dessus d'elle. Ah non c'est Christian. Une aura dorée englobe le temple et les cheveux de son fiancé.

Donc ensuite le marathon continue. Ils sont plusieurs à déserter. Rose a mal aux pieds et maintenant ni Raphaël ni Christian *non plus* ne s'occupent d'elle. C'est encore une nuit très chaude, c'est encore les rues et l'alcool et les joints et les trucs qu'on dira jamais aux parents. Quelques shots de vodka plus tard Raphaël fait la surprenante annonce qu'il rentre se coucher. Rose trottine derrière lui sans même se cacher pour le suivre, *ah t'es là* il lui dit. Il ouvre la porte de cet appartement dont on lui a confié la clef, comme s'il habitait là depuis toujours, il ôte ses chaussures dans l'entrée, elle fait pareil, *chut* – le risque qu'on les surprenne, ou alors c'est quoi – il et elle se dévorent le visage et se touchent partout, *attends* dit Rose, *attends* dit Raphaël, ça les fait rire de l'avoir dit ensemble, elle n'a rien à expliquer, il n'a pas grand-chose à dire, et c'est à nouveau incroyablement excitant, et vite avant que son correspondant ne rapplique elle le laisse la caresser là, dans le jean, dans la culotte, qu'il ne bouge pas trop, elle bougera, il comprend les choses c'est délicieux, c'est la télépathie, mais on ne peut pas appeler ça coucher, si?

Raphaël. Rose et Raphaël. Christian et Rose. Raphaël et Rose. Si elle l'épouse ça donnera Rose Bidegarraï. Ou Rose Goyenetche. Ou Rose Bidegarraï.

*

Donc ensuite on fait *Guernica*. Comment ça dit Christian. Hé bé le tableau de Picasso. Gernika c'est pas un tableau c'est chez ma mère dit Christian.

L'immense cheval à l'agonie, l'immense mère en larmes, l'immense taureau aux yeux exorbités. C'est un tableau sur les horreurs de la guerre, explique l'increvable Viviane pendant que Maïder semble accuser la fatigue. C'est chez moi, dit Christian. Eh bé rentre chez toi dit Bidegarraï. La prof d'arpla tend le doigt vers l'ampoule dessinée très haut, regardez c'est pas que gris il y a des couleurs. C'est un tableau sur les fascistes qui ont bombardé Gernika, dit Christian. Soudain Rose le voit, beau comme un justicier, un aigle noir, un jeune prophète bafoué. C'étaient les Allemands dit Viviane. Christian dit : c'étaient les Espagnols, et que fait ce tableau dans un musée madrilène, il devrait revenir à la ville dont il a volé le nom. Maintenant tout le monde l'écoute, le jeune homme politique, le garçon mûri par ses convictions, le petit frère doué de la parole et porté par sa grande idée. Mais c'est Picasso qui, argumente la prof. De quel droit Picasso a peint au nom des Basques, s'énerve Christian. De quel droit ton frère est un assassin, dit Bidegarraï. Ça y est ils vont se battre devant *Guernica*.

*

Le bébé de Solange est né. L'accouchement a été, paraît-il, difficile. Maman brode un bavoir en bleu pâle sur blanc, elle en est à THIER. « Alors ce voyage ? » « Oui oui l'Escurial c'est beau c'est grand. »

Thierry, putain. Ça la fait penser à ce correspondant anglais, l'été dernier, ou c'était il y a deux ans, qui s'appelait Terry. Il avait une touche avec Solange. C'est quand même pas lui *le père* ? De penser à Solange et à la temporalité de la reproduction humaine évite de s'appesantir sur Madrid. Non, on n'a pas été voir le Greco à Tolède. Là il faut qu'elle se mette à son exposé.

Papa a refusé qu'on prenne un chat de la minette de chez Christian. Rose boude.

Christian. Le quitter. Pas le quitter. La seule fois où elle a rompu, elle a vu comment ça fait. Le vide s'est creusé dans le monde et en elle. Elle contemple le mur blanc de sa chambre, la poussière dans les rayons de soleil, la poudre perpétuelle de la planète… Si elle le quitte il faut qu'elle retrouve le même tout de suite, et le même c'est certainement pas Raphaël. Sinon elle se dissoudra dans l'air, dans l'eau, dans le temps… elle rejoindra la matière du monde, qui se défait en permanence, en flocons, en atomes…

⋆

Christian a collé une annonce à la boulangerie, *Donne petits chats, voir chez Goyenetche*. Rose aurait aimé adopter la petite *écaille de tortue*, mais puisque papa veut pas. Blanc, orange, brun, noir, un chat magnifique comme fait de morceaux, tombé du ciel et recollé autour de deux grands yeux. Peut-être que ça ferait plaisir à Solange ?

⋆

Ils ont décidé de la date : ce mercredi. Christian est chez Rose dans sa chambre blanche, qu'on dirait repeinte pour l'occasion. Ils se sont donné rendez-vous à 14 heures parce que papa fait son squash. Toute la maison est silencieuse. On n'entend que le cliquetis de maman qui tricote de la layette au kilomètre, une moissonneuse-batteuse. Normalement elle aurait dû partir faire les courses. Mais elle ne part jamais.

Ils ont installé le préservatif du mieux qu'ils ont pu. Rose aurait voulu en mettre deux l'un sur l'autre mais Christian assure qu'un seul suffit. Quand ils ont mis leurs organes génitaux en contact, celui de Christian s'est rétracté au point de glisser hors de la capote.

*

Rose a couru donner son cours de soutien au petit frère de Laetitia, au château, mais à peine a-t-elle expliqué les propositions interrogatives que Madame d'Urbide apparaît : « Rose, que faites-vous là ? Hadrien ne vous a pas prévenue ? » Hadrien est pivoine. Il y a un petit brouhaha, on appelle le père. Rose reste penchée en haut de l'escalier. Gros tapis et grands rideaux et un vitrail et même une armure et une domestique qui court en s'essuyant les mains. Laetitia lui fait signe d'en bas, *viens*. Le père est debout dans le hall sous une voûte en forme de fusée. Il pousse dans le dos le petit garçon pivoine qui avoue qu'il est puni, plus de violon ni de tennis ni de soutien : parce qu'il n'a pas assez travaillé. Laetitia roule des yeux dans le dos du père. « Papa, vous oubliez de la payer. » Le père sort de son pantalon en velours une liasse de billets qui ressemble à un dictionnaire. « Combien ? » Rose dit : « Ben la moitié. » Vu qu'elle est restée une moitié de cours. Son cœur bat tellement fort qu'elle en a un vertige. « Soixante-quinze francs » précise-t-elle, puisque le père reste les yeux en l'air. Un billet de cinquante, un billet de vingt, un billet de dix. Le père attend. Rose cherche dans son sac. Elle lui rend cinq francs.

⋆

Quand elle rentre à la maison, Rose a de nouveau un vertige. La pilule peut occasionner des malaises, dit maman, mais ce n'est pas une raison pour arrêter, hein, c'est une invention bien plus importante que d'aller sur la Lune. Elle a mis un réveil tous les soirs à 19 h 30, au moment où ils passent à table, pour que Rose n'oublie pas de la prendre. Beaucoup de jeunes filles tombent enceintes parce qu'inconsciemment elles veulent vérifier qu'elles sont fertiles.

⋆

La maison de Solange s'ouvre comme un anti-monde de l'autre côté du chemin. Toujours la même odeur de tabac et d'humide, teintée maintenant de lait caillé. Bonjour Thierry. Qu'il est mignon, dit la maman de Rose en soulevant cet être poissonneux, sans nez, à grande bouche.

La mère de Solange verse aux visiteuses du Lipton Yellow tiède accompagné de biscuits Thé. Mais vite elle doit reprendre Thierry qui pleure : échange avec la théière, la mère de Rose finit le service.

La vision de Rose se trouble. Le bébé est là, et il n'est pas là.

Déjà c'est très difficile de se figurer que cet être humain, ses deux bras, ses deux jambes, tout ça soit sorti du corps de son amie Solange. Elle voudrait libérer la mère (la *grand-mère*), libérer tout le monde, rendre leur existence *possible*. Mais cette torpeur est trop puissante pour la jeune Rose. Il faudrait remonter le temps, défaire cette vie à son point d'émergence. La défaire à son point de mort aussi, là-bas, de l'autre côté du monde, où sa fin est suspendue quelque part.

Elle voit, elle comprend : c'est comme si ce bébé était mort et vivant à la fois. La mère de Solange surtout semble happée par la mort, par cette vie qui est de la mort. Une anti-vie. Une mélancolie.

À regarder ses propres parents, Rose voudrait croire que la vie est à peu près stable, à peu près fiable. Mais la proximité d'une amie aussi singulière, à moins de la rejeter en bloc, rend la vie inquiétante. Plus tard Rose entendra le mot « dysfonctionnel », pour qualifier des familles ou même des stars ; et le mot « toxique », popularisé par un tube de Britney Spears. Mais ce n'est pas ça. Ce n'est pas exactement ça, pour Solange. Peut-être que depuis leur enfance, Solange a introduit dans la vie de Rose un principe de désordre. Et d'ailleurs, songe-t-elle, c'est peut-être ce qui me rend moins conne.

*

Christian tremble. Quand il approche Rose, quand il est nu contre elle, il tremble. Tous les mercredis ils essaient toutes sortes d'astuces et se décident même à abandonner la capote – c'est le seul avantage de leur virginité, non ?

À défaut, ils se masturbent l'un l'autre et s'intéressent à leurs méthodes. Le mouvement, les doigts, la position. Mais même comme ça ils n'ont pas du tout le même rythme, Christian explose presque tout de suite. « Les enfants ! » entendent-ils. Rose attrape la tête de Christian pour la fourrer entre ses jambes. C'est ce qu'elle aurait aimé faire avec Raphaël mais elle n'a pas osé.

Christian suit ses indications. Pourquoi a-t-elle du mal à *profiter* ? Elle enfonce ses doigts et Christian fait de même, occupe le terrain comme il peut, Rose est tout au bord, tout au bord, peut-être si elle imagine que c'est Raphaël ?... Elle jouit en retenant ses cris, Christian se relève tout brillant d'elle, comme un escargot. « J'adore ça, dit le jeune poète enthousiaste, on dirait des lamelles de champignon. »

*

Rose pleure, c'est la fin de l'été, la Saint-Barthélemy s'est très mal passée, ses parents vont la tuer. Tous les garçons, Christian compris, ont fait un concours de vodka. À vos marques prêts partez, les petits verres alignés au sol, tous les garçons à quatre pattes, les filles chargées de remplir les verres et de donner le top départ. Rose a beaucoup bu aussi, sans faire la course. Elle se rappelle Laetitia vomissant et Concé enroulée autour de Raphaël et Nathalie allongée par terre. Une bouteille a été renversée, la vodka ça tache pas, mais sur le canapé en cuir ça craint. Le pire c'est qu'il y a des *peaux de renard* partout, Rose les découvre à mesure, jusqu'au bord de la piscine, quelle horreur, et au salon, elle pleure de devoir tout nettoyer seule. Christian est là mais encore tellement saoul qu'il sert à rien. Le vomi a une couleur rosâtre et malgré le spray nettoyeur de moquette ça se *voit* sur le tapis gris perle où Rose aimait écouter sa mère jouer du piano. Quelque chose de ces journées d'enfance est perdu.

« Attends on va déplacer la table », dit Raphaël. À eux deux ils empoignent la table basse et ils la décalent légèrement pour masquer la tache, on n'y voit que du feu, elle est si lourde que personne la soulèvera jamais, tes parents s'en apercevront dans mille ans.

« Ça sent mauvais, vous avez fumé ? » lui demande sa mère. Toutes les fenêtres sont ouvertes sur le jardin. « C'était bien, vous avez dansé ? Tu es contente ? Et Solange, elle était contente ? »

Solange. Solange, putain. Elle a oublié de l'inviter. Mais elle n'avait qu'à se pointer, non ? Elles sont voisines, quand même. À croire qu'elle fait la morte. Jamais un coup de fil ni rien.

*

Le matin de la rentrée, Rose sort de chez elle avec son sweat préféré. Elle a peur pour son nouvel emploi du temps, avec tout ce qu'elle a à faire, le piano et la danse et Christian. Et là, sur le chemin, quelques pas devant elle : Solange.

Attifée n'importe comment. Et au lieu de s'arrêter devant l'abribus, la voilà qui continue à marcher. Rose entend le car changer de vitesse après le virage. Elle voit son amie se dédoubler. Elle la voit courir comme pour se jeter sous… Elle voit l'image de la seconde d'après, juxtaposée au présent, comme si le temps se brisait – … Solange ! Elle l'attrape de justesse et quelque chose explose entre elles, comme leur amitié qui se rassemble, là, sous le soleil de l'aube, avec ce contact brûlant dans la main de Rose.

Monte. Assieds-toi.

Tout le monde les regarde. Tout le monde regarde Solange. Toute la vapeur de ces bouches leur monte au visage. Rose lui fait barrage de son corps. Sa main est comme irradiée de ce qui n'est pas arrivé. Elle la secoue pour se débarrasser de cette énergie noire, elle appuie sa paume en feu contre la vitre dégoulinante derrière son amie. Le paysage, la route, la normalité du monde, la rentrée des classes. Elles regardent ensemble par la fenêtre, la mort semble un petit personnage sur le chemin, qui les salue de la main, à plus tard, à plus tard.

*

Alors que tout le casting était fait, Rose a plaidé pour Solange, et Maïder a accepté qu'elle rejoigne le club théâtre. Elle n'a qu'un mini-rôle dans le chœur et elle se prend déjà pour on ne sait pas qui. Elles ont même eu une discussion pénible où Solange faisait son Antigone avec effets de bras et menton levé, comme si elle détenait la Vérité, et il ne restait plus à Rose qu'à défendre Créon, c'est le comble.

C'est devenu un tel effort, de la voir : Rose a le sentiment de devoir chaque fois inventer un sujet de conversation. Le mot « enfant », le mot « bébé » sont impossibles, et tous les autres mots semblent piégés. Son amie porte en elle un silence sauvage, nouveau, et quelque chose de punk malgré ses longs cheveux.

« Se construire en miroir, c'est jamais bon, lui dit Christian. Tu n'es pas l'intellectuelle et elle la sensuelle. C'est pas vrai. Le monde n'est pas binaire, c'est un artifice créé par notre éducation. Regarde les arbres, ils ne sont jamais parfaitement symétriques, ils ne vont pas par deux mais par forêt. »

Solange n'est pas le seul problème de Rose. Son autre problème c'est Christian. Techniquement ils sont toujours puceaux.

*

Maman et elle passent à la Clef de Clèves. Tout est hideux mais maman se fait un devoir de soutenir le petit commerce. Elles ont déjà acheté le vide-poches aux armoiries du village et la plaque en étain où suspendre les clefs, pas facile de trouver un nouveau cadeau à papa, tous les ans la même histoire – son anniversaire. Forte odeur d'encens. Bagues en argent et bracelets de jade. Une peinture sur soie ?

Rose observe la mère de Solange. Le bébé, Thierry, dort dans sa poussette à côté de la caisse. Quelque chose de flottant semble les englober. Une autre présence. C'est comme si la mère de Solange avait avalé un autre bébé. Avalé du chagrin directement au pot. Et que cet autre bébé grandissait en elle, autour d'elle, devenait une force qui la retenait dans un monde de spectres. Une possession.

C'est sûrement une dépression, dit maman quand Rose essaie de lui transmettre ses impressions.

La force que possèdent certaines personnes pour *faire antenne*, songe Rose. Pour ouvrir sous leurs pas, sous leur tête penchée, d'autres façons de se tenir debout sur la Terre. Les parents de Rose comprennent tout, sauf ce qui leur échappe : et ça, l'invisible, Rose préfère ne pas leur en parler.

⋆

Avec Christian, ils ont pris leurs habitudes. Ils mettent la musique fort et s'allongent dans le petit lit. Ils enlèvent leurs vêtements sous les draps. Elle ne sait plus si elle en a envie ou si elle a envie que ce soit fait. C'est plus irritant qu'excitant, d'attendre, disponible, que l'organe de Christian reflète son désir, dont elle ne doute pas. C'est l'inconscient. C'est la confusion. C'est l'invisible, là aussi. Christian navré tremble de tous ses membres.

Un jour pourtant, à force d'astuce, ils parviennent à feinter l'organe rétif pour le faire entrer, quelques secondes, dans l'organe parfaitement fonctionnel de Rose – Christian perd ainsi spectaculairement son pucelage et il s'étiole déjà, c'est fini, il disparaît dans le corps de Rose, qui n'a rien senti, enfin si, son sexe désenchanté, un petit bout de lui réduit à l'état de viande, de pipi. Elle rêve d'un corps dur, massif, à la Rodin, qui s'abatte sur elle comme la guerre.

À son âge il peut recommencer tout de suite, mais le scénario reste le même, augmenté de trois secondes. Christian s'autorise une question imprudente : « C'était mieux que la première fois, non ? » Rose n'ose pas le détromper. C'est si déroutant, un garçon ; qu'un garçon ne sache pas. Elle aurait besoin que Christian soit fort. Tout le village est d'accord que les filles ont besoin de la force des garçons. On pourrait même dire que tout le village est bâti autour de ça.

Des gens se pressent dans la télé parentale. « Tu restes pour dîner Christian ? Le mur de Berlin est tombé. » La mère fait des Americano avec une olive dans chaque verre. Rose se laisse gagner par l'exaltation, un événement *historique*, enfin ! Ses parents ont vécu Mai 68, et eux rien. Elle regarde ces gens à peine plus vieux qu'eux traverser une zone jusque-là interdite. Ils ont les yeux ronds, très ouverts. Ils marchent vers l'Ouest et le futur. Alors c'est vrai, c'est chez nous que c'est le mieux ?

⋆

Devant la Clef de Clèves, un bistro s'est ouvert. Il n'y avait plus de bistro au village depuis l'époque des grands-parents. Le Grand Soleil. La déco est audacieuse. Des affiches des Doors et des Beach Boys, et une planche de surf façon *aloha* alors qu'on est quand même dans l'arrière-pays. Les poutres sont repeintes en jaune vif, et comble d'irrespect, une antique tête de sanglier s'orne d'un mégot de pétard planté au coin de ses mâchoires.

Christian et Rose y prennent de nouvelles habitudes. Le patron est sympa, ou peut-être pas exactement sympa mais intéressant. Il a trente ans, il a voyagé en Australie et au Mexique, ce dont témoignent des collections d'objets exposés dans des vitrines. Le monde pénètre enfin à Clèves. Il s'appelle Jean-Marc mais on dit Marcos. Il dort dans un van le temps de retaper le studio au-dessus.

– *Le Grand Soleil* ça vient du roman de Chandler? demande Rose.

– Ça vient du *Grand Sommeil*, dit Marcos.

– Oui je sais, dit Rose.

– Depuis mon arrivée ici, j'ai d'énormes envies de siestes, surtout crapuleuses.

Tout le monde rit. Rose n'est pas sûre de bien comprendre mais elle rit aussi.

Il est brun, grand, les cheveux aux épaules. Les lèvres très en relief, presque immobiles quand il parle, se fermant mal ; et c'est cet espace étrange, constamment entrouvert sur les mots qu'il prononce, qui est si fascinant. Quelque chose, lui aussi, de Matt Dillon, mais en plus mûr. Ou quoi, c'est parce qu'il ressemble à Christian qu'il est fascinant ? À Christian en moins familier ?

Marcos trouve que la boutique en face porte un bien joli nom, la Clef de Clèves. Il répète ce nom débile. Qu'est-ce qu'elle ouvre, cette clef, quel est le secret ? À l'écouter, tout le village en deviendrait sexy. « Mais ses horribles peintures sur soie », tente Rose. « La peinture sur soie est un moyen de se connaître soi-même, dit Marcos, la peinture sur *soi* vaut bien la psychanalyse, ce sport de bourgeois. »

Christian est grognon en bout de table devant sa pinte. « Le monde rétrécit », dit-il à voix basse dans le brouhaha. Rose l'écoute mais ça l'épuise, d'être avec Christian au milieu des autres, malgré les autres, contre les autres. « Le monde s'adapte à notre propre mesquinerie. Nos sens sont pauvres et notre avidité les appauvrit. » « Je ne comprends rien à ce que tu dis », dit Rose, alors que si, elle comprend, mais comme souvent, elle ne voit pas le rapport avec le reste de la conversation. « Les animaux sont massacrés et les forêts brûlent, insiste Christian. Et personne n'en parle. » Il a déjà trop bu.

Mais soudain le van a disparu – et une semaine plus tard, réapparu ! Marcos a rapporté de Berlin plusieurs morceaux du Mur ! Il les installe dans ses collections. Tous les copains défilent.

« Qu'est-ce qu'un type de son âge peut bien vous trouver, demande la mère de Rose, il a besoin de régner sur un public facile ? » La mère de Solange, elle, ne cesse de traverser la rue pour lui taper des clopes, elle est moins floue dans ses jupes à sequins, le village jase.

*

« La chatte serrée comme une petite fille » : c'est ce que Boursenave a raconté à Raphaël qui l'a raconté à Laetitia qui l'a raconté à Rose. Gorka Boursenave couche avec Solange. Une mère, mais de leur âge, et qui, contrairement à toutes ses prévisions, n'a pas le vagin distendu. C'est même l'inverse ! Certes il est bien monté mais il n'aurait jamais cru avoir tout ce mal à entrer ! Et quand il s'est retiré la capote est restée coincée dedans !

Ils sont tous là à rire si fort. Rose tente un *quand même*. Christian est rouge. Il a ce regard empli d'une lenteur lourde, qui pourrait être celui de son propre père noyé d'alcool ; dans ces cas-là il peut s'enfuir à pied tout seul, se faire mal, se perdre. Les flics ont perquisitionné chez lui, enfin chez ses parents, toute la maison en l'air, mais ça personne ne l'évoque. Boursenave occupe l'espace avec son histoire du vagin serré de Solange. Ce n'est même plus un racontar, c'est une épopée de troisième mi-temps. Il a baissé d'un ton, le sujet est grave : « Pas un mot, elle n'a pas dit un mot de son chiard. Rien. Vous le croyez, ça ? On a couché plusieurs fois – elle n'en parle jamais. C'est quand même pas commun. » Et elle ne veut jamais qu'ils aillent chez elle. Toujours dans sa bagnole. Il en a marre, Boursenave, de se rentrer le levier de vitesse dans le cul, et sa mère qui ne veut pas de cette *traînée* à la maison.

« Vous êtes une bande de jeunes cons, dit Marcos. Vous reproduisez les mêmes schémas d'exclusion que vos parents. Qui parmi vous a tenté de la protéger ? Un homme qui couche, c'est un don Juan, et une fille qui s'offre, c'est une salope ? »

Jamais Rose n'avait entendu ces évidences aussi nettement formulées. Sa mère les lui serine mais ça ne rend pas le même son. Cette bouche. Ces longs cheveux noirs, ces mèches roussies par le soleil de ses voyages. Cette maigreur de fumeur, cette voix qu'on écoute.

*

Ses parents divorcent. C'est très difficile à penser. Chez Rose jusque-là on ne divorçait pas. Maintenant ses parents ressemblent à tout le monde.

Sa mère va garder la maison et son père va « prendre un appartement ». Il a l'air aussi joyeux qu'elle est triste. Et ce qui allait de soi, la répartition des choses dans l'espace, les meubles, la vaisselle, les robots ménagers, les livres, tout va être interrogé sur son pôle d'appartenance. Rose découvre la provenance et la date de ces éléments du monde, une archéologie d'objets jusque-là sans origine, apparus avec Rose dans le monde de Rose. Elle se souvient aussi de la cérémonie avec laquelle, dans son enfance, d'autres objets furent achetés – ainsi le tapis gris perle à la tache dissimulée. Il a fallu aller très loin, parfois jusqu'à Bordeaux, pour meubler l'amour de ses parents dans le goût qui est le leur, et que personne n'a au village. Le château de Laetitia est l'autre exception bien sûr, mais là c'est de la richesse ancienne – étrangement c'est une différence qu'il faut expliquer à Christian : que le château n'a rien à voir avec la modernité de ses parents.

Le monde dehors est effrayant, incertain. Elle voudrait rester avec Christian toute sa vie. Bâtir pour eux (et un jour leurs enfants) un lieu sûr, d'où leur amour pourra rayonner. Certes il faudra qu'ils résolvent leur problème sexuel, mais ils y parviendront, n'est-ce pas ? Rose console Christian, qui préférerait être viril que consolé.

Marcos dit que l'amour ne suffit pas, jamais. Que l'étranglement du prolétariat par les classes possédantes... L'angoisse empêche Rose de se concentrer : depuis que la maison est devenue le chantier d'une telle séparation de biens, elle ne sait plus comment se situer dans le grand combat du monde. Son père n'est que prof, après tout, et sa mère a hérité d'un tout petit peu de terres – mais ils ont une piscine. Elle se sent coupable, pas seulement de la piscine, de tout ce qui va avec. La seule autre piscine du village est au château – et il y en a une chez les Villebarouin, mais le père est maçon et l'a creusée tout seul.

Rose se réfugie de plus en plus souvent en terrasse au Soleil. Elle fume, Marcos lui allume ses cigarettes, elle boit des bières, ça va mieux.

*

Mais voici revenir Solange. Au Soleil, comme ça. Verticale et transformée. On dirait que faire du théâtre au club de Maïder l'a revêtue d'un nouveau corps. Marcos fait le tour du bar à sa rencontre, l'air qu'il a vu la Vierge, et lui fait la bise avec cérémonie. Réclamer autant d'attention autour de soi, ça a quelque chose de dégoûtant. Rose a envie de regarder ailleurs. Elle voudrait dire à tout le monde, et en particulier à Marcos : le vide attire tout à soi, et Solange, c'est ça. Moi je suis pleine, de pensée, de monde, de force. De désordre aussi et d'inquiétude. Je suis comme toi, Marcos, regarde, on aime les mêmes livres.

Mais Marcos n'entend rien à sa télépathie. Heureusement Christian est là, fiable et loyal.

Il fait chaud pour la saison et tout le monde trouve ça génial. Marcos les régale d'une première tournée de bières, pour les suivantes on se cotise. Solange emprunte à Rose, ça commence à faire, mais elle ne va pas lui expliquer qu'elle a été virée de ses cours au château. Discussion sur le sens du mot *nationalisme*, c'est évident que le GAL c'est l'État. Ou l'ETA? Rose n'ose pas demander, depuis le temps que Christian lui explique. Paris joue le même jeu que Madrid, l'anesthésie est générale, la démocratie c'est la dictature, essaie de parler tu verras la censure, État assassin, profs complices, syndicats gardes-chiourmes, police partout, justice nulle part. Marcos est du Périgord mais sa copine est basque et vit à Paris. *Paris*, entend Rose, *copine, Paris*. « On est mieux informés du Chiapas que de chez nous, dit Christian, alors qu'on torture dans les commissariats espagnols, et même de ce côté. » « Selon Amnesty International, abonde Marcos, les tortures subies par les prisonniers politiques basques sont du niveau de celles pratiquées en Arabie saoudite. » « Et quand cinq cent mille personnes manifestent à Donostia, souligne Christian, *El Mundo* suit Juan Carlos en safari, et *Le Monde* suit Mitterrand au Louvre. » « C'est pareil, renchérit Marcos, les titres mêmes de ces journaux, qui se prennent pour le monde entier, c'est l'universel à la portée des caniches. » C'est du Céline, voudrait dire Rose, c'est *Voyage au bout de la nuit*, je l'ai lu moi aussi.

Solange la tape encore pour un autre demi. Elle a perdu le fil. « Tous les échanges doivent être repensés sous l'angle du *potlatch* », est en train d'expliquer Marcos, « le vrai socialisme c'est l'anti-charité, d'ailleurs il ne faut jamais donner dans la rue, c'est un geste contre-révolutionnaire. » « Ça manque pas un peu de générosité ? » essaie Rose dans le brouhaha et le sang qui lui bourdonne aux tempes, mais personne ne relève. Elle se demande comment c'est, là-haut, dans le studio de

Marcos. Si ça ressemble à la déco du bistro. « Il est bien plus aliénant de se vendre huit heures par jour à la caisse d'un supermarché que de coucher pour beaucoup plus de fric. Vous devriez toutes être des courtisanes. » Rose regarde bouger les lèvres de l'orateur. Elle est peut-être un peu bourrée. « C'est la sexualité, dit soudain Solange, qui est un système de domination. » Qu'est-ce qui lui prend. « La sexualité tout entière est un système de domination », reprend Marcos. « Oui, tente Rose, j'aurais pu être une courtisane. » Elle aime bien la voix rauque que lui donnent les roulées qu'elle fume en ce moment.

Marcos semble soudain s'apercevoir de sa présence : « Rose Sélavy, tu bois quoi ? »

Elle n'a pas la référence. Pourquoi il l'a appelée comme ça ?

*

C'est l'été. La rivière passe. Le ciel est voilé, basque et doux. Rose a la clef de la maison de ses ancêtres. L'arrière-grand-mère était un peu sorcière, l'arrière-grand-père un peu sourcier, le grand-père forgeron, voici quelques-uns de ses vieux outils... La clef descend le fil des générations sans que personne jamais ne vende : certains naissent avec une cuillère en argent dans la bouche, Rose avec une grosse clef en fer. Cette maison sera la sienne, un jour ; et même dans l'état où elle est, c'est une idée extrêmement rassurante. Ils ouvrent les volets, la lumière entre, la poussière crée des fantômes, le vide est peuplé d'une vie ancienne qui ne demande qu'à être ranimée : les murs à être lavés, les dalles rincées, les trous enduits, une salle de bains créée. Christian voudrait s'y mettre dès maintenant. Il ne veut plus loger chez ses parents. Mais ils n'ont pas l'argent du premier sac de ciment.

Il s'est disputé avec son père. Le père est nerveux, trop nerveux. Il a fait l'Algérie, obligé de tuer des Arabes alors que lui aussi, on l'a privé de pays. « C'est pas la même chose » dit Rose. « Mais si lui pense que c'est la même chose, proteste Christian, tu vas lui expliquer que sa souffrance, c'est du faux ? Et maintenant il prend des pneus enflammés sur sa bagnole, les pneus de son propre entrepôt, parce qu'il n'a pas payé l'impôt révolutionnaire. Il refuse les armes, et il passe pour un traître. »

Voilà qu'il prend la défense d'un père qui a toujours été dur avec lui. Et de son grand frère, rien, aucune nouvelle, *berririk ez, berri ona*.

– Tu devrais faire une psychanalyse.
– Et en quelle langue ? En français, en espagnol ?

– Ça doit se trouver, un psy *ezkualdun*.

– Moi tu me mets sur un divan, j'aurai l'impression de tomber d'une falaise.

Ce serait toujours mieux que boire, songe Rose, mais elle ne le lui dit pas.

Elle l'embrasse. Plutôt que se disputer, elle préférerait faire l'amour, la jolie expression, suivre les fluides de son corps pour filer l'amour, le parfait amour. Et lui, ça lui ferait tellement de bien, elle en est sûre, s'il se laissait vraiment faire... Elle voudrait qu'ils se rejoignent dans ce creuset entre ses jambes, cette nouvelle dimension, oui, inexplorée, ce lieu en elle qui appelle Christian – mais l'aspect provisoire, que dire, la furtivité de sa présence, interrompt tout l'élan de Rose. Elle en reste béante et hors d'haleine.

Et maintenant il faut le réconforter. Et être réconforté le rend furieux. Elle n'a pas choisi un garçon facile.

*

Un des fils Villebarouin, un des jumeaux, oui – il s'est tué en mobylette. Il rentrait de la Pitchouri. Sans casque. Sur la nouvelle quatre-voies. Ou il avait un casque, mais il ne l'avait pas attaché. Quand on pense qu'il faisait encore le con avec son frère à Madrid à la soirée mousse. C'était hier.

*

La nouvelle rentrée des classes s'annonce sous le signe de Barbara, qui passe en concert à Bordeaux. Il faut réserver très vite. Le père de Rose leur offre libéralement trois places, cent trente-cinq francs la place plus les frais de location. Il ne faut pas que sa fille se laisse miner par le divorce, à son âge elle doit penser à elle.

Rose écrit une lettre à Solange, sur du papier Hallmark acheté à la Clef de Clèves, rose avec des roses. Elle a déjà écrit plusieurs fois depuis le départ de son amie à Bordeaux, et n'a reçu qu'une seule réponse, un photomaton en noir et blanc où Solange se la joue avec les cheveux peroxydés en compagnie d'un minet au poil blanc *idem* et à la peau gris foncé, qui a juste signé : « Brice ♥ » à l'encre turquoise. Est-ce qu'ils sortent ensemble ? Est-ce qu'il ne faudrait pas prévoir quatre places de concert, pour ce Brice aussi ? Mais impossible de joindre Solange, elle ne décroche jamais au numéro qu'on a.

C'est grâce à moi que Solange est partie, rumine Rose. Si je ne l'avais pas emmenée au club de Maïder, elle n'aurait pas reçu sa bourse ou je ne sais quoi, et Maïder ne lui aurait pas trouvé une chambre, et elle ne serait pas montée à Bordeaux. Dans un lycée option théâtre. Personne de Clèves n'a jamais fait ça. Il lui semble que sa meilleure amie lui a filé entre les doigts comme du sable. Tout lui tombe tout cuit dans le bec comme une poussette tombée du ciel. Personne ne tend jamais la main à Christian, par exemple. Puisqu'on ne peut pas vivre de poésie, il se verrait bien faire Sciences Po (pourquoi pas ministre d'un Pays basque indépendant ?) mais passe d'abord ton bac, lui dit sa mère, et ton permis, lui rappelle son père.

Rose envisage psycho à Bordeaux-III. Ses parents ont été suffisamment prévoyants pour pouvoir lui acheter un studio dans du neuf, et le divorce n'y change absolument rien. Et bien sûr ça ne serait pas un problème que Christian habite avec toi ma chérie, au contraire.

*

Ils ont rendez-vous avec Solange devant le théâtre Femina. Rose ne lâche pas la main de Christian. Elle essaie de s'habituer à cette grande ville, pour l'an prochain. Comment les Bordelais sont habillés, les matins sont plus frais qu'à Clèves, et l'air semble mauvais. Comment se débrouille Solange ? La voici enfin, trois minutes avant le début du concert ! Elle a ceinturé un très large imperméable noir, c'est une idée, sur des jambes nues avec de grosses baskets de mec, et crêpé ses cheveux en chignon avec un large ruban à pois. Pas mal.

Barbara, Barbara ! Chanson après chanson : tout ce qu'elle a à donner elle leur donne. Au piano, ou debout, avec ses mouvements d'épaule et de menton, tout leur est adressé, à la foule et à chacun, à la foule et à chacune. Rose et Christian enlacés dans les longs bras de la chanteuse sont choisis et aimés par elle. Ils sont debout dans leur travée de sièges, Christian est si transporté qu'il semble même s'éloigner de Rose.

Rose jette un œil à Solange, qui reste assise, assise pendant *L'Aigle noir* ! Oh, cette chanson ! La vivre ici et maintenant, plus rien ne sera jamais pareil, la normalité factice des parents, l'ennui du village, tout est loin. Dévoilement du monde dans son envers de velours sombre. Rose serre Christian fort dans ses bras, *Ma plus belle histoire d'amour c'est vous*. Ils partagent ce secret tous les deux : Barbara. Avec la foule qui propage la flamme. Ô faire un incendie de la laideur du monde ! Barbara, Barbara, son nom dit que la vie est vaste et profonde, et vaut d'être vécue.

Et Solange ? Rien décidément sur ce visage lisse. Presque – est-ce possible ? – une nuance d’ennui. Rose lui glisse les titres à l’oreille, elle aimerait la pincer, réveiller son amie. Elle connaît par cœur toutes les chansons, même les nouvelles, sa mère et elle écoutent les disques ensemble et les cassettes dans la voiture – et là, sur scène, c’est Elle, *Elle* et personne d’autre : elles sont en présence de Barbara ! Elles respirent le même air, est-ce possible, elles partagent la même nuit !

Applaudissements, applaudissements, encore, elle part, elle revient, elle part, elle revient, elle est partie, c’est impossible, rappel, il faut qu’elle reste encore, avec eux, avec nous, on ne peut pas se séparer, ils applaudissent pour se consoler.

« Bon, on y va ? » demande Solange.

Comment peut-on être *insensible* à Barbara ? Rose a une vision de Solange en bocal, avec la pluie qui dégouline sur un couvercle hermétique. Ou peut-être qu’il y avait une diva de trop dans la salle, Barbara ET Solange. Oui, c’est ça, maintenant Solange se croit artiste, elle veut être applaudie, admirée. Solange la sceptique, l’esprit fort – « c’est bizarre cette voix qu’elle a, elle était enrhumée, non ? » –, ça lui fait plaisir, de blasphémer ? Ils attendent la chanteuse dehors, sous la pluie, à la sortie des artistes, « prenez mes clefs, dit Solange, ne m'attendez pas ».

Mais la voici, Elle, la longue dame en noir ! « Ne restez pas là… » Elle leur parle ! « Vous allez prendre froid… » Elle leur a parlé !

Christian sidéré répétait la phrase, soufflant tout l'air possible de sa gorge extasiée, *frrrroid*, comme une chanson à lui seul dédiée, comme un message crypté (mais elle avait parlé à tout le monde, non ?).

Et dans la petite chambre, tous les deux trempés de pluie, étendant comme ils peuvent leurs vêtements mouillés, se serrant fort dans le froid, dans le *frrroid*, dans cette chambre étroite, miteuse, ancienne, mais qui n'était ni à l'un ni à l'autre, dans cette chambre qui ressemblait à une chanson de Barbara, dans ce creux sous les toits, dans la ville bruyante de pluie et de trafic, dans la fin des années 1980, étourdis par le monde et moins par eux-mêmes, portés par les chansons qui disent la vérité, elle et lui surent mieux s'y prendre, se prendre, faire durer leur moment.

Mais ça n'était toujours pas ça quand même.

*

« Quand tu aimes il faut partir
Ne larmoie pas en souriant
Ne te niche pas entre deux seins
Respire marche pars va-t'en »

C'est Marcos qui récite ça à Rose.

– Je connais de bien meilleurs poèmes, dit Rose.

Elle veut lui raconter le concert de Barbara, elle se sent en confiance.

– C'est Blaise Cendrars, précise Marcos.
– Quand tu aimes il faut rester, c'est là le vrai courage : respire marche *reste*.
– Quelle romantique tu fais.
– Non, romantique c'est justement de *partir.* C'est ce que tu fais avec ta copine, non ?
– Qu'est-ce que tu en sais, que c'est moi qui pars d'entre ses deux seins ?

Le Grand Soleil était fermé mais il était là, à fumer sur son balcon, il lui a crié de monter. Son studio est sympa, bien rangé, avec une petite bibliothèque pleine de souvenirs, et une cuisine américaine avec de jolies boîtes en métal.

– Et Solange, elle fait toujours du théâtre?

Il sort un album des Clash de son impressionnante collection, *Should I Stay or Should I Go*, il chante dans un bon anglais en préparant le thé :

– Depuis ma retraite à Bali, je ne bois plus que du thé vert.

– Tu ne bois jamais de thé noir?

Il lui tend son pétard :

– Le thé vert c'est le plus chargé en *chi*... C'est vrai que le marmot de sa mère, en fait c'est son fils à elle?

Elle n'a pas tellement l'habitude de fumer du shit, mais elle ne veut pas paraître bégueule.

– Oui.

– *Par corollaire* (il prend son intonation second degré), c'est qui le père?

Il lui sert son thé dans une tasse en fonte qui pèse trois kilos. Elle tousse, la fumée du pétard.

– Alors c'est qui, le père de son gosse?

– Mais je sais pas... sans doute son voisin.

– Son voisin?

– Un type qui traînait.

– Et elle ne le voit plus?

– Il est mort, je crois... ou peut-être il s'est foutu en l'air et il est en traitement, par là...

Elle désigne la fenêtre, du bout du joint.

– Il s'est foutu en l'air pour elle ?

– C'est pas comme si tout le village s'était réuni pour en causer… Ça a laissé un gros malaise.

– C'est ce genre de fille alors.

– Quel genre ?

– Le genre pour qui on se tue.

– On est là pour parler d'elle ?

– On est là pour quoi, à ton avis ?

Elle rit :

– Pour parler du *chi*.

– OK. Le *chi* c'est l'énergie du monde.

– Je sais, c'est ce qui circule en nous.

– Elle circule en toi et si tu sais la canaliser elle te mène au bout de tes rêves…

– Je vois tout à fait ce que c'est, maintient Rose avec sérieux.

– Elle suit tes méridiens, continue Marcos qui lui range une mèche derrière l'oreille et descend le long de son cou, le *chi* c'est l'autre nom du désir, et le désir, Rose, c'est la vie…

Rose sent des picotements mais c'est peut-être le pétard, ou sa propre énergie.

– Tu as incroyablement chaud, Rose Sélavy, enlève ton pull…

C'est son pull Naf Naf. Il l'aide. C'est quand même très agréable, toute l'attention dont ce grand type la couvre.

– C'était qui, Rose Sélavy ?

Il se lance dans un solo d'explication. Elle regarde ses belles lèvres bouger. Ce corps adulte et solide. À croire qu'il lit dans ses pensées :

– Alors qu'est-ce que tu veux faire, Rose Sélavy ? Tu veux partir ou tu veux rester ?

Elle lui caresse la joue, ça râpe comme un homme. Il lui enlève son tee-shirt, sa jupe et sa culotte : « Garde tes Dim Up j'adore ça. » Il enlève son tee-shirt, son jean, son slip et les plie sur une chaise. Elle essaie de chasser Solange de son esprit et aussi Christian, et elle se sent un peu con juste avec ses bas. Il lui prend la main, tout nu, il la guide sur le lit. Son zizi fait un angle à quarante-cinq degrés avec le reste de son corps, comme un portemanteau.

« T'es majeure au moins ? » il l'embrasse et le zizi se coince entre eux, ça fait *dzoiiiing* comme un ressort quand il s'écarte. « T'es majeure au moins ? » Qu'est-ce qu'il a avec ça, elle va quand même pas lui montrer ses papiers. C'est bon comme il l'embrasse, partout, partout mais pas là, embrasser là c'est réservé à Christian, elle le revoit tout brillant d'elle… Ne pas penser à Christian, qui se tient là derrière Solange comme à cache-cache. En tout cas c'est *flatteur* comme elle excite ce Marcos, est-ce que Solange l'exciterait autant ? « N'aie pas peur », il se colle à elle, « mais j'ai pas peur », ça suffit maintenant, elle a très envie qu'il fonce, qu'il s'enfonce, qu'il se taise, ou non, qu'il parle, oui, ça l'aiderait à se concentrer sur lui, elle guide sa main là et il la caresse, pas bien, il la connaît moins bien que Christian, elle se positionne mieux sous ses doigts mais il ne saisit pas l'allusion et il continue ce qu'il pense être OK, il fait tout un peu trop brutalement – elle finit par se l'enfoncer elle-même.

Enfin !

C'est bizarre les hommes. Ce grand type sur elle qui s'agite, trop fort, trop vite. C'est à la fois absurde et excitant, mais ça ne lui procure qu'un inconfort râpeux. Surtout quand il la retourne et qu'il accélère en lui tirant les cheveux, *hé* ! oh pardon, contorsions, ils se réinstallent comme avant, autour d'elle le studio est toujours parfaitement rangé, avec un bouquet de fleurs dans un vase, et finalement très peu de livres.

Tout à coup il crie : « C'est pour toi, c'est pour toi ! »

Comment ça, qu'est-ce qui est pour moi.

Il s'essuie avec des kleenex rangés dans une boîte en métal, et court se rincer au lavabo, sur lequel Rose distingue des cosmétiques féminins. Et il lui lance une boîte de protège-slips, l'air connaisseur, attentionné.

Cinq minutes plus tard, Rose pourvue d'un protège-slip au fond de sa culotte parcourt le kilomètre qui la sépare de la maison de ses parents.

*

Les jours suivants, quand tout le monde se retrouve sur la terrasse sous les platanes, elle guette chez Marcos un signe de connivence. Il lui apporte un cendrier : c'est un signe de connivence ? Elle a des flashes, en plein soleil, de la façon dont il lui a empoigné les cheveux ; et de son petit cri à elle, *hé !* Et de l'assurance de ce grand corps sur elle – c'est agaçant parce que franchement c'était pas terrible mais elle se rejoue la scène, et ça lui fait un truc au creux du ventre. Même quand il lui a dit ce truc débile, *c'est pour toi*, ça continue à la troubler, là, entre les jambes. Elle se voit déjà raconter tout ça à Solange.

Mais c'est pas de l'amour. C'est pas ça l'amour. L'amour c'est ça, *plus* une très haute estime réciproque.

« Et ta copine, elle ne vient plus ? »

Elle est partie à Bordeaux ma copine. En laissant son enfant derrière elle. On peut pas dire qu'elle ait le *chi* très maternel. Mais qui suis-je pour juger, hein, qui suis-je ? Rose est soudain débordée par une envie de parler, mais elle ne dit rien de tout ça, rien – qu'on laisse Solange tranquille et qu'on la laisse tranquille, elle, avec Solange ! Marcos pose un demi sur la table, et Rose a une impression de déjà-vu. Une autre image se superpose, mais elle ne parvient pas à aligner les points. Chaque fois qu'il se replante devant elle avec ses Cacolac et ses bières, il lui semble que quelqu'un d'autre va surgir.

Mais moi je suis amoureuse de Christian, se rappelle soudain Rose. Et ça lui fait un grand calme dans la poitrine.

C'est donc ça, cette chose vivante, qu'elle éprouve, sensible, au niveau du diaphragme, une sorte de poids, tendre et chaud, qu'elle pourrait recueillir dans sa main. La vie va être simple, finalement.

⋆

C'est lors d'une deuxième visite à Bordeaux que Solange se montre un peu moins *diva*. Il faut dire qu'elle a expressément appelé Rose au secours : elle a peur d'avoir chopé le sida.

La mère de Rose l'a mise fissa dans un train avec un cake aux fruits et un cageot de primeurs (« maman, cuire des légumes dans la piaule de Solange c'est *Mission Impossible* » – « vous les mangerez crus ! ») mais elle l'a prévenue : pas de rapprochements, pas de bisous, pas de partage de couverts ou de linge, on ne sait pas comment s'attrape cette horreur.

Solange a coupé ses grands cheveux d'Ophélie, son visage est devenu étroit, ses yeux apeurés émergent de sa chambre. « Je suis là » dit Rose. Elle serre son amie dans ses bras, « ça va aller, je le sens », elle empoigne la panique comme un corps et la déplace. Rose, les mains pleines, toute à son affaire, recouche Solange, borde les draps autour du matelas, donne de l'eau à son amie en sueur, et des quartiers d'orange, c'est plein de vitamines. Le test date de la semaine dernière et le résultat est ce soir. Elle range un peu, elle lui caresse les cheveux, tu es belle, tu es forte, elle lui masse les épaules, elle attend l'heure avec elle. Elle lui tient la main, elle lui chante même des chansons. Quand la terreur revient, explose dans la chambre comme une grande vague, elle se couche contre elle, elle la serre très fort, son amie tremble. Elle lui dit de respirer avec elle, allez, respire, c'est bien, respire avec moi, pense à un coin tranquille, imagine la rivière, suis la rivière avec moi. Rose veut croire qu'elle peut terrasser les monstres. Elle veut croire qu'elle distrait au moins efficacement son amie. Elle veut croire que sa force, c'est de donner de la force.

Le fameux Brice ne s'est toujours pas montré.

Et quand elle rapporte le résultat du test, négatif *évidemment*, on dirait une pyjama-party de grandes.

– Tu as toujours cet horrible oiseau ?

La céramique veille sur l'appui de la fenêtre.

– Oui. C'est comme si ta mère me protégeait.

Rose a un peu honte de sa remarque.

– Elles sont bien, les boîtes de nuit de Bordeaux ?

– Oui. Tu veux y aller ?

– Oh non. Tu y vas pour trouver des mecs ?

– Non. J'y vais parce que j'aime danser.

– Moi je sais pas danser, regrette Rose. Et puis j'ai trouvé le bon trop tôt.

– C'est quoi le bon trop tôt ?

– C'est que j'en voudrais d'autres.

– La fidélité, c'est le passé.

– On voit bien que tu n'as jamais été *vraiment* amoureuse.

– Comment peux-tu être si sûre, si tu n'as jamais comparé ?

Rose allume une cigarette au lit, le truc interdit. Solange lui rapproche le cendrier avec le pied.

– Je l'ai fait avec le mec du bar au village.

– Marcos ?

– Oui.

– Le gourou de province ?

Elles rient, mais est-ce qu'elles rient de la même chose ?

– Et c'était comment ?

– Moyen.

– Moyen comment ?

– Il cherchait à me prouver quelque chose.

– Que ça te plaisait ?

– Que j'en avais envie, peut-être.

– Ils cherchent toujours à nous démontrer que c'est eux les patrons, et que c'est ça qu'on veut.

Rose aimerait demander à Solange si elle aime ça. Ou avec qui elle a aimé ça. À la place, elle raconte :

– Apparemment, il avait plutôt quelque chose à m'offrir…

– Hein ? Toi aussi il t'a fait le coup du *c'est pour toi* ?
– Hein ? Toi aussi tu as couché avec lui ?

Solange rit plus fort que Rose. Rose lutte contre le dépit. Pour une fois qu'elle en chopait un, il faut que Solange soit passée avant. Mais son amie veut des détails et voilà qu'elle l'engueule d'avoir couché sans capote :

– T'es débile ou quoi, tu crois qu'une épidémie c'est que pour les autres ?

Le matin au réveil Solange fait toujours la gueule. Rose sent la migraine qui pointe, elle plaide :

– Toi et moi on se ressemble.

– On se ressemblait peut-être quand on était petites, mais la vérité, c'est qu'on n'est pas du tout les mêmes.

Solange enfile les Doc Martens de Rose et s'admire :

– Faut qu'on fasse un photomaton et je mettrai les pieds en avant.

Il n'y a même pas de café dans sa piaule. Elle a du soluble mais l'eau du robinet est à peine tiède, et Solange boit ça comme si c'était normal. Et il faut descendre acheter baguette et croissants, vu qu'elle n'a rien de rien, sa mère avait raison de lui faire monter des provisions.

Elles s'enferment dans le photomaton de la gare, godasses tendues vers l'objectif. Rose a hérité en échange *temporaire* de la vieille paire de baskets de Solange. Son amie secoue le ruban de photos : c'est seulement quand il est bien sec qu'on a le droit de regarder, attends, attends. Elle découpe les meilleures pour elle.

Elles traînent dans les boutiques de fripes. Les vendeuses fument, on étouffe, il n'y a personne de leur âge, c'est vrai qu'il y a école aujourd'hui. Solange fouille avec fièvre dans cette masse de vêtements déjà portés.

– Ça fait tellement de bien d'être superflue.

– Tu confonds superflue et superficielle, corrige Rose.

– C'est futile que je voulais dire.

– Futile c'est très péjoratif. Frivole ?

– *Laisse béton,* tu vas rater ton train.

– Mes Doc Martens s'appellent *reviens* !

Elle est gonflée, la Solange : elle lui a aussi tapé cinquante balles.

Dans le train, Rose se sent seule. Son amie agite la main sur le quai comme devant une caméra, puis se met à glisser latéralement, prend de la vitesse, pull oversize ceinturé à la taille, fesses bougeant sous la maille, elle s'enfonce vers le fond de la gare, devenant de plus en plus petite, une porte vitrée tourne, un aperçu de ville absorbe par saccades cette silhouette étonnamment femme, courbe, disparaissant hors de l'espace de Rose, miroitant encore dans ses yeux… une jeune femme objective partie déjà très loin, repoussée en arrière par la forêt des Landes, qui défile rangée de pins par rangée de pins, jusqu'à ce que le train redépose Rose à l'endroit qui est le sien, comme une pipette doseuse la faisant goutter exactement d'où elle est partie, ici, à l'angle du pays. Rose est rentrée au village.

*

Christian a commencé à débroussailler : puisqu'il ne peut pas rénover la maison, il commence par le jardin. Il coupe, il dégage les arbres, il déblaie le bassin qui nourrit plus bas les marais des barthes. Il a plongé deux bouteilles de rosé dans l'eau fraîche. Rose a apporté un thermos de café, sa mère leur a fait des sandwiches. La charpente bruisse de loirs dérangés. La maison les abrite, la maison prend soin d'eux. Ils font l'amour dans cet intervalle de temps et d'espace.

Ils se connaissent, et peu à peu, ils trouvent leur façon de faire ; il faut dire que le rosé ça l'aide, ça le calme, ça le ralentit. Christian se relève avec des toiles d'araignée dans les cheveux, Rose rieuse les lui enlève.

*

La vie de Rose est une vie parmi d'autres, une vie qui, comparée à la vie de Solange, est sans péripéties, une vie qui remplit le programme, une vie qui pourrait être ennuyeuse sous ses aspects disons banals – pourtant : la certitude grandit dans le cœur de Rose qu'elle a un destin.

Rose est sur Terre pour prendre soin. Elle est là pour détourner la maladie, la mort et la folie, elle sait qu'elle ne peut pas réussir pour tout le monde, mais elle peut le faire pour les personnes qui voudront bien d'elle, et elle doit y consacrer sa vie.

Dans les métaux il y a parfois ce que les forgerons appellent des pailles – des bulles que le laminage a étirées et qui forment des fentes invisibles, prises dans la masse. Tout à coup, ça casse. Rose sent ça chez les humains. Elle va faire des études de psycho pour ne pas avoir à expliquer ça, pour passer les diplômes que veulent ses parents. Ça reviendra au même. Au creux de ses mains, elle fondra la faille, elle rassemblera les morceaux dispersés.

Comment font ceux, comme Christian, que le monde n'accueille pas avec leur talent ? Ils sont comme des oiseaux sur un fil électrique, ils attendent après le ciel, les arbres. Ils boivent peut-être, comme lui, pour faire fondre le vide.

Quant à Solange – en fait c'est facile, pour Solange. Ce qu'elle fait est commercialisable. Elle trouvera sa place, pas forcément l'assurance du succès, mais elle sera actrice, puisque c'est ce qu'elle veut.

D'ici là, Rose prend des leçons de conduite : l'auto-école de Clèves fait des stages accélérés, le permis en quinze jours. Le moniteur a appris à conduire à tout le village. Lui et son pote l'examinateur palpent leurs élèves pour une meilleure position au volant. Mais bon, ils n'ont pas plus d'accidents qu'ailleurs. Rose obtient son permis, « mention petits seins » lui dit l'examinateur.

*

Dans la jolie résidence neuve, dans le nouveau quartier derrière l'église Sainte-Croix, Rose est parmi les premiers habitants. Leurs pas sonnent dans le hall vitré. Sa mère s'émerveille des finitions, les couloirs dallés, pas moquettés. Une rocaille japonisante souligne le blanc du crépi, même le local à poubelles est pensé.

Elles sont montées de Clèves avec la voiture pleine mais tout reste à meubler, c'est amusant de faire les courses à Bordeaux ensemble. Pour fêter l'inscription de Rose à la fac de Talence (trois heures de queue dans la fournaise), elles poussent jusqu'à Gradignan, chez Roumegoux et Gilles, les Bordelais disent Roumégousse. C'est vers Beausoleil, après l'arrêt Thouars-Compostelle, elles arrêtent des passants qui leur indiquent, elles finissent par trouver : un immense magasin de vêtements et de chaussures où la mère habille la fille pour la rentrée, et où la fille conseille la mère pour un look un peu plus *sportswear.*

Elles ne croisent personne dans la résidence, sauf quelques trentenaires qui rentrent du travail. Il n'y a pas d'enfants. Le lit deux places, le petit canapé en velours choisi chez Habitat, tout leur est livré dans les temps. Rose découvre ses premiers cours pendant que sa mère finit d'habiller la pièce principale avec une table basse, un tapis grège (salissant mais ça éclaire), des rideaux ajourés assortis. Rose promet de faire le ménage régulièrement, mais si ça pèse trop sur ses études, sa mère viendra l'aider.

Le week-end suivant, sa mère lui apporte, en plus d'une valise de linge de maison, une carte postale de Solange : un « bizou de Paris » suivi d'une phrase ajoutée : « Je suis prise dans une sitcom, sur la 1 ! » Ni bonjour ni comment ça va.

Et voilà comment on apprend que Solange a quitté Bordeaux. À croire que l'arrivée de Rose l'en a chassée !

N'empêche, une série sur TF1, ça doit rapporter bonbon, évalue la mère de Rose. Elle pose la carte avec la tour Eiffel sur le comptoir de la kitchenette. Paris, se dit Rose, Paris maintenant.

*

Christian avait obtenu son permis, à la deuxième fois, comme il est de coutume à Clèves pour les garçons. Il lui rendit visite en empruntant la 4L fourgonnette de son père, avec de la blanquette de sa mère à réchauffer.

Et quand il repartit le dimanche soir, ça fit dans la poitrine de Rose un creux disproportionné. Elle se retrouvait, sans lui, comme sans coquille.

Elle prit l'habitude de descendre par le train du vendredi soir, trois heures à travers la forêt jusqu'à B. Nord. Christian la prenait à la gare et *zou* jusqu'au village, une bénédiction cette quatre-voies. Le dimanche, il la ramenait pour le dernier train, il s'empêchait de boire pour assurer. Il devenait de plus en plus mutique à mesure qu'approchait l'heure. Il fumait clope sur clope et elle savait, elle sentait, que dès qu'il serait rentré il ouvrirait avec soulagement sa première bière. « En fait tu attends que je parte. » La séparation la rendait méchante.

Elle arrivait gare Saint-Jean un peu avant minuit, elle attendait le bus avec sa valise de linge propre, ou bien elle marchait vite, en se retournant, essayant de feinter sa propre peur, de la laisser sur place comme un bagage, mais la peur ne partait pas, la menace était réelle dans la ville sombre et déserte. Sa mère insistait pour lui payer un taxi, mais il y en avait qui refusaient pour les cinq minutes de trajet, et s'ils veulent vous arnaquer, et est-ce qu'ils ne sont pas aussi dangereux, finalement ?

La semaine, heureusement, les cours l'occupaient. Et le soir elle était si fatiguée, le bus de Talence toujours pris dans les bouchons, que se faire à manger seule (et il fallait prévoir les courses) était au-dessus de ses forces. Sardines, pâtes, chocolat. À manger mal, elle grossissait. Sa mère s'affolait. Elle lui donnait des Tupperware de soupes, des compotes de fruits et des conserves maison. Elle lui fit même livrer un four à micro-ondes, auquel elle ajouta un presse-agrume Alessi, lourd et long comme une fusée.

La nuit, l'immeuble se muait en un bloc de silence. Rose fermait ses volets électriques dès qu'elle rentrait de la fac. Elle se couchait boutonnée jusqu'au cou, avec culotte et chaussettes. Elle se visualisait, seule, horizontale, vulnérable, dans l'empilement cubique de tous ces espaces à dormir. Sa pensée aussi y était contenue comme dans une boîte. Elle ressassait. Elle pensait à Christian. À Marcos. Même à Bidegarraï. Souvent, elle regardait la télé au lieu de travailler.

« Mon Cricristounet » : un jeune premier portait ce surnom dans la série où jouait Solange (et où on la voyait peu, finalement). « Arrête avec ce surnom ridicule » lui dit trop sèchement Christian. Il bossait avec son père, il essayait de placer des pneus, ces pneus énormes de tracteur qui valent une fortune et dans lesquels il avait joué à se cacher, enfant, entre deux baffes.

Elle écrivait des lettres à Solange à l'adresse parisienne qu'elle avait fini par obtenir, mais aucune réponse. Les semaines passaient sans nouveauté, de ces nouveautés qui font les souvenirs. Elle avait le sentiment de ne rien vivre. Elle recommençait le même jour studieux et bordelais.

« Je n'aimerais pas que Marcos sache que j'angoisse quand je suis seule, à toi je te le dis parce que tu es mon amie, à Christian aussi je le dis mais il pense que c'est parce qu'il me manque, Marcos prendrait son air insupportable d'homme-qui-sait et il me dirait... qu'est-ce qu'il me dirait ? Tu vois c'est ça le problème je n'arrive pas à me dire ce qu'il me dirait, et comme d'habitude devant lui, je n'aurais plus d'argument : c'est fou, ce mec te met (je dis "tu" pour "nous") toujours en position d'accusée, sur n'importe quel sujet, et comme tu n'as rien à défendre (parce que de quoi exactement tu serais coupable ?) il arrive à te prouver qu'il a raison sur n'importe quoi, alors qu'avant qu'il y mette son grain de sel, il n'y avait aucun problème ! Et il te dit toujours "assume, assume" ! C'est sa technique inconsciente, j'ai percé le secret de son démoniaque charisme ! À part ça, j'ai pu choper à la radio Nothing Compares to You de Chaynid Oconor (je sais pas comment ça s'écrit), c'est Cricristounet qui m'a fait connaître, c'est sublime, presque aussi beau que ce vieux tube tu te souviens, Manic Monday des Bangles, tu te rends compte le temps qui passe, et figure-toi qu'il y a un point commun : les deux chansons ont été écrites par Prince spécialement

pour ces belles, je n'arrête pas d'écouter, et je suis verte parce que j'ai raté EURYTHMICS ces dieux vivants, j'enrage mais j'ai trop de boulot, je n'adore pas leur musique mais la qualité elle-même de cette musique si tu vois la nuance. D'ailleurs Annie Lennox et Dave Stewart étaient au Trudaine mardi soir, et ensuite ils sont passés aux Colonies et ils ont fini il paraît au Babylone, j'ai une nouvelle copine qui m'a raconté, il paraît qu'ils étaient bourrés au Bordeaux rouge ! Les Died Pretty ont joué au Jimmy's et Étienne Daho, le délicat, le subtil, le charmant ♥, je l'aime ! Tout l'hiver des groupes fabuleux sont passés à Bordeaux mais j'ai pris une option sociologie et j'ai eu les yeux plus gros que le ventre, je dois me concentrer et bûcher seulement ma bonne vieille PSYCHO. »

Seule le soir et éclusant elle aussi du Bordeaux, elle écrivait sur son papier rose et postait des missives de quinze pages.

L'avenir semblait loin. Certes, « Psychopathologie et psychiatrie dynamique du jeune adulte » l'intéressait beaucoup. Mais le prof de neurologie lui faisait l'effet d'un intégriste : il réduisait les rêves à des actions réflexes du cerveau. Un autre prof venu du Canada leur faisait cours sur le *spectre autistique*, une nouveauté qui lui évoquait des fantômes. Elle se demandait si Christian n'était pas un peu *Asperger*. Elle se fatiguait à bâtir autour de son poète des remparts contre la brutalité du monde. « Arrondir les angles, j'ai fait ça toute ma vie avec ton père », soupirait sa maman au téléphone. Elles s'appelaient tous les soirs.

Dans l'amphi, il y avait soixante-dix-huit filles pour deux garçons. Très vite Rose avait détesté la fac de Talence, ces grands ensembles jaune et marron, ces salles orange et blanc, ces coursives trop longues où personne ne rencontrait personne, ces pelouses desséchées. Et surtout l'éloignement, le bus G qui s'enfonçait dans les bouchons avec une lenteur suppliciante, et le soir, après le même retour poussif vers la ville, la tête pleine de concepts difficiles, les yeux et les sens creusés par le manque des forêts et des rivières, elle rallumait sa télé.

Elle s'était tout de même fait deux amies : une qu'elle connaissait du village mais de la génération avant, son vrai nom c'est Jeanine mais on dit Jennifer, et une du Gers, à qui ses parents avaient payé une petite Nissan Micra, couleur aubergine métallisée. Quand elle pouvait, la Gersoise les ramenait après les cours. Les trois filles se donnaient rendez-vous sur le parking, une immense esplanade de terre cernée de buissons. La Gersoise venait du bâtiment de socio et Jennifer de psycho 3e année, elles couraient vers la voiture, s'enfermaient dedans, démarraient au plus vite, mais presque toujours un exhibitionniste surgissait des buissons pour se coller contre la voiture, chair aplatie contre la fenêtre, plus ou moins turgescent, poisson laveur de vitre. Et quand elles avaient laissé derrière elles cette vision stupéfiante et ce campus désolant, elles peinaient à retrouver un peu de conversation.

Mais qu'est-ce qu'ils cherchent, mais qu'est-ce qu'ils croient ? Que ça nous fait envie ? Qu'on va se jeter sur eux, folles de désir et d'amour ? On n'étudiait pas ça en psycho.

*

Au semestre suivant, un cours obligatoire le samedi matin à huit heures raccourcit fâcheusement les week-ends. « Approche neurologique des troubles du langage : aphasies de Broca et de Wernicke », il restait les deux garçons et le quart des filles. Le prof venait de Paris avec un parfum de grande ville et de savoir, une aisance quadragénaire. À 10 heures, il emmenait tout le monde boire un café, riant de les avoir levés si tôt, offrant une autre tournée de caféine. Les samedis se succédaient et Rose s'extrayait du bistro pour courir à la gare.

De quel côté était la vraie vie ? À quel bout des rails ? Ou dans quel ailleurs ? En deuxième année de DEUG, elle ne savait plus. Et Christian qui devenait de plus en plus mutique. Il s'était fâché avec son père. Un œdipe mal réglé c'est très fragilisant, surtout avec un père menacé par l'ETA. Il cherchait dans la vente ou dans l'immobilier, il fallait qu'il trouve vite et qu'il se barre de chez ses parents. Tous les week-ends, heureusement, il lui donnait des poèmes, sur des feuilles A4. Elle les rangeait dans un classeur pour les relire à Bordeaux.

« Christian voudrait t'écrire mais il n'y arrive pas. Ne lui en veux pas, il dit qu'il est physiquement bloqué je cite, il préfère que tu saches qu'il pense bien à toi. Il ne voit presque plus personne de la vieille bande, tout le monde a ses études ou ses nouveaux copains (et encore...) et il se forme des petits blocs, même pas forcément suivant les affinités mais suivant les lieux et les voies, des duos, des trios, des isolés... on se croise parfois quand on rentre au village... voilà, c'est pas plus mal, c'est une fin normale, inévitable et nécessaire pour nous tous, je te jure il n'y a rien à regretter, on a en commun des super souvenirs, c'est déjà énorme... Il n'y a que moi qui maintiens le contact from time to time. Christian me dit qu'il préfère être froid à l'égard des gens qui ne l'intéressent pas plutôt que ma "souriante hypocrisie", à laquelle moi je donne le nom de

politesse. Marcos, lui, me dit (mais il me provoque je pense) que lui est poli parce qu'il faut être poli mais qu'il méprise tout le monde. Je l'aurais bouffé. Moi je dis que la vraie valeur c'est de pouvoir apprécier tout le monde suivant sa propre personnalité et celle des autres. Mais quand je dis ça à Marcos face à lui je n'arrive plus à m'affirmer. Pourtant, sa fragilité m'apparaît et tout ça. On en a déjà parlé toi et moi, ce mec se cherche désespérément, je vais te dire, sous ses dehors très sûrs, il ne sait pas où il va. Et toi ? Raconte-moi, vilaine ! Il était beau le temps où on se disait tout ! Pourquoi tu ne m'écris pas ? »

Une nouvelle génération avait pris racine au Soleil. La musique avait changé, tout le monde gueulait du Mano Negra en yaourt espagnol, *la mala vida mi corazón*. Et puis du rap. Marcos se tenait au courant avec les nouveaux jeunes et aussi sa copine à Paris qui bossait dans la prod' et connaissait Joey Starr. Rose faisait mine de voir qui c'était. Elle sentait souvent sur son visage ce plissement un peu veule – simuler le savoir, jouer la connivence. Un coin de lèvre souriant et une paupière levée. La culture, pas celle de ses parents, une autre, posait ses mines où elle s'y attendait le moins, dans les détours d'une conversation au village. Sinon, eh bien, elle appréciait que Marcos l'apprécie. Il s'intéressait à ses études. Il connaissait Freud, Jung, et même Gilles Deleuze.

Au rebours, quand elle croisait la mère de Christian, elle sentait son visage se plisser dans l'autre sens, sa bouche s'amollir, son œil s'adoucir : le masque même de la condescendance. Cette quinquagénaire qui en faisait soixante, en blouse de travail, fan de Danièle Gilbert, et qui savait peler les lapins d'un seul coup – Rose se reprochait de perdre son naturel avec celles et ceux qui l'avaient vue grandir au village. La plus *Asperger* entre elle et Christian, c'était peut-être elle.

Elle profita de ses vendredis soir bordelais pour voir une psy, conseillée par le prof du samedi. Une femme bien, séances pas trop chères. Qui faisait ce qu'elle pouvait avec l'arrière-grand-père sourcier, le grand-père forgeron et un peu rebouteux, l'arrière-grand-mère qui soignait les zonas et enlevait le feu. Quand Freud avait perçu la dimension télépathe de la psychanalyse, il avait interdit à ses élèves de s'engager sur une voie qui en donnait une image, disait-il, peu scientifique. Mais pour devenir psy, comprenait Rose, la seule chose qui compte, c'est de savoir pourquoi on veut devenir psy.

« Ce ne sont pas tes études qui t'éloignent de ton mec, estimait le sage du Grand Soleil ; c'est ton milieu. » Est-ce que ses parents étaient si *bourgeois* que ça, avec de pareils grands-parents? « Les bourgeois sont ceux qui finissent le mois sans se demander comment le finir. » « Sur le plan argent? » vérifiait Rose. « Tu pensais à quoi? rigolait Marcos. Sur le plan cul? » Et elle se détestait d'en rester sans voix.

Christian trouva du boulot comme représentant en huiles de moteur agricole. Rose s'inquiétait que ses tournées de jeune VRP ne les éloignent un peu plus. « Tu te prends trop la tête », lui disait Christian. Il s'acheta une vieille R5. Marcos : « Il va voir du pays, ça lui fera du bien. » Ce n'était ni Berlin ni l'Australie.

*

Rose et Christian ne se virent pas de tout le mois d'avril. Il n'y avait pas que leur emploi du temps : le père de Rose avait voulu maintenir avec sa fille le rituel de printemps : le ski.

Candanchú vient de s'équiper de canons à neige : le paysage vert semble corrigé au Tipp-Ex. Les pistes, plein sud, jouissent d'un soleil torride. Papa déplie le clic-clac, il loue toujours le même studio, Rose retrouve les lits superposés, elle jouait petite à s'entourer de sœurs imaginaires. Sur le mur, une carte en relief des Pyrénées, elle glisse l'index dans les fonds de vallée, elle suit les routes du doigt, comme avant.

Papa la réveille à huit heures pour être les premiers sur les pistes. Il a acheté du lait et des Frosties, le paquet avec le tigre. Un nouveau supermarché a ouvert à Jaca, énorme, tout est donné comparé à la France. Il a enfilé son fuseau à bretelles, les lèvres blanches de stick, il chante sur une vieille cassette de Niagara, « *c'est l'amour à la plage ah-ouh tcha tcha tcha* », on le croirait dopé. « Papa ça fait longtemps que je ne mange plus de Frosties. » Il les lui a déjà versées dans du lait, déjà ramollies – déjà déçu comme un gosse. Elle lui lit le taux de sucre et le nombre de calories sur le paquet. Il s'agite dans les vingt mètres carrés pour lui trouver autre chose : « On a du pain mais espagnol, tu sais, à la farine de riz. » Pauvre papa, on dirait qu'il passe un concours pour qu'elle l'aime encore. Elle préférerait rester sur le balcon avec ses polycopiés pour ses partiels. Mais il est tout bonnement heureux d'être avec elle. Alors il faut suivre les bandes blanches dans ce paysage de pique-nique. Aux abords du télésiège on pose les skis sur une matière mi-paillasson mi-terre, « gaffe à pas les rayer ». Son père bataille avec son surf des neiges, bonjour le cloche-pied sur un seul chausson.

La station passe en oscillant. Les sapins noirs, l'herbe verte, les rochers gris, le ciel bleu. Les Vuarnet métallisent les cimes en doré. Oxygène nuancé de gasoil. Un long sentier de traces, lièvre ou renard, suit le télésiège, petits mammifères dopés eux aussi par la chaleur, le bruit, et les miettes de barres énergétiques.

La nacelle ralentit. On se balance. Ça va bientôt repartir. Son père veut soudain avoir une conversation avec elle. Une vraie conversation. À croire qu'il l'a suspendue ici, dans les airs, pour pouvoir lui parler :

– Qu'est-ce qui te plaît, chez ton Christian ?

– Sa poésie.

– Ce qui te plaît aujourd'hui, c'est ce pour quoi tu le quitteras demain.

– Papa !

– La poésie au quotidien, c'est un mec perché et une femme qui trime.

– Te voilà bien féministe.

– Je n'ai pas élevé ma fille pour qu'elle épouse Arthur Rimbaud.

*

Christian était revenu d'Andorre avec du Ricard et des clopes. Et il avait grossi. Sur le quai de la gare, elle cherchait son Cristounet d'amour, ses yeux avaient glissé sur ce petit costaud appuyé au mur. C'était lui, fumant avec ce geste toujours sexy, ses lèvres toujours bien dessinées, mais encadrées de joues épaisses.

« Tu as bronzé ! » Elle avait la marque des lunettes. Lui – un pull en V, une chemise à rayures, un pantalon à pinces de chez C&A, comme son père – ou comme ses clients. C'était Christian, oui, mais dans une vie parallèle. Une déchirure de l'espace-temps aspirait Rose et lui vidait le cœur.

Elle le prenait sur sa poitrine, cet homme-là, lourd – quand il se relevait, les plis de son ventre étaient rouges, transpirants, sa poitrine gonflée lui faisait des seins masculins que Rose essayait d'aimer.

Les paysans sont des taiseux, racontait-il. Les ventes de bidons d'huile se concluaient à coups de pastis. Il avait raflé un marché à Castrol (il était représentant Motul) en picolant tellement qu'il avait dû s'arrêter dans un champ. « Mais j'étais content. Le soir je me suis payé un Ibis et pas un routier. » Son paysage s'était élargi de noms qu'elle ne connaissait pas, Montgaillard, Loubières, Saint-Jean-de-Verges, Mazères, une France d'arrière-pays dont il rapportait l'accent et le goût, c'était calme, on y mangeait bien. Son sourire était d'une tristesse nouvelle.

« Si la vie avec lui c'est ça », songeait Rose. Et les jours de courage : « C'est mon amour et je le sauverai. »

Dans son lit bordelais, le plafond tournait, elle se laissait aller à imaginer des choses. Le quitter. Ne pas le quitter. Marcos, ouvrant la porte, posant ses clefs, « tu es là ? ». Ce serait un deux-pièces, un trois-pièces peut-être. Il aurait ouvert un bar à Bordeaux – vie nocturne, amusante, excitante –, il lui expliquerait des tas de trucs et elle aurait mille choses à lui raconter, et ensuite, dans cet appartement devenu accueillant, devenu double comme ce lit, il lui ferait l'amour presque sauvagement – un peu sauvagement. Elle se caressait, elle essayait d'imaginer très fort. Mais la trahison lui semblait pire. Quitter Christian, pour tomber dans quel vertige.

Elle essayait d'isoler ce point où l'amour se sent. Et là, elle ne sentait rien.

Ce fut une période presque aussi sombre que lorsqu'ils s'étaient séparés, plus jeunes. Bien sûr aucune phrase dangereuse ne fut dite. Rose avait peur du *performatif*, elle avait appris le concept en cours de psycho-linguistique : « je te quitte » est une phrase coupante, qui fait ce qu'elle dit. « Je t'aime » ne garantit rien. Mais « je te prends pour époux » est une phrase qui unit pour de vrai. Un filet anti-chute, un garde-corps.

Le mariage les aiderait peut-être. Passer par la mairie, être reconnus par la société, *clic clac* : maison magique.

⋆

Gorka Boursenave est mort. Ce n'est plus un village, c'est une hécatombe. Il a été tué à Sarajevo. Qu'est-ce qu'il foutait à Sarajevo ? Voilà qu'il faut relire les souvenirs et essayer de comprendre cette trajectoire, comment un des fils Boursenave a pu s'engager dans les Casques bleus. Pour un peu Rose regretterait de ne pas l'avoir mieux connu. Elle aurait aimé lui poser des questions, ou poser des questions à Solange. Casque bleu. Encore mieux que pompier. Des héros, des vrais, des sublimes.

⋆

Un soir à Bordeaux il se passe quelque chose de terrible dans le petit appartement qui abrite la vie de Rose. Elle se fait frire un cordon-bleu quand ça sonne. Par l'œilleton, un couple assez jeune, le garçon soutenu par la fille. « Aidez-nous ! »

Le type respire très fort. La fille : « Vous avez pas vingt francs pour sa Ventoline ? »

Ils entrent, là, dans le petit studio, à trois ça devient vite encombré. Le type s'adosse à la porte qui claque derrière lui. La fille : « La pharmacie ferme dans trois minutes. » Les murs se rapprochent et le plafond se met à descendre, comme dans *L'Écume des jours*. Le type s'assoit sur le canapé. L'espace se met à tourner. Rose : « Le SAMU ? » « Ventoline », répète la fille en s'accoudant devant le téléphone. Le cœur de Rose bat si fort qu'il lui bourdonne aux oreilles. Crier, ce serait ridicule. La fille passe bizarrement la main à plat sur le comptoir comme pour chercher des miettes. « Vingt francs, dit lentement la fille, tu vois bien qu'il est mal. » Le type ne lâche pas Rose des yeux. La fille retourne la carte postale de Solange pour la lire. « Vingt francs, répète-t-elle presque rêveusement, qu'est-ce que c'est vingt francs. » Le type soupire avec un air de s'ennuyer. *Allez-vous-en*, supplie Rose par télépathie. Le portefeuille offert par son père est là, dans le sac offert par sa mère. Les murs pulsent au rythme du sang. *Allez-vous-en*. Les yeux démoniaques du type ne cillent pas. Elle ouvre le portefeuille. La fille prend les deux billets de cent francs qui s'y trouvent. Le type se lève, les doigts en V pointés sur Rose : « Motus. » Ils ont disparu.

Rose se jette sur le téléphone et appelle sa mère. Elle sanglote tellement qu'elle a du mal à raconter. J'arrive, dit la mère, je viens, je saute dans la voiture, fais-toi un thé, mets-toi au lit, ne touche à rien, appelle la police, j'arrive. Elle ne pourra plus jamais s'asseoir sur ce canapé. Même la poignée de la porte est salie. L'appartement est devenu une zone ennemie. Et la carte de Solange avec la tour Eiffel – à la poubelle.

Trois heures après sa mère est là, avec son père, réunis dans l'adversité. Au matin, lui seul a réussi à dormir, il brandit le presse-agrume Alessi en fonte d'aluminium : « Tu aurais pu les fracasser avec. » Rose fond en larmes. *Motus*, a dit le démon, ce mot ancien, bizarre, latin. Rose les supplie de ne pas aller voir la police.

C'est impossible, ensuite, d'habiter ici. Mais comment faire ? On ne va pas vendre maintenant. Rose se regarde dans le presse-agrume, son visage épluché en quartiers de métal, avec de gros yeux troubles au sommet. Motus.

Un soir, devant l'ascenseur, Rose entend un bruit et veut s'armer d'un des cailloux de la rocaille. Mais ils sont collés par du ciment. Tout est factice.

*

Quand Rose est prise en stage à l'hôpital de B. Nord, tout le monde respire. Elle habite avec sa mère, mais son père passe souvent. Il s'est mis à lire Lacan, « pour suivre ». Marcos aussi lit Lacan. Quand elle rentre de l'hôpital, avec sa petite Twingo offerte par ses parents, elle passe au Soleil boire une bière (ou un Perrier, elle essaie de réduire). Si le Soleil est fermé elle sonne à l'étage, ils écoutent de la musique, elle lui parle de ses inquiétudes au sujet de Christian. Il dit :

– Moi, avec ma copine, on est un couple ouvert.

– Au point qu'on ne l'a jamais vue, ta copine.

– Le couple bourgeois c'est le compromis. Comme disait Lacan : le con promis !

– C'est toi le con, tu crois que je lui dis toujours oui, à Christian ?

– Pauvre Cristounet.

– Pauvre Ta-Copine.

– En me traitant de con, tu manques de respect à ton sexe, le con c'était le nom argotique du sexe féminin au Moyen Âge.

– Je sais.

– Dis que je suis con comme une bite plutôt.

– Tu es con comme une bite.

Capter son attention malgré tous les gens qu'il voit, ça continue à épater Rose. Peut-être qu'il ne dit pas « c'est pour toi » à chaque fois ? D'ailleurs il lui demande moins souvent des nouvelles de Solange. Et des nouvelles, elle n'en a pas, à croire que son amie s'est dissoute dans les sucs digestifs de la capitale.

*

Christian semble frappé par une grande fatigue de vivre. Les mois d'hiver, ils se replient dans la chambre de Rose, il s'allonge sur ce petit lit de toujours, et très souvent, il s'endort. C'est beaucoup d'efforts, d'être un homme. Il roule, il roule, il en a plein le dos. Mais il est content du salaire qu'il dégage.

– Tu n'écris plus, se plaint Rose.

– Dans ma voiture, je suis mon propre patron, j'écris dans ma tête.

– C'est quoi écrire dans ta tête si je ne peux pas te lire ?

– Masse-moi les épaules, plutôt. Toi aussi, tu négliges ce que tu as dans les mains.

Quand il dort, Rose voit passer des rêves sous ses paupières. Il parle en basque dans son sommeil. Il doit repartir déjà. Il a loué un studio au-dessus d'une fromagerie dans l'épicentre de sa tournée, pas cher parce que ça sent fort.

Parfois Rose aperçoit l'enfant d'en face. Thierry. La mère de Solange le met à sécher dehors. Droit et raide sous le soleil qui peine à le colorer. Peut-être, à l'intérieur, le recouvre-t-elle d'un drap, comme un meuble ou un fantôme. Rose voudrait déployer autour de lui un bouclier magique. C'est tout un travail de traverser la vie en évitant la vie, en s'efforçant de ne pas trop souffrir, en limitant le frottement contre le réel. Elle sait ça.

À la consultation pédo-psychiatrique de l'hôpital, la stagiaire qu'elle est assiste aux entretiens. Parents et enfants font cet énorme pas hors de la pente de leur détresse, d'interrompre quelques minutes le déboulé de leurs emmerdements – attraper la main qui passe, la mordre, la rejeter, la maudire, mais ne pas la lâcher. Le *transfert*, Rose saisit bien le concept. Sauf que pour l'instant ce n'est pas sa main à elle, qu'on attrape, mais celle de la psychiatre, de la chef.

Elle parle de sa frustration à sa psy du vendredi soir. Et elle lui parle de Christian. Et de Marcos. Et de ses parents évidemment. Elle lui parle de l'épisode de la Ventoline, de cette honte qu'elle n'évoque avec personne. Mais honte de quoi ? Le vendredi soir devient une bulle dans un cabinet dans une rue dans un quartier de la ville de Bordeaux. Un repli. Les phrases reviennent en spirales. La psy, parfois, les lui ressort à des moments précis. La bonne phrase au bon moment, Rose apprend. Elle met de l'ordre dans sa tête, elle range. Quand elle sort, exaltée, en larmes ou en joie, ces trois quarts d'heure sont comme des points-virgules dans le récit en cours de sa vie. Le sens se bâtit comme une maison, mais pour l'instant il y a trop de portes et de fenêtres partout.

*

Elle décroche un premier vrai job à Guise, un CDD en remplacement d'une psychologue en congé maternité. Guise ça va, « une ville à taille humaine » dit sa mère. Au pied des Pyrénées. Un air de neige y souffle, très pur, les matins bleus d'hiver. Elle est à peine plus âgée que ses patients adolescents. Les anorexiques ont leur étage, et les longs séjours ont leur pavillon. Rose reste avec ceux et celles dont on ne sait pas bien quoi faire : davantage *celles* que *ceux* – des filles suicidaires, déprimées, bipolaires, peut-être schizophrènes. Où sont les garçons ? « En prison », lui dit un infirmier.

Les hôpitaux psychiatriques sont des creux dans l'envers du monde. La peinture s'écaille, les fenêtres fermées à clef laissent passer le vent, la bouffe est dégueulasse. Mais Rose a l'impression d'être utile. Le monde a déposé les gamines ici comme du bois flotté. Contorsionnées, incendiées, fendues. Rose les porte, du moins elle porte celles, ceux, qu'elle peut porter, et ceux, celles, qui veulent bien que Rose les porte. Elle a besoin le soir de les quitter, de se reposer. De reprendre des forces pour être capable au matin de les rejoindre. Elle trouve un rythme et une douceur à être entrée dans ce monde-là du travail.

C'est étrange, ils ne sont plus que Marcos et elle au village maintenant. Elle ne rentre jamais directement chez ses parents, elle passe d'abord prendre des nouvelles au Soleil. Tout le monde est parti – à part Delphine qui a repris l'épicerie avec le fils Kudeshayan, ils veulent passer au bio mais les gens ricanent. Et puis il y a toujours Peggy dans son sous-sol. Et Raphaël, qui traîne à la terrasse en fumant des pétards. Parfois on croise Jennifer : et Arnaud que devient-il? Nathalie fait kiné à Bordeaux; Concepción fait droit à Saragosse; Laetitia, à ce qu'il paraît, mène grand train à Toulouse en médecine. Solange serait entre Paris et Londres (Londres!). Et Maïder, la prof, la lesbienne, celle qui délirait avec le théâtre, elle est très malade, on dit le mot cancer.

*

Marcos a décidé de passer la voir à Guise : la neige est bonne. Un coup de bagnole et *zou* : les pistes.

Il lui apporte du vin et des brassées de lilas, ils ont fleuri très tôt cette année. Marcos skie bien. « C'est pas un peu un sport de bourgeois ? » Elle le charrie. Les canons à neige crachent des flots mousseux.

À l'auberge du Col d'Aubisque, la Voie Lactée est sur leur tête, « on pourrait la toucher du doigt » dit Marcos. Christian dirait les choses plus poétiquement – il avait un télescope, enfant, que son père lui avait offert quand son entreprise marchait bien – bref, elle ne va pas lui parler de Christian. Marcos a vécu à Londres à l'époque du Blitz : la boîte, pas la guerre, précise-t-il en riant. Rose a une vision de Marcos en vampire, traversant les siècles de nuit en nuit, de bar en bar.

– Il y avait tout le monde : Steve Strange, Boy George, Sade, Bowie.

– David Bowie ?

– C'était l'époque *Ashes to Ashes.*

L'information qu'il a croisé Dieu en personne se dépose avec lenteur.

Marcos soupire : « Londres c'est fini de toute façon. » Et il lui fait ce truc, de lui ranger une mèche derrière l'oreille.

– Ne te coupe jamais les cheveux, les cheveux courts t'enlaidiraient.

Elle est un peu pompette. Le feu de cheminée lui donne chaud. Lors d'une sortie avec ses patientes, elle a découvert que le musée de Guise conserve tout ce dont la République ne sait que faire : cadeaux faits aux présidents, poteries variées, animaux empaillés, cuillères en émail, et même le bidet de l'impératrice Eugénie, celle qui a fait construire l'hôtel du Palais. Elle ne va quand même pas lui raconter ça.

Il lui souffle dans le cou : « Les cheveux lâchés, tu as un faux air d'un Botticelli. » Elle se laisse embrasser. Sa bouche a goût de saint-émilion.

Il y a ce petit moment de bascule, l'espace a comme un saisissement… le temps a un hoquet… Rose ne sait plus très bien ce qui se passe – elle n'a pas eu tellement d'occasions dans sa vie de séduire. Solange dirait sûrement que ça sent le réchauffé, avec Marcos – mais justement, ça compte moins, c'est moins grave.

où est mon futur
les grandes villes sont trop grandes
les petites villes sont trop petites
les villes moyennes sont trop moyennes
Boucle d'or
c'est moi

– Allez, Rose Sélavy, on est trop bourrés pour conduire, prenons une chambre.

Il a raison, ce serait bête d'avoir un accident.

C'est comme la première fois. Il plie ses vêtements sur le dossier de la chaise. Avec Christian au moins il y a toujours de la surprise, voire du suspense. Christian se propose à elle timidement, presque prudemment : comme une offrande dont il espère qu'elle voudra. Alors que celui-ci ne cherche qu'à, comment dire… comment elle racontera ça à sa psy… qu'à la rappeler à l'ordre, gentiment, certes, presque poliment, mais quand même. Où en étais-je. Pour une fois que ça dure. Elle essaie de se concentrer sur ses sensations. Elle s'applique. Un grand « c'est pour toi ! » interrompt sa rêverie.

*

C'est un printemps chaotique, un coup ça neige, un coup ça fond. Le village est vert, touffu, tropical. Et le Soleil n'est pas ouvert, Marcos est peut-être à Paris ? D'ailleurs, ce week-end, l'enfant est à la maison. Debout sur le tapis gris perle. La mère de Solange se repose quelque part alors maman la dépanne. Elle a même réussi à joindre Solange qui, paraît-il, a promis de venir. On verra.

On dirait qu'il pousse, cet enfant. Pas tant qu'il grandit mais que des bourgeons pâles percent au bout de ses oreilles, de ses paupières, de ses mains qui pendent. Une chandelle verte s'allonge au bout de son nez. On va le garder combien de temps.

⋆

Solange ! Ça fait longtemps qu'on s'est pas vues ! Solange est là ! Aussi belle qu'à la télé, souple et pomponnée, son grand panier d'osier débordant de paréos, tubes de crèmes, paquets de clopes et Hollywood chewing-gums, on dirait qu'elle va à la plage. Il y en a des choses à rattraper ! Elle s'installe chez Rose parce qu'en face ça lui file le bourdon. Pour un peu elles dormiraient dans le même lit, et ne jetez pas vos mégots dans le jardin ! Nastassja Kinski lui a donné des places pour la piscine de l'hôtel du Palais, on dit le *spa*.

Sauf qu'il y a un moment d'embarras quand la mère de Rose, après avoir grommelé qu'ici aussi il y a une piscine et que personne n'y nage jamais – mais elle n'est pas *chauffée*, maman –, annonce qu'elle a des trucs à faire, et qu'il faut qu'elles emmènent l'enfant.

Ni une ni deux Solange fait un saut en face pour choper le maillot du petit. La mère de Rose enduit la créature de monoï pendant que Solange revient parce qu'elle n'a pas la clef, y retourne parce que la clef est sous le pot de fleurs à gauche comme elle a toujours été. Elle a trouvé le petit maillot de bain Spiderman de son fils, bravo Solange, et tu devrais prendre des couches aussi. Il a encore besoin de couches, c'est comme ça. La mère de Rose leur fourre dans les mains des BN à la fraise, les seuls qu'il aime. Rose ! Vous oubliez son maillot.

Dans la voiture elles chantent sur une vieille cassette de Nougaro, *Un nouveau départ / Solide comme un roc / Une pluie de dollars*, elles rigolent comme avant. C'était cool le lycée dit Rose. Ouais c'était cool.

Rose jette un œil dans le rétroviseur, elles l'ont assis sur un gros oreiller pour que la ceinture de sécurité ne lui cisaille pas le cou. Avec sa salopette et ses yeux ronds il ressemble à Coluche. Les Pyrénées s'éloignent, la mer clignote dans un triangle, encore un rang de collines et coucou la revoilà, le trait bleu grandit dans le paysage…

*

Solange court prendre les meilleurs transats pendant que Rose cherche à se garer. L'inconvénient du permis en accéléré, c'est qu'on a les bases mais pas les créneaux, bref : le temps que Rose trouve enfin un parking en bataille, à l'Atalaye, loin du Palais, le gosse s'est mis à s'agiter.

Elle fait le tour de la voiture pour le récupérer vu qu'il ne semble pas vouloir se lever de lui-même. Il se balance d'avant en arrière, elle a du mal à le détacher, et pour le faire marcher, *macache*. Elle regrette de ne pas avoir écouté sa mère qui lui avait dit d'embarquer la poussette. À l'accueil du palace elle n'a plus de bras et pas de ticket, c'est Solange qui les a, ou comment elle s'appelle, Jodie Foster, non l'autre. La pimbêche aux armoiries du Palais demande une réservation, mais je vous dis que c'est mon amie qui l'a et qui a rendez-vous avec comment. Tout est marbre et or avec des fleurs énormes dans des vases plus grands que le bidet de l'Impératrice. Petite elle se promenait sous les grilles avec son père qui lui disait « une nuit ici coûte la moitié de mon salaire ». Didier, ou comment il s'appelle, s'est mis à pousser des gémissements, sous le parfum des lys il ne sent pas la rose. Bon écoutez vous verrez avec mon collègue. Le petit meugle comme un jeune veau, l'hôtesse sourit enfin, quel âge il a ce *pottolo*, elle va pour lui caresser la tête mais le *pottolo* se cambre comme un arc.

Le soleil est total sur le grand haricot bleu et les murailles blanc et rouge. Solange est là, les pieds dans l'eau, lunettes noires et bikini fluo, elle parle avec Nastassja Kinski. Solange ! L'enfant gémit toujours, il a peut-être faim ? Regarde, il y a ta maman. Où est son maillot. Où sont les vestiaires. Elle le pose, ouf, par terre. Il se met soudain à avancer façon limule droit vers l'eau. Hé ! Elle le soulève mais il s'est mis sur *ON* et ses petites jambes cisaillent l'air. *Solange !* Rose a l'idée des BN, écrasés dans sa poche, elle lui en fourre un dans la bouche, ça ralentit la marche du lapin Duracell. Ouf. Il a repris sa position debout bras ballants, il mâche en regardant le ciel. Elle lui enlève sa salopette. Erreur. Puanteur. Heureusement qu'on est en plein air. Si elle osait elle le passerait sous la douche, là, à trois mètres, où des naïades en maillot Eres s'aspergent dans les arcs-en-ciel. Elle l'essuie comme elle peut avec la serviette donnée par sa mère, dans laquelle était roulé, elle s'en aperçoit maintenant, son propre maillot La Redoute, joli mais clair, où une traînée brune est apparue. Allez, mets ton maillot. Est-ce qu'elle doit lui mettre une couche sous le maillot. Tout le monde la regarde, il a quoi, quatre ans ce gosse, on peut quand même mettre à poil un gosse de quatre ans, non ? Des serveurs en habit blanc contournent les transats avec des cocktails qui font envie, elle fourre la serviette et le petit slip immondes dans son sac, sa bouteille d'eau glisse, merde, pendant ce temps le mode marche s'est réactivé, le gamin reprend son chemin droit vers la piscine, elle lâche tout et se précipite. *Solange, putain.*

« Madame ? » entend-elle. « Madame ! » Est-ce qu'elle est *Madame* ? Le maître-nageur est là-haut sur sa chaise haute, comme un énorme bébé. *Solange ? Solange ?* Son amie n'entend pas. Elle attrape l'enfant et le serre fort dans ses bras, c'est quand même bon un enfant, même qui pue. Voilà le maître-nageur qui descend de son perchoir, droit vers elle

– quel est votre numéro de chambre
– quoi
– où est votre bracelet
– quel bracelet
– vous n'avez pas de bracelet
– quel bracelet
– le bracelet donnant accès au spa

Tout le monde la regarde. *Solange!* Elle serre l'enfant aussi raide qu'elle, il l'accroche avec ses petits bras, elle ne sait pas qui aide qui. Et elle a ce sentiment de déjà-vu qui signe ses débuts de panique, elle a déjà vu ce blond à cheveux ras quelque part, il l'a repérée, il la connaît, une pauvresse comme lui, dont le salaire paie une moitié de chambre. Il va la foutre dehors, juste pour obéir aux ordres.

Solange! Solange! Voilà Nastassja Kinski qui se déploie de toute sa fantastique maigreur blonde, d'ailleurs ce n'est pas Nastassja Kinski, peut-être une copine de Nastassja Kinski, dont elle a un faux air, la très grande blancheur... Elle s'approche nonchalamment en allumant une clope alors que le maître-nageur ressemble de plus en plus nettement à quelqu'un, ça y est, elle l'a – c'est un des Boursenave, ça doit être André, vu que Gorka est mort. Il crie VOUS PRIERAI DE BIEN VOULOIR QUITTER L'ÉTABLISSEMENT, Thierry lâche un énorme pet.

*

À l'hôpital, toutes les filles parlent scarification. Un étage entier de spécialistes. Elles savent s'entailler la peau de toutes les façons – sans lames, strictement interdites dans le service : avec des débris de CD ou des boîtiers de cassettes, des cuillères en plastique cassées, des feuilles de papier habilement maniées, des trombones passés en fraude, des herbes, même, rapportées de la promenade. Ou avec des lames de rasoir glissées dans le fond des chaussures – et là ça gicle, c'est l'émeute, le service passe au rouge. Intérieur des bras, des cuisses, ventre, poitrine, elles recherchent le shoot. C'est une addiction.

Rose fait partie du dispositif qui leur interdit *ça*. Et il faut aussi les empêcher d'en parler entre elles, pour éviter incitation et contagion, mais ça semble à Rose de pauvres concepts cliniques face à une telle passion. On dirait des affamées s'échangeant des recettes de cuisine. Il y a un seul *il* parmi les elles, tout aussi champion. Astuces pour masquer les plaies, look gothique avec dentelles, manches longues en plein été, prédilection pour les mitaines, talent pour les fabriquer, diminution par rangs au crochet : Rose découvre le *do-it-yourself* de la parfaite scarificatrice. Elle va leur consacrer son mémoire de fin d'études.

Mais elle a du mal à écrire. Ce qu'elle voudrait dire, ce qu'elle voudrait décrire, c'est cette sensation sans nom, ce contact presque magnétique, qui la prend et prend celle ou celui qu'elle touche ; et qui soigne, elle le sait ; pas toujours – mais c'est plus fort qu'une métaphore. C'est le signe, si on veut, que parfois, ça a soigné. Qu'un fluide – quel autre vocabulaire employer ? – est passé.

Dehors, famine dans la Corne de l'Afrique, camps de la mort en Serbie, bientôt génocide au Rwanda ; mais quand Rose passe le seuil de ces salles enfiévrées, elle sait que dedans, le plus important, le plus urgent, c'est la ferveur des patientes, et la sienne, qui y répond. Cyamémazine, risperidone, halopéridol, l'infirmier distribue les petits gobelets de cachets, l'impatience retombe… Rose peut engager des dialogues, et poser ses mains sur les bras blessés. Elle visualise une entaille se fermant en accéléré, telle une fleur dans les documentaires sur la vie des plantes. Les visages se déplissent, quelque chose a lâché qui n'est que provisoire mais qui autorise un apaisement.

Et Marcos qui ne la rappelle pas. Rose s'est mise à guetter la météo. Il ne neigera plus jamais.

Elle aurait aimé parler de tout ça à sa psy du vendredi soir, mais il n'y a plus de vendredi soir à Bordeaux, il n'y a plus que les trajets Guise-Clèves et retour. D'ailleurs « c'est interdit de toucher les patients » : l'infirmière en chef la sermonne et se dit ravie que la « vraie psy » rentre bientôt de congé mat'.

*

C'est un vieux lacanien qui la suit désormais, membre d'une école de psys sur la Côte, il s'agit moins d'une thérapie que d'une supervision pour la débutante qu'elle est, « mais on débute à chaque nouveau patient », lui dit-il. Elle aurait préféré une femme mais tous les patrons du pays sont des hommes.

– Est-ce qu'elles n'ont pas finalement une réaction saine, ces jeunes filles, s'entailler plutôt que se suicider ?

Rose repense à Solange, au matin de l'arrêt du car…

– S'en tailler pour ne pas y aller ? relève finement le vieux lacanien.

Il s'appelle Rostéguy, un Basque, et il est fort. Mais elle ne lui dit pas, pour ce qu'elle sent dans ses mains. Elle ne lui *précise* pas. On en a brûlé pour moins que ça sous l'Inquisition.

– Vous voulez le Phallus, dit Rostéguy comme si Rose lui avait parlé par télépathie.

– Non, dit Rose. Enfin oui, je veux développer le pouvoir que je devine, mais pas que ça s'appelle le Phallus.

– Voyons, dit le lacanien, c'est du symbolique.

– Pourquoi pas dire le Vagin alors ? insiste Rose.

– Voyons ! dit le lacanien indigné.

Rose bricole, mais bricoler c'est déjà ça. Avec certaines patientes le bricolage tient. Se dessine autour d'elle une zone où sont accueillies toutes sortes de détresses. Le point commun des patientes de Rose, vues de Mars, c'est la souffrance ; mais vues de près, vues de la zone où se déploie Rose, elles cherchent un endroit sûr, où faire et se faire le moins mal possible.

Mais quand Rose se compare, quand elle se compare ! Par exemple à Solange, qui aux dernières nouvelles est décidément à Londres ! Et elle, Rose, dans sa petite routine. Ça, elle en parle à son psy.

Et attendre Marcos l'exaspère. Elle n'en veut pas, de cette intensité d'artifice que le manque procure. Elle l'entend, cette fille en elle qui demande : prends-moi, sois méchant, sois absent, parle-moi mal, ne réponds pas quand j'ai besoin de toi. Et tout ça pour un *gourou de province*. Mais elle a beau analyser le ridicule de la situation, quand elle pense à Marcos (ou même à Raphaël), elle a peur que Christian soit un choix par défaut.

Le vieux lacanien balaie ses doutes : le couple, la stabilité, c'est ce dont Rose a besoin, et c'est dans ce cadre qu'elle pourra exercer son *écoute*.

⋆

Elle cherche une formation du côté du *coaching* et du *développement personnel*. Elle est tentée un temps par l'acupuncture. Et par le magnétisme ? Elle cherche son métier sans savoir où chercher. Le Minitel est déjà obsolète, et Internet encore embryonnaire. Elle entend parler d'expériences au Canada, au Gabon, à embrasser les grands arbres, et de voyages astraux où trouver son totem. Mais c'est trop cher de toute façon, et pourquoi ailleurs et pas ici. À l'école de psys de la Côte, il lui est arrivé d'évoquer la destruction des forêts comme source de la maladie mentale, et tout le monde a ri, gêné, comme si c'était elle, la folle.

Au bout du compte, le seul qui l'écoute, le seul qui l'entend, c'est Christian. Et aussi la mère de Christian. Elle dit qu'elles l'ont toutes un peu, ici, au village. Elle-même enlève les verrues. Les sources du village plongent très en dessous des barthes, dans la forêt, pour atteindre on ne sait quelle grotte, peut-être un champ d'énergie. Cinq minutes après la mère se tord les mains. En rentrant de son entrepôt, son père s'est fait casser les doigts à coups de marteau. Ils l'ont suivi, ils l'ont sorti de sa voiture, ils l'ont plaqué sur le capot. Ils cherchent le grand frère. « C'est des histoires de Basques », le père de Rose essaie de rassurer sa fille. Mais eux, chez Rose, ils sont bien basques aussi ?

Quant à Christian, il n'écrit presque plus. De temps en temps il offre à Rose une grande feuille avec un tout petit haiku ; ou pas exactement des haikus, comment ça s'appelle, ces courts poèmes en forme de dessins :

Au Pays à t'attendre sous les vols d'oies sauvages

La vie n'emporte pas la couleur de mes rêves
ma ligne de flottaison passe toujours par ton corps

Un copain d'un cousin de sa mère tient une agence immobilière à B. Sud. La question de l'habitat, qui a le droit d'habiter où, ça intéresse Christian : « c'est politique et c'est poétique ». En attendant il a dû s'inscrire à une formation en PNL immobilière, la *Programmation Neuro-Linguistique*. Il s'agit d'imiter le client pour qu'il te fasse entrer dans sa vie comme *la* solution : il dit « précisément » pour « oui » et « pas du tout » pour « non »? Tu fais écho. Jeu de miroirs. Ça *matche*. Celui qui ne veut que des derniers étages, bien remanié dans sa dénégation, il va s'emballer pour un rez-de-jardin.

« C'est un usage dévoyé du transfert, proteste Rose, c'est de la manipulation de comptoir! »

Son patron lui a filé un portefeuille pourri, dont une maison réputée invendable. C'est une épreuve initiatique. Christian se prend au jeu des visites. Il aime décrire en choisissant ses mots, il met les lieux en phrases, il crée de pièce en pièce un parcours stratégique. « Tout est dans la puissance du *mindset*. J'irai au bout de cette transaction. » Le stage a trop bien fonctionné sur ce cerveau métaphorique. Il faudrait le désenvoûter.

– On devrait pouvoir essayer les logements avant de les acheter, dit Rose.

– Tu n'y penses pas, dit Christian.

– On a bien le droit de rendre les vêtements qui ne vont pas.

– Ce serait la mort du secteur.

– Imagine que ton voisin soit un maniaque de la trompette, ou que les visites ne soient organisées que pendant la demi-heure de soleil, on ne peut pas lâcher autant d'argent sans garantie.

– Tu rêves. Déjà qu'on a des dingues qui campent sur le palier pour évaluer la copro et le quartier.

– Je ferais pareil à leur place.

Christian boude. Son front se plisse sur un oméga mélancolique. Quand on n'est pas avec lui, on est contre lui.

Mais le plus dur, c'est le *farming*. Distribuer des prospectus, et téléphoner aux particuliers : avec ses collègues ils se partagent l'annuaire, A, B, C, D… Ça le remue, de déranger les gens chez eux. Des voisins parfois, des voisins de voisins. Il faudrait changer de territoire d'expertise, retrouver la passion de la zone de chalandise et développer un savoir-être en accord avec sa prospection, l'*outbound* c'est fini, c'est l'*inbound* qui fait rentrer des mandats… Il s'échauffe et elle lui touche la main, et ça passe. Ça *matche* comme on dit en PNL. Il se calme. Il la regarde. Peut-être ne s'est-il attaché à elle que pour ce pouvoir apaisant qu'elle a, cette capacité à couper le feu ?

Et elle, pourquoi s'est-elle attachée à lui ? Si Platon a raison et que notre moitié se balade quelque part, était-ce justement dans ce petit village qu'elle devait la trouver ?

*

Christian a vendu la maison réputée invendable. Son patron est content. Avec la commission, beaucoup de choses deviennent possibles. Par exemple : partir en week-end à Londres.

Calais, les mini-croisières pour l'Angleterre, Rose a la pub dans la tête avec l'accent de Jane Birkin. Ce sera leur tout premier voyage à deux, en car et en ferry.

Il y a, sur la Terre, des rendez-vous sismiques, des failles où le devenir de l'univers s'enroule, des points où le passé se noue au futur... et un énorme trou dans la terre à vif, ici, à Calais, où passera cet Eurotrain dont tout le monde parle. Comment font-ils pour tenir la mer en respect ? Pourquoi ne dégorge-t-elle pas à travers le trou, pourquoi ne se vide-t-elle pas des deux côtés ?

Durant la traversée, Rose est tellement malade que Christian doit lui tenir la tête au-dessus des toilettes, et empêcher ses cheveux de se noyer dans son vomi. C'est toi qui voulais venir, hoquette-t-elle. C'est toi, dit Christian, c'est toi qui voulais venir pour lui dire, à Solange.

Elle avait espéré que ce voyage les rapproche. Mais le car pour Londres est introuvable et il pleut comme dans une chanson. Les parents de Rose voulaient leur offrir l'avion, mais eux voulaient payer avec leurs revenus de jeunes adultes. Et puis Rose a peur de l'avion.

Christian trouve le car et charge leur sac à dos dans la soute. Rouler à gauche relance la nausée. Christian s'inquiète : comment vont-ils lui dire ? Quoi ? Eh bien, que Maïder est morte. C'est pour ça qu'on vient, non ?

C'est quand même aussi un week-end en amoureux. Et il n'a pas pensé à prendre de Nautamine alors qu'il sait que Rose a le mal de mer. En sortant du métro c'est la gadoue, elle va pleurer, c'est trop d'angoisse et de nouveauté, ils achètent un plan mais ils se perdent – une zone impossible, un chantier jusqu'à l'horizon ! Ils essaient de se repérer par rapport à la future gare, *Waterloo* – « balancer des wagons de Français dans le nom même de la défaite, c’est l’humour des Anglais ». Mais Christian ne parvient pas à dérider Rose. Maintenant la migraine pointe. La maison de Solange, enfin ! Il fait froid dedans autant que dehors. Son mec les reçoit au lit sans lâcher sa guitare. Ça doit être Brice, mais il n’est pas aussi basané. Ah non c’est un nouveau, un certain Brian, Brice-Brian, elle fait exprès ou quoi. Bri-bri. Eux seront dans le couloir, là. Sur un matelas.

Rose hallucine. D’ailleurs Solange doit aller travailler (elle est serveuse dans un resto !) mais elle leur rapportera un *doggy bag*. Un quoi ? Et s’ils pouvaient lui avancer cent balles, oui en francs ça ira très bien, les prix de Londres sont délirants.

Rose s’assoit sur le matelas. Elle regarde Christian. Il la regarde : « Je me suis entraîné dans ma tête mais je ne sais pas comment lui dire. » Quoi ? « Pour Maïder. » C’est tout ce qu’il trouve ? Alors qu’ils sont là, les deux, dans ce passage, avec tout le putain de squat qui va leur marcher dessus et peut-être les dépouiller ? « Elle nous a mis deux couvertures » tempère Christian. Rose enfouit sa tête dans les deux couvertures. Ça pue. « On va voir Big Ben ? » Elle doit absolument faire une sieste sinon sa migraine va empirer. Christian monte la garde et elle parvient à lâcher prise, assez pour juguler le pire du mal de crâne. La nuit est tombée quand ils sortent, Rose glisse et se tord le genou, merde, elle s'est vraiment fait mal ! Christian aurait bien aimé voir Big Ben. La pluie a redoublé. « Tu aurais dû me dire de m'habiller plus chaudement. »

« Tu es la femme de ma vie, dit Christian. Mais il faut voir les choses en face : tu es aussi la plus casse-couilles. »

L'oméga saute d'un front à l'autre. C'est l'alliance dans la bouderie.

Au retour de Solange (en plus du *doggy bag* elle a rapporté deux bouteilles de whisky), ils boivent en attendant que l'un des deux lui dise.

Sur le manteau d'une cheminée où Solange s'évertue à faire fumer du charbon (« il faut un poêle, dit Christian, le charbon en feu ouvert perturbe l'âme des maisons »), sur cette cheminée il y a les photomatons qu'elles avaient faits ensemble à Bordeaux. Toutes les deux hilares, godasses en l'air. Solange a même pris soin de coller les photos sur du carton épais, pour qu'elles tiennent droit.

Où sont ses photos à elle. Et ses Doc Martens, quand elle y pense.

Au lieu de quoi, Rose prend tout son courage :

« Maïder est morte. »

Elle voit quelque chose de lourd, de tangible, entrer dans le corps de Solange. Qui l'absorbe. Qui se laisse déchirer impassiblement – et ça Rose le voit, le sait. Elle pose la main sur l'épaule de son amie. Elle prend la douleur au creux de sa paume et la plie, comme un papier qu'on ouvrira plus tard.

Comme c'est étrange, dans l'alcool et cette ville si profondément sombre, de penser que le village existe toujours, là-bas. Qu'il existe de façon certaine, comme existent, en ce moment même, les étoiles sur notre tête, les animaux dans les forêts, les baleines dans les océans – en ce moment même, avec la même réalité qu'eux trois ici, serrés dans le froid et tirant sur le joint, en ce moment même le village occupe deux plis de la croûte terrestre, et il y distribue ses maisons, ses champs, son église, son bistro, son école et sa putain de boutique de souvenirs, avec la même réalité physique que les bêtes inaccessibles et les atomes des étoiles et l'absence de Maïder. Buvons.

– Mais si, affirme Rose, tu te souviens de Nathalie.

– Je te promets que je ne m'en souviens pas.

– Elle croyait que les chansons d'Iron Maiden passées à l'envers convoquaient le diable.

– Ça, dit Christian, on ne sait pas, moi je ne m'y risquerais pas.

– Ma mémoire est pleine de trous, dit Solange, c'est un tapis percé par des mégots de joints, il n'y a que mes rôles que je mémorise un peu.

Comment elle se la joue ! Christian lui ressert à boire en riant, Bribri passe une tête, mais comme il ne parle pas français, et que Rose n'a que son anglais du lycée, et que Christian a trop bu, on se limite à trinquer et à l'écouter, il a écrit une chanson pas mal du tout, *Seen from Mars, seen from Mars…*

*

Et ce dont ils se souviennent, le matin de leur départ, c'est d'un renard : une présence rousse et pointue, dodue, dans une forme si éblouissante qu'il semble une insulte à leur gueule de bois. Solange est gentiment sortie de son lit pour leur dire au revoir, elle salue le renard, « *hey Foxy Lady* », elle embrasse Rose, elle embrasse Christian, qui dit à peu près : « C'est un

émissaire d'un avenir où il n'y aura plus dans les villes que des humains faméliques, des maisons englouties, et des bêtes survivantes, opportunistes, et fauves. »
« J'en peux plus de ta poésie », dit Rose.

Il traîne leur sac à dos dans le jardin à l'abandon. Il crie : « La poésie, c'est le futur ! »

Assis sur son derrière devant un poulailler artistique, un château fort de planches décoré de guirlandes, le renard ne les quitte pas des yeux, comme deux grandes poules.

« Rose ! » Solange descend le perron pieds nus. Elle a planté un crayon dans le chignon de ses cheveux, elle a noué sur ses hanches les pans d'un long peignoir d'homme, on dirait une héroïne, on dirait une sœur Brontë. Pieds nus elle traverse l'herbe mouillée.

« Merci. » Solange prend Rose dans ses bras.

⋆

La mer est plate. Le ferry ne tangue ni ne roule. Ils ont dormi dans le car surchauffé. Ils ont bu deux litres d'un café anglais qui avait la couleur du thé. Ça va mieux.

– Tu sais la maison, dit Christian.

– La maison.

– L'invendable que j'ai vendue.

– Oui.

– Tu ne m'as jamais demandé pourquoi elle était invendable.

– Pourquoi était-elle invendable ?

– Tu ne t'intéresses pas à ce que je fais.

– Pourquoi était-elle invendable ?

– Le proprio est mort.

– Il est mort…

– Tué par une bagnole.

– Je le connaissais ?

– Il sortait de la maison.

– Et ?

– Il sortait de sa maison, et boum, sur la nationale.

– Elle donne direct sur la quatre-voies ? Tu m'étonnes qu'elle était invendable.

– Tous les propriétaires successifs sont morts prématurément. Celui d'avant a eu la poitrine transpercée par son taille-haie. Et celui d'avant, électrocuté dans sa salle de bains.

– Et celui d'avant, mixé par son sanibroyeur ?

– Très drôle. La toute première proprio, celle qui a fait bâtir la maison, s'est pendue à la poutre du salon. Et maintenant mon acheteur, mon dernier prospect, celui qui était si chaud, il est mort aussi.

– Coïncidence.

– C'est toi qui parles de coïncidence ? Le patron m'a intimé l'ordre de ne pas le dire aux prospects.

– Arrête de dire *prospect*. Dis *client* comme tout le monde.

– Tu dis bien *patient*, toi, et pas *client*.

– C'est pas pareil.

– Moi aussi je prends soin des gens. L'immobilier aussi, c'est de l'écoute. Du tact. Trouver la bonne maison pour la bonne personne.

– Et la bonne phrase au bon moment. Je sais.

– Même mon patron m'a dit qu'on ne vend pas la maison d'un pendu. Il me félicite, et maintenant mon client est mort.

– Ton patron est un gros Basque superstitieux.

– On ne vend pas la maison d'un pendu. Ça me tourmente. Cette maison a le *hatou*.

– Arrête.

– Je crois qu'il avait des enfants en Dordogne. J'ai peur pour eux. Je ne sais pas si le hatou se transmet par héritage ou seulement par achat. Je vais leur écrire.

– Ne fais pas ça.

– Je vais demander leur adresse au notaire. Et je voudrais qu'on déménage. Qu'on parte ensemble loin.

– Pas trop loin, alors. Où ?

– Loin, avec des trains. Trouve-toi le poste qui te va, je te suivrai.

On approche des côtes françaises. Ça se met à secouer un peu. L'horizon vibre et le monde se précise.

– On devrait se marier, dit Rose.

*

Rose a trouvé un CDI dans un CMPP. Le rêve. Mais c'est en banlieue parisienne. Elle a beaucoup hésité. Grâce aux contacts de Christian, elle a trouvé à se loger dans un immeuble chic au centre-ville de Paris. De son petit studio mansardé elle voit le bout de la tour Eiffel. Ses parents se sont portés caution.

Elle fait la queue chez France Télécom pour obtenir l'activation de sa ligne en 01. Les câbles téléphoniques traversent la France du Nord au Sud, fixés par des isolateurs sur des poteaux, transportant les voix jusqu'à des structures métalliques accrochées aux maisons à Clèves, souterraines à Paris, et c'est comme ça qu'elle peut parler à Christian. Et une fois, à Solange : « Faut être débile pour habiter Rive Gauche. Invalides, c'est la mort. Et y a pas plus de *centre-ville* à Paris qu'à Londres ou à New York. »

L'essentiel selon Solange est de se trouver un bistro où boire son café et *sentir* la ville. C'est certainement pas Christian qui n'a jamais dépassé les frontières du Midi qui saurait où il faut habiter. Oui oui on va se voir, mais j'envisage de repartir, oh je ne sais pas, Los Angeles peut-être.

Christian a entendu dire que Solange veut racheter la maison de sa mère, pour mettre sa *famille* à l'abri. N'empêche que si Rose fait le compte de tout ce que Solange lui doit, ça fait bonbon. Elle a essayé de lui en toucher un mot au téléphone, vu que là avec les frais d'installation elle est ric-rac, mais Solange a eu l'air de trouver sa demande tellement vulgaire, « mais bien sûr que je te les rendrai », qu'elle a eu honte et lâché l'affaire.

La concierge de l'immeuble chic a informé Rose que les *chambres de bonnes* doivent emprunter l'escalier de service : l'ascenseur est réservé aux *étages nobles*. Rose a cru qu'elle plaisantait mais pas du tout. Son studio au huitième perd de son charme au retour de ses périples bus-RER-métro. Sur la carte, ça semblait pratique ; dans la réalité, le changement à Châtelet est si long que des tapis roulants ont été installés, sur lesquels courent les Parisiens. Souvent des hommes la suivent, elle doit parlementer pour s'en défaire, elle a peur, elle perd du temps. Elle se fait piquer son portefeuille, où il y avait aussi sa carte orange, le coupon quatre zones qui coûte deux cent cinquante francs. Le temps de refaire la carte elle se faufile derrière les gens aux tourniquets, avec l'angoisse des contrôleurs. Une envie de pleurer monte, quotidienne. Elle se raccroche aux *vrais problèmes* de ses jeunes patients puis la guerre reprend entre elle et la ville. Dans le RER bondé de 18 h 10, les corps sont sur elle, contre elle, une tension chaude et épaisse, les visages détournés, les mentons levés. Elle essaie de rétrécir ses gestes tout en serrant son sac, parfois elle croise un sourire mais si c'est un homme, elle baisse tout de suite les yeux. Parfois elle sent des trucs mais ça doit être dans sa tête, des types qui profitent de la foule pour… ah, ça la dégoûte.

Et là, ce matin-là, ce qu'elle sent au niveau du pubis, pourtant elle porte un large pantalon de toile dans lequel elle est à l'aise pour voir les gamins, mais cette pression, là, exactement où se love son clitoris, ce n'est pas un hasard, ce n'est pas un voyageur distrait ! Mais son bassin est tellement collé aux autres qu'elle ne parvient pas à se dégager dans l'enchevêtrement – elle crie et pousse au hasard devant elle. *Mais elle est dingue celle-là* – les portes s'ouvrent, elle s'échappe. Le RER suivant est dans dix-neuf minutes. Elle pleure.

Cette main dégueulasse la poursuit. Comme si on l'avait brûlée là. Abject. N'importe quand, cette intrusion recommence, pas sous la forme d'un souvenir, ça n'a rien de visuel ni d'auditif, c'est un souvenir de sensation, une pression, un haut-le-cœur. Elle laisse passer les RER jusqu'à trouver la force. Elle met le réveil en avance pour avoir de la marge. La nuit elle se relève, se douche, cherche son souffle.

Elle se dit que tant qu'ils ne vivront pas ensemble, avec Christian, ce sera ça. Et elle se demande quand ça commence, l'avenir.

⋆

Un soir pour ne pas rester seule elle ose braver l'extérieur avec une crêpe en bas de chez elle. La patronne accepte qu'elle occupe une table devant une œuf-fromage et une carafe d'eau. Rita est de Bilbao et de père italien, et fait des crêpes bretonnes avec Farid, son mari kabyle. Rita commence les phrases de Farid et Farid finit les phrases de Rita. Tout le monde les appelle *Faridérita*. « La crêpe c'est là où t'as le plus de marge, dix balles de farine lait œufs, tu te fais tes dix sacs à l'aise, le week-end une brique, je te parle d'un million ancien. » Rose s'y perd un peu. Farid aide à la crêperie mais son vrai boulot c'est Force ouvrière. Service d'ordre. Il a aussi été garde du corps du ministre de la Défense, et dans sa jeunesse il était aux Renseignements, plongeur sur des missions spéciales, pas plongeur en cuisine hein, Rita rigole. Tous deux sont ceinture noire d'un art martial dont le nom échappe à Rose. Farid raconte comment Rita a plaqué sur le capot un chauffeur de taxi qui prétendait l'emmerder. « Moi ça m'arrive tout le temps », gémit Rose. Elle raconte le métro, le RER. Il faut choper le bras du type et crier « à qui c'est, cette main ? ». Rita mime, bras levé. Sa main manucurée revendique. Et son beau visage marqué d'une acné ancienne, pas soignée, cicatrisée, semble s'ouvrir sur le visage rond, lisse, triste, d'une fillette qui n'a pas crié autrefois.

C'est une salle louée par FO, Farid est instructeur, une quinzaine d'élèves, que des mecs : des gringalets, des baraqués, des timides et des gros bras. Farid prête à Rose un kimono, « c'est comme du MMA avec veste, mais ici c'est la lutte ultime ». Bon.

Gauche, droit, coude, genou, et tu projettes. Rose vole. Pied, poing, frappe, percussion, t'as aussi les écrasements, et toutes les clefs, tu vas apprendre. Rose attrape le bord du kimono de Farid. Ça vient. Ça sent le tatami, la sueur et la lavande, ça sent le talc et la camaraderie. Elle apprend à glisser sous les prises de gorge, à culbuter autour des prises de poignet, à s'enrouler sous les prises de bras. « T'en as dans les mains », dit Farid.

Tape, check. Rose achète son propre kimono, avec le short court et les bottines souples. Elle a des bleus, elle se transforme, c'est le prix à payer. Chaque séance est complétée par des techniques d'autodéfense. Il y a un Malien sans papiers qui en a marre d'avoir peur, un travailleur du sexe qui veut prévenir les coups, un chômeur en lutte, un mutique dont on ignore tout, et d'autres plus bavards mais dont on ne sait rien. Rose apprend à égorger avec sa carte orange, index tendu le long du plastique dur, tu armes ton bras et tu balaies. L'agresseur est armé d'un couteau ? Le danger c'est la main, pas la lame : attaque la main, attaque le cou, attaque les couilles. T'as un parapluie ? Tape pas sur sa poitrine comme une dame, frappe à deux mains dans la jugulaire. T'as une clef? Attention : dans l'œil, le type, tu le tues.

Farid la raccompagnait la nuit après le cours, il lui montrait comment se camoufler le visage en récupérant de la suie sous les essieux des voitures. « Mais contre un gun, tu fais ce que le type te dit. » Il lui parlait de ses cousins en Algérie, des barrages sur les routes, des tueries qui semblaient à Rose un film. Ici, en France, où l'insécurité c'était Le Pen, Rose enchaînait les techniques *pour ne pas avoir à s'en servir* : c'était le mantra du club.

Elle marchait différemment. Elle ne se demandait plus quoi faire de ses mains. Ses épaules regardaient le ciel. Ses yeux circulaient. La rue lui appartenait. Elle n'avait même pas encore sa ceinture jaune. Et plus personne ne l'emmerdait.

⋆

Sonia est assise très droite, très fixe. Sa mère essaie de calmer le petit frère, un bébé agité. La gamine se présente comme anorexique et est toujours d'accord avec tout, elle parle en répétant la dernière phrase dite par sa mère, par son père, par Rose, aussi bien par la télé. Son enfance a été merveilleuse. Son père et sa mère sont merveilleux, qui s'accusent mutuellement de maltraitance, en vue de la *garde exclusive*, on croirait un conflit immobilier. Les souvenirs d'enfance de Sonia parlent d'une plage au soleil. Sa mère cuisinait sur un fourneau et son père lui apprenait à faire du vélo. On dirait un nulle-part dans un non-temps. Sonia est maigre, certes. Mais il y a quelque chose qui ne *matche* pas, comme dirait Christian. La gosse fait l'anorexique. Elle mime l'anorexie pour qu'on la laisse tranquille avec un autre trouble caché derrière, mais comment faire.

Comment je peux l'aider.

Rose voudrait s'arrêter deux minutes, ne plus penser à rien. Essayer de voir ce qu'elle ne voit pas. D'entendre ce qu'elle n'entend pas. Elle croise les jambes et la gamine croise les jambes. Elle se touche la joue et la gamine se touche la joue. Elle voudrait lui prendre le bras, pour casser le mirage, mais la gosse a un tel mouvement de recul que Rose recule aussi. Quelque chose se décentre, un appui qui manque, un faux pas, un vertige. Rose ne sait pas ce qui ne va pas. Rose ne sait pas *ce qu'elle a*. Elle voudrait s'accrocher à quelque chose de concret. À la fac elle a appris avec un bic et un carnet, mais ici il y a un gros ordinateur et un clavier. Elle attend l'ouverture très lente du *dossier du patient intégré* et demande à Sonia, par-dessus l'écran, si mercredi prochain à 14 heures ça va, et Sonia répond « mercredi prochain à 14 heures ça va ». Le dossier du patient intégré rend son bruit de déglutition. *Bloup*. Le vertige persiste. Va falloir s'accrocher.

⋆

La mère de Rose a découpé dans *TV Magazine* une interview donnée par Solange sur sa nouvelle vie américaine. Elle joue dans une série *internationale* et elle a versé, semble-t-il, dans le végétarisme et le yoga. Elle cite Bouddha : « Si ta compassion ne commence pas par toi-même, elle est incomplète. » Rose ricane mais cette phrase lui tourne dans la tête comme si elle sortait de la bouche même de Freud.

Quant au père de Rose, il a disparu des radars. C'est-à-dire qu'il n'est pas mort, mais il semble captif de cette zone où se perdent les pères, ce triangle des Bermudes de leur milieu de vie, entre leur boulot, leur meilleur pote, et une ou des femmes quelque part.

Seul le père de Christian tient le coup, mal. On lui a conseillé le piano pour se rééduquer les doigts ; il vient à la maison prendre des cours, la mère de Rose lui fait jouer *La Lettre à Élise, tititititi tati tata*. Surréel. À part elles, plus personne au village ne parle aux parents Goyenetche. C'est comme s'ils avaient la peste.

⋆

D'accord, marions-nous, dit Christian.

⋆

Une agence immobilière du boulevard Magenta. Un secteur très volatil, en pleine mutation. Christian a du mal à s'adapter, le manège tourne plus vite qu'en province, achat et revente de suite. Mais depuis qu'ils ont emménagé ensemble, Rose a de l'énergie pour deux. Le vide au creux de sa poitrine s'est comblé. Elle fait les courses en rentrant du CMPP, elle cuisine, elle nettoie, elle le bichonne. Elle lui a présenté Farid mais le courant n'est pas passé – tant pis, sa ceinture orange attendra. Le bonheur, le soir, de se raconter mutuellement sa journée, de se soutenir contre les injustices, de s'encourager dans les difficultés. Dormir chaque nuit ensemble, c'est comme recharger une pile, et pour Rose ce n'est pas qu'une image.

Christian est d'accord pour Emma et Gabriel. En attendant leur venue, la bouteille est une troisième personne constamment présente. Parfois Rose partage avec lui (autant qu'il ne boira pas), ou bien elle fait la gueule. Ou les deux. L'argent est un autre terrain miné. Leurs revenus couvrent leur loyer et leurs charges, qui comprennent, pour Rose, sa psychanalyse : deux séances par semaine non remboursées par la Sécu. Ils vont parfois au resto, souvent au cinéma, ils vont chez le même coiffeur milieu de gamme, ils prennent le train pour Clèves aux vacances. Christian achète des livres et s'est abonné à une salle de muscu (Rose râle parce qu'il n'y va jamais), et il arrive à Rose de faire du shopping. Malgré les primes, Christian ne s'en sort pas. Rose lui offre alors le cinéma, parfois le restaurant. « On devrait payer au prorata de ce qu'on gagne », suggère-t-il. Rose en tient, elle, pour moitié-moitié, d'ailleurs elle mange moins que lui mais n'a jamais protesté contre ses 50 % d'épicerie, sans parler de tout l'alcool.

– Mais tes parents te filent sans arrêt du fric !

– C'est pour nous deux que mes parents se privent !

Ce n'était pas tout à fait vrai du père de Rose, qui s'était installé dans un appartement étonnamment cool pas loin de l'hôtel du Palais, et dont le chèque mensuel tardait parfois à venir. Rose aurait préféré un virement automatique.

Si ses parents vendaient Bordeaux, Rose pourrait acheter à Paris (ou en proche banlieue). Mais ils ont pris un locataire. Et Rose ne jure que par l'*intra-muros*. Le lever de soleil sur l'océan des toits, France Info qui tombe directement du sommet de la tour Eiffel jusque dans leur petite cuisine, ça – être au centre du monde –, ça vaut tous les villages de France. La beauté de Paris le matin exalte aussi Christian, mais le soir l'immobilier l'a tué. Il voudrait emmener Rose dans un grand restaurant mais :

– Une bonne soirée à Paris, c'est mille balles.

– Il suffit de dix francs pour deux bières en terrasse.

– Mais moi je veux te sortir au Moulin-Rouge et dîner au champagne en smoking et puis aller en boîte, on n'y va jamais.

Ça ferait rire Solange tout ce tralala, et Marcos aussi, tous ces chichis.

*

Ils sont au lit, ils viennent de faire l'amour. Ou bien ils sont au restaurant, à une jolie table autour d'une bougie, ils ont partagé le menu dégustation et l'addition. Ou ils sortent du cinéma un samedi soir sur les boulevards de la ville superbe. Ou ils sont dans un parc, un dimanche au soleil…

Ça ne change rien. Seuls sont modifiés le taux d'alcool dans leur sang, l'intensité des photons sur leur visage, la chaleur de l'air dans leurs poumons, peut-être le volume de leur voix. Ça ne change rien parce que cette conversation, quelles qu'en soient les conditions, était fatale :

– À la maternelle déjà Solange était amoureuse de moi.

– Je croyais que c'était dans ta tête.

– Je dois être honnête avec toi, si je m'engage pour la vie.

– Pourquoi avouer, si j'en meurs de chagrin ?

– Quand on aime il faut tout dire.

– Quand on aime il faut se taire.

– Mentir par omission est le plus grand péché.

– Tu aurais pu y penser avant de coucher avec elle !

– J'avais peur qu'elle t'en parle. Je ne pouvais pas vivre avec cette épée de Damoclès.

– Elle a probablement déjà oublié…

Christian regarde ses pieds.

– On n'a même pas vraiment couché.

– Ah, je ne veux pas imaginer.

– Je ne l'ai pas *connue* au sens biblique.

– Sens biblique ta mère ! Vous avez couché ou pas couché ?

– Un moment d'égarement.

– Couché ou pas ?

– Il n'y a pas eu… pénétration. Enfin si.

– ?

– Orale.

– Qui a pénétré qui oralement ?

– Elle sur moi. Je veux dire…

– La salope.

– Ce n'était pas sa faute.
– La salope, la salope.
– C'était après le club théâtre, entre deux portes, c'était rien !

Rose plonge son visage dans ses mains.

– Et toi ? demande Christian.
– Moi quoi ?
– Il y en a eu d'autres ?
– Me faire ça, avec ma meilleure amie !
– Je suis désolé !
– Tu as tout gâché.
– Pardonne-moi, je t'en supplie.
– Tout est fini.

⋆

Il pleuvait des cordes sur le mariage de Rose et Christian. La veille, il faisait vent du sud, et comme chacun sait, c'est forcément la pluie qui suit : la grande pluie basque, noire et fumante, dans laquelle les arbres se débattent. *Mariage pluvieux, mariage heureux !* Le barnum, pas vraiment étanche ni vraiment très vaste, ployait sous la flotte : ses parents avaient lésiné, ils avaient misé sur le beau temps – faire un tel pari, un tel jour !

« S'il te plaît, ne nous disputons pas » : Christian parlait lentement, il avait déjà attaqué l'apéro. On avait poussé les meubles, décoré la maison. Maman avait mis ses céramiques à l'abri et roulé les tapis. Était-elle toujours là, la tache de leurs seize ans ? Les parents de Christian n'avaient pu que très peu participer, il était loin le temps où l'entreprise du père… – pour faire court, les parents de Rose avaient tout payé. Le père tenait sa coupe de champagne à deux mains, rapport à ses doigts en rééducation, il semblait plus endimanché que tout le monde, et la mère, toute raide, avait sans cesse les larmes aux yeux. Rose manquait de temps pour eux, pour tout. Elle s'était occupée de sa robe, une robe audacieuse en papier blanc, par une créatrice à Paris. En papier solide, certes, une sorte de papier tissé, floqué, mais avec ce temps ?

On avait obtenu de papa qu'il vienne sans sa maîtresse. Il avait d'abord menacé de ne pas venir du tout, mais il était là. Papa ! Aminci, en costume, très souriant. Il s'était fait blanchir les dents.

Le frère de Christian n'était pas là. Il avait pris vingt ans à Madrid.

Les baies vitrées dégoulinaient. Les barthes saturaient, quelques invités avaient couru sauver leur maison de l'inondation, mais le noyau dur des copains, Raphaël, Salim et Delphine, Nathalie et son nouveau chéri, Laetitia en ensemble Kenzo, Concé en blanc (ça ne se fait pas), et Jennifer, et Arnaud, et même Viviane sans Maïder, tout le monde était là.

Retenue à Los Angeles, Solange avait fait envoyer un énorme bouquet de roses, même le vase était livré avec. Roses, les roses, allusion au prénom de sa fille – maman, en roue libre, répétait rose rose à tous les invités. Marcos avait attaché ses cheveux en catogan et enfilé un costume étroit, très élégant, dix ans de plus que les copains et dix de moins que les parents. La mère de Solange portait une bizarrerie d'inspiration indienne, qui contrastait avec le sari authentique de Mme Kudeshayan. Son fils, enfin son petit-fils, le fils de Solange, quoi, Thierry, n'était pas là. L'instituteur du village baissait les bras, le gosse n'apprenait pas à lire.

Après la mairie un verre était prévu au Grand Soleil, qui portait mal son nom aujourd'hui, ha ha. La mère de Solange ne restait que pour le vin d'honneur, il faut dire que le père de Solange, étonnamment en forme, venait de garer sa vieille Alpine, en vrac, on n'allait pas le verbaliser maintenant. On évoquait des souvenirs où il faisait le clown la bite à l'air, vous vous rappelez ? On traversait la place au pas de course, *flic floc*. Marcos avait fleuri son bistro de lilas blanc. Pourquoi cette attention touchait-elle à ce point le cœur de Rose ?

Un toast était porté à la mémoire de Gorka Boursenave.

L'après-midi on aurait aimé que les quelques invités venus de loin puissent visiter un peu le pays, mais les pompiers avaient barré l'accès à la rivière, et l'aller-retour à la mer faisait trop loin. « Je le savais, qu'il allait pleuvoir, je sens ces choses-là ! » : Rose prenait ses parents à partie – « Arrête avec tes superpouvoirs ! » hurlait sa mère. Le traiteur n'arrivait pas.

Rose et Christian montaient se reposer. Un clic-clac avait été déplié à la place de leur petit lit, sinon tout était là, le mange-disque, la platine, la statuette grecque rapportée de croisière par la grand-mère. Christian dormait déjà. Réveille-toi, on n'a pas fini de choisir les CD, mais Christian engourdi lui embrassait le bras, les épaules, les seins, arrête, il faut que je remette ma robe. Le papier crissait, alourdi d'eau grise dans le bas.

Le traiteur avait fini par arriver. Maman aurait voulu des gambas mais papa avait mis le holà. Le saumon en gelée tremblotait sous les tomates cerises.

« C'est très difficile de faire de la qualité pour autant d'invités », estimait Nathalie. Il faisait froid sous le barnum battu de pluie mais Rose avait chaud. Christian tapotait sur un verre et restait comme un gosse, couteau à poisson en l'air, étonné de son effet, d'avoir obtenu le silence pour son propre mariage – « mais parle ! » lui soufflait Rose.

Il lisait un poème. Était-ce le champagne, ou l'émotion, Rose ne parvenait pas à se concentrer. Les mots « épouse » et « vie » lui éclataient aux oreilles mais pas les autres mots, l'enchaînement, les rimes. Elle aurait aimé voir un film qui lui raconte la suite, ce que serait sa vie, ce qu'il adviendrait d'eux. Christian prenait son temps, il avait le vin lent, les invités ne s'ennuyaient pas au moins ? Est-ce que Marcos ne roulait pas des yeux ? Il y eut une ovation – le soulagement. Mais non, le poème était beau, la fête était belle, vive les mariés ! « Solange aurait pu venir tout de même », disait Nathalie. Les copains entonnaient *Egoak*, toujours très beau en chœur les chants basques.

La pièce montée, la pièce montée ! Les parents de Christian s'excusaient discrètement. Personne ne leur disait au revoir. Rose, pelle à gâteau en main, leur courait après pour un bisou maladroit. Les portes de la maison étaient ouvertes sur les bourrasques, le père de

Rose avait allumé un feu dans la cheminée, de la boue partout, mais la mère de Rose, échevelée, paraissait lasse et heureuse, comme au bout d'une longue traversée. Elle demandait à sa fille la permission de se coucher.

On danse ? On danse pas ? Christian tendait la main à sa femme, une passe, deux passes, ils avaient suivi des cours en vue du mariage, Rose avait mal aux pieds, l'effet de sa robe lui semblait ruiné par sa difficulté à suivre le rythme. Mais tout le monde dansait, et Marcos l'invitait à son tour, quel carnet de bal ! La sono avait pris l'eau. On se repliait à nouveau au Soleil, ne restaient que les fidèles. Le lilas dans les vases, hors de lui d'épuisement, jetait un parfum sucré, total, épouvantable. C'était la migraine, que jusque-là on avait évitée.

« Solange aurait pu venir, radotait Nathalie, c'est quoi pour elle un billet d'avion ? » Une voiture arrivait, pleins phares dans la nuit tourmentée. Marcos se précipitait avec un parapluie : sa fameuse copine de Paris ! Dans le coffre, deux caisses de champagne. Ça repartait, quelle fête ! Christian dormait sur une chaise. Marcos et sa copine s'esquivaient à l'étage, dans ce studio que Rose connaissait.

« Rose, tu fermeras le bar, tu sais faire. »

Une colonne vide s'ouvrit dans la poitrine de la jeune mariée, là, sous le plexus, comme si son centre, ce qui la tenait droite, l'abandonnait dans le froid et la pluie. La fête était finie, voilà, c'était fini.

*

Ils sont dans leur grand lit. Ils sont à l'abri. Ils ont repris le travail. La vie va continuer. Un grand vent d'Ouest unit l'océan à Paris. Rose est blottie contre son homme. Il a les mains calleuses des travaux de la vieille maison. Ils en feront leur havre, aux vacances. Ils ne seront plus obligés de passer Noël chez les parents. Une maison de secours pour les désastres à venir : Christian tient à ces travaux comme si leur vie en dépendait. Pour Rose ce sera une façon de prendre de la distance. Changer d'air. Changer d'eau.

Mais est-ce qu'on ne reviendrait pas vivre pour de bon au pays, avec des métiers dans les mains et des enfants qui pousseraient dans le jardin ? Au bout de l'autoroute, où tremblent les mirages, au bout du pays tout en bas, au Sud-Ouest, la maison, leur maison, leur ouvrirait sa porte avec leur clef.

Pour l'instant ils sont au lit sous les toits de Paris. Ils sont ensemble. Ils rêvent d'un avenir inépuisable.

II

Selon Solange

……… ça ne peut pas être en train d'arriver.

Dans sa chemise de nuit Snoopy et ses draps roses, sous les posters de James Dean et Marilyn, tous volets fermés, elle émerge d'un trou noir. Dans l'espace glacé, vide, *dring*, sonne son réveil, et toutes ses molécules se rassemblent pour la reloger impitoyablement sous ses draps : elle et nulle autre, Solange, Solange et son problème, Solange dans ce corps.

Dans le car embué de sept heures du matin, avec tous les pedzouilles de tous les villages qui se rendorment à peine montés, chaque arrêt ouvre sur le même abri rouge et blanc avec ou sans graffitis de bite, le tout sans aucun rapport avec elle qui est seule dans sa nausée. Chaque virage soulève son cœur et fait monter de grosses gorgées de salive… surtout ne pas vomir, pas devant tout le monde… Arrêt de bus, cœurs enlacés… Arrêt de bus, emblème révolutionnaire basque... La nausée et pas de règles, y a pas besoin d'un dessin.

La panique : impossible d'agir. Cette panique-là : l'indécision portée à son comble. On se dit : la panique, ça dure cinq minutes, horribles, mais allez. Non : la panique était constante. Toute la journée à son niveau le plus élevé. Paralysie du cerveau, des yeux, des mains, et de la bouche, car elle était incapable d'articuler et elle avait l'impression de respirer à travers une paille trop fine.

Enceinte, elle ne *pouvait pas* l'être. Bien sûr, techniquement elle pouvait l'être, elle n'est pas idiote : puisqu'elle a couché sans capote ni pilule un certain nombre de fois. Mais pas tellement de fois. Quand on fait l'amour depuis très peu de temps, dans une jeune vie, ces fois-là on peut les compter. Probablement vingt fois. Ou dix-sept. Disons les dix-sept fois où il y a eu pénétration, on ne va pas pinailler. Ce n'est quand même pas beaucoup. Et avec deux hommes seulement. Six ou sept fois Arnaud et les autres fois Bihotz.

S'il y avait eu moins de fois, peut-être qu'elle n'en serait pas là ? Là, dans la panique. Dans la nausée. Tout à côté, le long de la route, défile le monde normal. Le monde parallèle où elle n'est pas enceinte, dix-sept fois pas enceinte. Le monde où elle pourrait s'évader très loin, loin de ce corps et de ce village et de ce car de ploucs où elle a la nausée.

La panique. Il lui est déjà arrivé des malheurs, oui, les malheurs de la vie normale. Mais ça. Ce malheur-là. Cette panique-là.

La campagne dehors, couverte de gelée blanche, avec la route qui défile, les villages perpétuels. L'immanquable odeur de bouse, de gasoil, d'herbe mouillée, et ce vieux chauffeur aux mains baladeuses qu'il faut esquiver en montant et les gueules boutonneuses des Boursenave et de Bidegarraï et la mine fraîche de sa meilleure amie Rose... Elle aimerait se dédoubler et venir du futur et s'asseoir à côté de la Solange de quinze ans et lui dire ça va être un sale moment, mais ça va aller, ça va passer, *you will survive*. Solange, ma Solange, fais confiance à ton corps et à ta tête et n'écoute que ce qui bat, là, au creux de tes poignets, qui n'a absolument rien à voir avec un bébé et qui est la force de traverser le monde, de le traverser pour de vrai, de forer un trou à travers la planète et de ressortir loin, à l'air libre.

Elle voudrait se faire la promesse que personne ne lui fait, elle voudrait lui dire, à la gamine nauséeuse, écœurée, pétrifiée, elle voudrait lui dire *je ne peux rien changer au passé ma Solange mais je te dis que l'avenir t'attend.*

★

……… ça ne peut pas être en train d'arriver.

Mais ça lui arrive. Elle a passé la période où elle espérait s'endormir et qu'au matin le problème n'existe plus. Elle a passé la période de la pensée magique et aussi de la corde à sauter pour décrocher le truc et que tout parte dans le sang. Bien sûr l'avortement. Mais où on va et à qui on demande et avec quel argent et aussi c'était l'été, la lumière, le soleil, et il aurait fallu compter les jours ? Et d'ailleurs elle avait compté, un peu, mais difficile, des règles irrégulières, et ça personne ne vous en parle.

D'ailleurs ça va *mieux*. Elle pourrait presque y croire. Son ventre est très dur mais plat, ses seins sont durs et gonflés, elle qui était une *planche à pain*. Il y a des jours où elle pourrait se dire qu'elle a pris, disons, du tonus. Tout son corps est devenu compact et comme armé. Moins de nausées. Il y a eu un matin où, le temps qu'elle arrive au lycée, après tous les arrêts, tous les virages, tous les villages, elle s'est endormie quelques secondes et s'est éveillée, oui, comme neuve : un allègement de tout son petit corps, comme si des ailes d'insecte lui avaient poussé dans le dos, bourdonnantes et rapides, la hissant vers un avenir métallique

je ne peux rien changer au passé ma Solange mais je te dis que l'avenir t'attend

Et ce jour-là elle a presque passé une bonne journée. C'est elle qui a été choisie en français pour jouer *Antigone*, enfin *jouer* c'est beaucoup dire. Lire deux scènes en classe avec Rose. Et la prof d'espagnol a distribué les papiers pour le voyage à Madrid. Une vraie ville, au printemps. Ni Paris ni Londres ni Los Angeles mais quand même : une capitale. Pour le reste, impossible de se concentrer. Elle attrape un mot et le perd tout de suite. Elle ne sait pas si elle est en maths ou en histoire-géo. Elle se déplace de salle en salle et à un moment ils sont à la cantine et après ils sont au Tony à boire d'infects cafés et à fumer d'infectes clopes. Et dans le car du retour elle dort. Rose la secoue à leur arrêt.

*

Rose envisage de quitter Christian. Solange essaie de l'écouter mais son amie rapetisse dans son champ de vision, puis grandit, puis rapetisse. De s'être connues petites, des filaments vibratoires ont poussé avec leurs guibolles, leurs vertèbres et leurs dents; la « télépathie », comme dirait sa copine, mais aujourd'hui ça ne marche pas. Il faudrait tout lui dire – impossible. Bonjour le tombereau d'exclamations et de conseils. « C'est le temps », a envie de dire Solange, « il est arrivé quelque chose au temps, au temps que j'avais devant moi. » Car si le Temps se met en mouvement, c'est la terreur.

Chez Solange il n'y avait rien à manger mais chez Rose comme d'hab' tout est tellement normal avec le putain de sapin qui clignote déjà, la mère à Rose avec sa putain de miche de campagne et ses deux carrés de chocolat noir chacune, de la bonne marque, deux carrés et pas plus parce qu'elle fait attention.

Christian a toujours été ce garçon sombre et mystérieux à qui Rose brise régulièrement le cœur (et les couilles, estime Solange). Il a une bouche magnifique, et il écoute David Bowie. Solange a même été un peu amoureuse de lui quand elle était petite, jusqu'à ce que Rose se l'approprie. Elle essaie de se concentrer sur ce que raconte son amie mais le phénomène s'amplifie, que lui dire? Il ne s'agit pas tant de la rassurer (car Rose retournera toujours à Christian, comme les fleuves vont à la mer) que de trouver des phrases intelligentes sur les hommes, les femmes, le monde et l'avenir, phrases que Rose soupèsera et contredira ; mais le cerveau de Solange est vide.

Revenue à la maison, sa mère pas encore rentrée du magasin, un énorme coup de fatigue : elle s'endort devant *Récré A2*. Et au réveil il fait nuit et toujours personne, avec une grosse fringale. Elle a des parents gonflables. On retire le bouchon et ils disparaissent en loopings dans le ciel.

je ne peux rien changer au passé ma Solange mais je te dis que l'avenir t'attend

Une ritournelle dans sa tête. Elle s'applique à ne pas penser. Avec beaucoup d'efficacité. Ce serait comme nommer le diable, comme invoquer les spectres. Pas d'histoires. Trop dangereux. Mais ça se déroule quand même. C'est exactement comme un cauchemar : elle ne veut pas, mais ça lui arrive. Elle veut fuir mais elle fait du surplace. Elle veut changer de rêve mais c'est la glu, les oiseaux collés par une aile qui tournent, plumes arrachées. Ne pas être dans ce corps. Faire un saut dans un autre monde.

Elle se rendort.

Et contrairement aux angoisses ordinaires, ce problème ne fait qu'augmenter à mesure de son inertie.

Alors elle téléphone à Arnaud. La Solange du futur a beau se tenir à côté de la Solange de quinze ans, lui dire ne fais pas l'idiote, n'appelle pas cet abruti, la Solange de quinze ans tortille le fil entre ses doigts, ça sonne. Et ça répond – incroyable. Mais ce n'est pas Arnaud. C'est un type de son couloir à la Cité universitaire. Arnaud pas là. Ouais, plus tard. Alors elle rappelle plus tard. Et plus tard encore. Heureusement ce n'est pas le même type qui répond mais un autre, qui daigne aller frapper à la porte d'Arnaud. Peut-être qu'il dort ?

Le gus a accepté de laisser un mot avec le numéro de téléphone où la rappeler, elle, Solange. Qui tombe dans une flaque de temps. Elle se met à attendre. Ça elle sait faire. Se désintégrer dans l'attente. Qu'apparaisse – pas la Vierge, non, mais une créature hybride, mi-sauveur, mi-démon. Arnaud. Il l'appellerait et tous ses atomes se regrouperaient d'un coup. Elle répondrait *oui* de sa voix la plus sexy. Il n'aurait qu'un désir : la revoir. Qu'elle le rejoigne là-bas, vite, à la Cité universitaire de Bordeaux.

La Solange du futur roule des yeux. Dans les voyages temporels, une seule erreur de curseur peut perturber l'enchaînement des faits. On en a vu qui, pour prévenir des catastrophes, empêchaient jusqu'à leur propre naissance, jusqu'à la rencontre de leurs parents, de leur matériel génétique. La Solange du futur contemple la Solange coincée dans le temps et aimerait lui faire composer des numéros plus urgents. Mener sa voix adolescente au long des câbles de l'époque vers le Planning familial, par exemple. Ou vers l'hôpital. La mère de Rose aurait été là pour l'aider : la féministe du village. Et dans un autre scénario la mère de Solange n'aurait pas été si déficiente, si abandonnée et si triste. Et le père de Solange, pourquoi pas, aurait pu faire quelque chose, quitte à changer un peu le personnage.

Ce père aurait pu, ce dimanche justement, constater des rondeurs nouvelles, lui le premier à regarder sa fille d'un œil expert – il ne serait pas dit que ce beau spécimen de mâle aurait une fille grosse – bref il aurait suffi d'un regard scrupuleux, et d'un peu d'imagination, de logique et de sang-froid – pour constater qu'il s'agissait d'une grossesse.

Mais ce matin-là, dans l'implacable scénario qui se grava dans le temps, le père de Solange oublia sa fille. Ce n'est pas exactement qu'il oublia. Mais il laissa passer la matinée et ensuite c'était trop tard. D'habitude, le dimanche matin, il l'emmenait voir la mer, marée haute, marée basse, ils achetaient des petits gâteaux au meilleur pâtissier de B. Sud à côté du Palais, puis retour *vavavoum* dans les virages vers Clèves, sans oublier le mille-feuille pour son ex, on va quand même pas lui prendre un *divorcé*, ou un *gland* ha ha ha, tu as envie de vomir ma chérie ? Attends j'ouvre un peu ta fenêtre. À dimanche prochain mon poulet, sois sage. Mais l'idée que son poulet puisse être enceinte – et lui quoi, *grand-père* ? – et ce dimanche matin-là – putain j'ai dit à Ginou, fallait me réveiller, mais de fil en aiguille je ne retrouvais plus les clefs de ma bagnole, excuse-moi Solange, dimanche prochain sans faute, oui, je te rappelle mon gros poulet.

Et voilà comment Solange se retrouvait seule une fois de plus dans le salon ex-familial à contempler le téléphone. Elle avait sauté dessus dès la première sonnerie en espérant Arnaud, mais c'était juste son père et ses conneries. Qu'ils aillent tous se faire foutre. Sa mère avec son club de randonneuses dépressives et son père avec son bla-bla du dimanche.

Sa mère a pris une douche et se sert un verre de rosé, elle a rapporté du pain et fait frire on ne sait quoi, pour un peu la nausée reviendrait, *Solange viens m'aider* mais elle va rater le coup de fil et surtout comment parler à Arnaud avec sa mère dans les parages ? Parce que, peut-être qu'il faudrait qu'elle lui parle. Elle ne sait pas très bien.

Tout ça nous mène, quelques jours plus tard et au bout d'un très lent train à travers les Landes, au Chat bleu. Elle a dit à sa mère qu'elle était chez son père, et à son père rien, vu que c'est pas la peine. Le Chat bleu c'est la boîte dont parle tout le Sud-Ouest, avec des concerts d'Higelin, Alan Vega, Gogol Premier, et ce soir : Noir Déz'. Elle ne sait pas qui est Noir Déz' mais elle fait très bien semblant. Dans le train elle est seule avec une équipe de rugbymen, elle les tient en respect relatif en riant à leurs blagues grasses. Trois heures. C'est déjà très fatiguée qu'elle débarque en gare de Bordeaux, face aux bus rouge et blanc et aux embouteillages et aux rues inconnues qui s'ouvrent en éventail sur un grand nombre de questions. Où est la cité U. Où est le Chat bleu. Où est Arnaud. Il a juste dit au téléphone *mercredi y a Noir Déz' au Chat bleu*. Il l'a dit d'un ton excité, et quand elle a demandé si elle pouvait dormir chez lui il a dit *on va s'la donner*, c'est peut-être une expression bordelaise.

Information prise auprès d'une passante, la Cité U c'est loin, il faut prendre le bus, mais le Chat bleu il suffit de suivre les quais et tourner à gauche rue Maurice. Le fleuve est très large, brun-rouge sous le soleil rasant. Les façades sont noires. Son sac pèse, avec des affaires pour quelques jours, combien elle ne sait pas, voyage volé au temps, volé à l'école, volé aussi à sa mère puisque l'argent du train elle lui a piqué bien entendu. La rue Maurice ne vient jamais. On l'interpelle et on la siffle, *on* ce sont des hommes installés à des terrasses. Elle arrive devant le Chat bleu avec une très forte envie de pisser. Une affiche confirme que, oui, Noir Désir joue ce soir. Son bas-ventre tiraille. Toute cette pression là en bas lui fait monter une pensée rouge au cerveau. C'est pour de vrai. C'est vrai. C'est dans son corps. Ça lui coupe le souffle, comme un coup de poing au ventre.

Il y a déjà beaucoup de monde. Le videur sur le seuil lui tamponne gratuitement l'avant-bras. *Tu t'appelles comment ? Je m'appelle Solange.* Pourquoi, à ce videur qui ne lui est rien, Solange a-t-elle envie de tout raconter ? Il s'appelle Rocky. Il trie les âmes sur le seuil. Solange se dit que ça doit être un métier prodigieux. En attendant il lui propose de lui garder son sac.

Voici Arnaud. Il rapplique aussi simplement que ça. Il est là. La bise. Il a toujours les yeux verts et il porte toujours splendidement le 501. Et il est avec Jennifer.

Solange a toujours su que Jennifer était dans la vie d'Arnaud : il ne lui a jamais rien caché. Et puis voyons les choses en face : Arnaud et Solange ont à peine couché ensemble. Arnaud roule une pelle à Jennifer en regardant Solange. Jennifer est cambrée, fine, plus jolie que dans le souvenir de Solange. On s'en fout, Noir Déz' entre en scène, la foule hurle. Arnaud tape un pogo, Solange danse furieusement, les corps très chauds collés à elle, agités d'un même mouvement, les voix mêlées criant les mêmes mots, ça sent la sueur, le tabac et la bière, il n'y a qu'un seul grand corps et le seul rythme est celui de la musique accordée au sang et à l'alcool... Dans la foule du Chat bleu Solange boit, fume, saute, les cheveux brûlants et les joues en feu, c'est Noir Déz' sur scène en 1986 et le chanteur n'a encore massacré aucune femme et il y a une très grande quantité de données que ni Solange ni l'époque ne veulent considérer mais elle reprend en chœur *Toujours être ailleurs* alors que ce matin elle était dans son village : c'est la vraie vie. La vraie vie, enfin. Sauf que malgré l'ivresse, Solange regarde la foule et elle se regarde et elle n'est pas comme eux. Et surtout pas comme eux les hommes.

C'est à nouveau l'envie de pisser qui l'oblige à s'extraire – les toilettes sont encombrées de toutes sortes de gens qui n'y font pas pipi –, bref, elle pisse dehors entre deux voitures. Jennifer roule un joint, adossée à une bagnole. Elle a les cheveux noirs crêpés à la Robert Smith et la petite main jaune *Touche pas à mon pote*. Pour un peu, la bière aidant, Solange aimerait lui parler. Elle, elle a son vieil imper qui va bien, sa jupe pied-de-poule coupée court aux ciseaux, des chaussettes rayées et des baskets qui jurent, sinon c'était son unique autre paire de godasses, ses nu-pieds d'été. Si elle pouvait avoir des Doc Martens… Jennifer lui tend le joint. Solange le prend d'un air assuré et l'envie de vomir la sonne comme un uppercut.

Jennifer lui raconte qu'elle fait psycho mais que là c'est la grève à cause de Devaquet. Solange tire sur le joint d'un air qu'elle voit très bien. Elle souffle fort, si tout pouvait partir en fumée. « T'es verte » dit Jennifer sur un ton gentil, maternel quasi. Et c'est l'envie de pleurer qui monte. Solange se sent comme une jarre d'eau qui va verser.

Mais voici Rocky qui vient faire un brin de causette et lui rendre son sac, il avait peur qu'elle soit partie : « T'es sûre que ça va ? » Et elle se dit qu'il y a parfois des anges, oui, il y a des anges sur le seuil.

*

Arnaud est au volant d'une 4L et ils sont six entassés devant derrière, une bouteille de vodka circule, les quais défilent trop vite, l'autoradio chante *dites le fort*,

Solange est ivre et pleine d'un espoir macabre, *nous sommes jeunes nous sommes fiers*, ça va se terminer comme ça, dans la fumée des pétards et la fièvre et jamais vieillir et

elle se réveille le lendemain quelque part. Avec Arnaud qui la touche de partout. Ils sont sur un matelas couvert de manteaux et vêtements, comme si quelqu'un y avait vidé des valises. Ça sent le tabac froid et l'haleine d'Arnaud qui lui souffle qu'ils ont très peu de temps et qu'est-ce qu'ils sont beaux tes seins, avant t'étais plate comme une limande, il se branle entre ses seins, il est accroupi sur elle et il lui tire la tête vers le bout de sa bite et il dit « mais t'es conne ou quoi dépêche » mais elle a tellement envie de gerber qu'elle grimace alors Arnaud la retourne et l'enfile, il achève sa branlette à l'intérieur d'elle, ça cogne au fond et ça envoie au cerveau de Solange des flashes, des images, qu'elle essaie de repousser, elle s'étouffe à moitié dans les fringues et elle voit une forme dans son ventre, elle visualise le gland d'Arnaud tout près de cette forme vivante dans son ventre, à se toucher, à se rencontrer – heureusement il a fini.

Heureusement parce que Jennifer revient avec un copain. Ils ont acheté du Maxwell Qualité Filtre, deux baguettes, et de la confiture de fraise. Arnaud a eu le temps d'enfiler son 501 et son tee-shirt vert qui lui fait les yeux du diable. Apparemment on est chez le copain. Qui roule un pétard sur un bureau plein de copies doubles et de manuels. Jennifer fait chauffer de l'eau sur une plaque électrique qu'elle doit racler au couteau pour la dégager d'une gangue de crasse, elle coupe le pain et plonge le couteau dans la confiture gélifiée, elle fait des tartines et du café soluble à tout le monde. Solange voudrait seulement de l'air, respirer, sortir. Mais elle ne voit pas du tout où elle est, ni ce que va faire Arnaud maintenant. Qu'il se soit pointé pour de vrai hier soir au Chat bleu tient déjà du rêve. Le copain a mis une cassette de Cure, Jennifer danse, souriante, maquillée et coiffée comme le chanteur, elle a dû se lever deux heures avant tout le monde pour obtenir un résultat aussi pointu. Solange contemple le couteau dans la confiture rouge, elle se dédouble encore, la Solange du futur la voit ici dans ce lit dégueulasse avec du sperme qui coule d'elle d'un garçon qui ne l'aime pas. Qui *objectivement* ne l'aime pas.

C'est aussi objectif que cette marque bleue en forme de chat sur son poignet. Elle ne rêve pas. Hier soir elle s'est dit qu'elle ne la laverait jamais, pour conserver ce souvenir, *la plus belle soirée de ma vie.* Sauf que même au sommet du pogo, quand ses pieds se détachaient du sol, quand elle tenait la Terre à distance, même là, dans l'air, dans la fumée, dans la disparition, son avenir s'écrasait contre un mur.

Le mur fonce vers elle comme un horrible, inévitable accident.

Avant, elle se croyait immortelle – pas exactement immortelle mais éternelle. La mort viendrait mais tellement irréelle que c'était l'éternité. Ce temps est révolu. Tout la sépare. Elle est seule. Elle est condamnée. C'est la mort.

Elle ne compte pas, mais la plus obtuse des femelles humaines saurait que vers le milieu de l'année prochaine, au printemps, avant l'été, elle va se manger le mur et exploser de l'intérieur par le ventre.

Mais elle se dit aussi, la Solange de quinze ans, elle se promet, qu'elle ne sera jamais, non, jamais comme cette Jennifer à faire la gentille pour des types qui connaissent à peine son prénom ; et sa vision s'élargit en cinémascope, elle se voit, Solange, dans quinze ans, elle s'imagine : superbe, hollywoodienne et triomphale. S'il n'y avait pas d'abord ce *mur* à franchir.

« Ben alors tu émerges ? » lui gueule Arnaud.

Il faudrait qu'elle lui dise. Mais il pourra toujours lui renvoyer dans les dents qu'il y avait aussi Bihotz. Le pauvre Bihotz avec ses cabanes à lapins, ses tatouages AC/DC et son vieux chien, Bihotz la honte, qu'elle n'a pas cherché à revoir depuis qu'il a avalé du désherbant et qu'il n'a réussi qu'à se tuer les reins.

Pour l'instant Arnaud refuse l'université à deux vitesses. À 14 heures avec son copain il le dira place de la Victoire, on sera des milliers et des centaines de milliers, à Paris, à Lille, à Nantes, à Montpellier, le pays étalé autour d'eux et Arnaud et son copain au centre qui se passent le joint d'un air grave et mangent leurs tartines à la fraise. « Je suis dubitatif, bougonne Arnaud, y avait pas abricot ? » « J'en achèterai après la manif », dit Jennifer. Soudain les voilà prêts, la porte claque et leurs pas s'éloignent, ils vont faire l'Histoire sans Solange.

Elle se rallonge sur le dos. Quand elle se réveille elle mange le pain qui reste et elle boit de l'eau, beaucoup d'eau. Il fait froid. Elle trouve son imper roulé en boule et aussi, *ouf*, son sac. La rue aux façades serrées mène à d'autres rues aux fenêtres opaques. Où est la manif? Elle se regarde dans les vitrines, droite, opaque elle aussi, mais les murs la repoussent. C'est une ville qui se tient raide comme un secret. Elle erre un moment du côté de la gare. Il y a une église pour le coup assez épatante, avec plein de sculptures sur la façade. Un chevalier tue un dragon.

Des cierges brûlent sans chaleur. Elle en prend un et cherche son briquet, elle ne sait pas s'il faut faire un vœu avant ou après. Elle porte un tel désir que tout s'arrête que ça lui fait bizarre de le formuler ici. Et sa poitrine se gonfle de tout un avenir inassouvi, c'est très proche d'un sanglot. La Foi, un jour on l'a et pas le lendemain, il faut la prendre quand elle vient. Elle pose soigneusement le cierge dans l'angle le plus vide sur le présentoir, là où la Sainte Vierge ne peut pas le rater.

Plus tard elle trouve la manif, « Devaquet, si tu savais, ta réforme où on s'la met », les manifestants ne sont pas du tout habillés comme au village. Le bruit énorme de la musique, des slogans, de la foule, et l'air qui sent la merguez. Sa première manif. Elle essaie de faire partie du cortège et de crier avec les autres mais elle est comme précédée par sa propre voix, elle est surmontée par sa tête comme par un ballon, distances mal évaluées, brouhaha, bousculade, tournis

je ne peux rien changer au passé ma Solange mais je te dis que l'avenir t'attend

*

.........ça ne peut pas être en train d'arriver.

« Le proviseur m'a appelée, et moi j'ai l'air d'une conne ! » Sa mère gueule. Le minimum quand Solange est chez son père c'est *qu'elle aille en cours*, c'est tout ce qu'on lui demande. Une petite voix amère dans sa tête lui dit que quand elle sera grand-mère, sa mère aura vraiment l'air d'une conne.

Elle se retrouve dans sa chambre avec Marilyn et James Dean. Elle plonge dans leur vie éternelle. Lui, elle. Elle, lui. Elle fait les questions et les réponses en tenant tous les rôles… « … Votre dernier film est très audacieux, ne craignez-vous pas qu'il déroute votre public ? » « Mon public je l'aime, rien d'autre ne compte pour moi… » Elle tient la brosse comme un micro, ce sont plutôt les chanteuses qui font ça mais disons que c'est une interview dans la rue, à Hollywood, devant sa villa avec piscine, elle sortait juste promener son chien – non, pas un chien – elle sortait juste faire un casting – non à son niveau on ne fait sûrement plus de casting – elle sortait juste boire un Coca, glacé, dans un grand gobelet, comme on fait aux États-Unis, les photographes adorent ça.

Devant la piperade dont la seule vue lui tourne le cœur elle demande à sa mère le chèque, le chèque pour le voyage à Madrid, et ça fait immédiatement une histoire. Demande à ton père. Cette absence d'espace entre sa mère et elle – comme si elles étaient collées mais séparées, ça monte d'un coup, leurs voix, les cris, elle lui parle mal et sa mère rend un écho instantané, ça s'emballe – mystère : elle parlait plus gentiment au videur du Chat bleu qu'à sa mère à la maison.

Elle beurre des biscottes et les saupoudre de sucre. Elle a besoin d'une nourriture épaisse dans la bouche et dans le ventre, comme un lest, comme un ancrage, mais inerte, pas vivant, surtout pas des légumes, une pâte qui cimente le corps. Tant qu'elle peut donner le chèque comme tout le monde. Départ aux vacances de Pâques.

*

Et Noël bientôt. Elle n'a pas su dire non à Rose qui voulait l'emmener faire du shopping à B. Sud. Elle ne parvient pas – depuis toutes ces années – à empêcher la mère à Rose de, quoi, comment appeler ça, de se mêler de ses oignons. « Tu n'as pas l'air dans ton assiette, Solange, tu devrais arrêter les chips. » Dans la cabine d'essayage, c'est bête, le 501 de ses rêves qu'elle ne peut pas fermer et de toute façon pas payer, Solange pleure. Et le jean ouvert sur son ventre, et la mère à Rose qui beugle. Mais c'est pas vrai, Solange. Dis-moi. Que c'est pas vrai. Qu'est-ce qu'elle veut qu'elle lui dise. Et la mère à Rose qui continue ses questions. Combien de semaines. Combien de mois. Combien de temps. Qui ?

La gynéco de la mère à Rose a accepté de les prendre en urgence. Il va falloir se reposer. Et faire une radio des hanches pour voir si la tête passera. Si jeune, Solange est étroite. Une échographie serait le mieux, mais c'est une technologie de pointe et il faut aller à Bordeaux. « On y va ! » s'enthousiasme déjà la mère à Rose, mais ça va pas la tête, retourner là-bas pas question, quant à « sentir l'enfant bouger » c'est à vomir.

La gynéco prête son téléphone à la mère pour appeler la mère à Solange. La maison ne répond pas, elle essaie au magasin. On dirait une colonie de baleines s'épaulant les unes les autres pour maintenir à flot celle qui coule. On entend des stridences et des lamentations à travers le combiné. Et Rose qui veut absolument tenir la main de son amie.

Solange demande un répit. Un chocolat chaud, ou n'importe quoi, un putain d'Earl Grey. Mais pas voir sa mère tout de suite. Rose, sa meilleure amie Rose, essaie d'être gentille. Mais c'est trop difficile d'accueillir ça, la gentillesse. Parfaites, la mère, la fille, avec leur vrai thé en vrac, leur théière en poterie, leurs yeux tout de tendresse et de compréhension. Solange pourrait les frapper.

Mais rien que respirer est au-dessus de ses forces alors elle se laisse sombrer dans ce canapé, cuir, devant la cheminée, moderne, la mère à Rose a mis de la musique, classique, dans deux minutes elle va nous jouer du piano.

« Tu as pensé à un prénom ? » demande Rose.

*

Sa mère a d'abord voulu fermer le magasin, comme pour un deuil. Puis elle s'est ressaisie. « Il faut garder la tête haute, Solange. » Ça ne change pas grand-chose à leur routine. Aux hauts et aux bas de sa mère. Les bas sont plus bas et les hauts sont moins hauts, c'est tout.

À l'école, dans son grand imperméable, ça fait une boule entre elle et la table. Entre elle et le monde. Elle ne peut loger le ventre ni sur, ni sous la table. Il est apparu d'un coup. Depuis la gynécologue et cette histoire de hanches étroites et tout ce cirque. Quand elle se lève elle force sur ses jambes comme pour soulever un poids mort. Ou comme si elle était vieille. Sous l'imperméable il y a un bas de survêt', et un grand pull irlandais, un vieux à son père, ça lui fait une chose de moins à penser, elle enfile ça le matin. Le samedi sa mère le lui lave et le fait sécher sur un radiateur et Solange passe le week-end dans sa chemise de nuit, douce, large, celle avec le Snoopy.

Il faudrait peut-être ranger ta chambre, lui dit sa mère. Marilyn Monroe et James Dean roulent des yeux, l'une en se déhanchant, l'autre en fumant sa clope. Enlève au moins tes Playmobil. Elle lui tend des cartons. Mais plus personne n'y vient, dans cette chambre, à part justement sa mère. Même Rose, sa meilleure amie Rose, ne passe plus jamais. Ne téléphone même plus. C'est depuis cette histoire de prénom. Solange a réagi un peu fort.

Elle frotte ses poignets, les veines bleues, là où ça bat fort, où l'idée de couper est si visuelle. Une lettre qu'on ouvrirait et la nouvelle très rouge se répandrait, Solange s'est suicidée... La laine du vieux pull est étirée par son ventre et ses seins. À la cantine la sauce tombe dessus, les miettes s'y incrustent. Plus rien n'a le goût d'avant. Le goût, ce qu'on sent dans la bouche et aussi dans le nez, le goût du lycée, le goût de la campagne, le goût des choses et de son oreiller quand elle s'écroule : tout a un sale goût. Pain, pâtes, purée. Un matin elle se rend compte qu'elle ne voit plus ses pieds.

Les autres vont en cours de sport, elle est dispensée. Elle voit partir les filles dans leurs joggings moulants, elle reste en perm'. Tout le monde est au courant. Laetitia, Concepción, Rose – Rose c'est la pire, si l'on peut dire. Une peau magnifique, un corps souple et tranquille, c'est de sortir avec Christian qui la rend belle. Christian l'attend au pied du car, devant sa meule, casque à la main. Les voir roucouler dans leur *terrier* sous le préau. Ça fait un peu mal, mais l'amour probablement c'est ça. Pas qu'il y ait tellement de preuves autour d'elle. Et jusqu'à la sonnerie, ils sont collés l'un à l'autre, magnétiques, identiques, en noir le plus souvent, même si sur Rose ça fait un peu artificiel. Qu'est-ce qu'ils peuvent bien se raconter ? Ils semblent fondre l'un dans l'autre comme deux cierges dans un bougeoir. Qu'ils se consument, pour ce qu'elle en a à faire.

*

Un berceau est apparu. Sa mère le repeint, en blanc et jaune, dans sa propre chambre. Adaptable fille ou garçon. Apparaissent d'autres petits meubles en rotin, une *table à langer* qu'elle repeint aussi. Elle rapporte des trucs de la boutique, un clown en porcelaine, une boîte à musique en coquillages, des napperons au crochet, sa mère c'est la reine des objets. Le soir elle rentre tôt. Faut dire qu'il n'y a jamais eu grand monde au magasin – une boutique de souvenirs à Clèves ! Au moins le stock n'est pas périssable.

Ça pue la peinture. Haut-le-cœur. Et ce truc. Un mobile. Ça tourne. Comme attendant une paire d'yeux. Et ce hochet ? Un très vague souvenir. Penchée sur le berceau comme au-dessus d'un ravin. Est-ce que ce hochet était à elle ? Dans ces années qu'on ne peut pas se rappeler ? Ou à ce frère mort avant elle ? Il lui semble sentir sous sa peau, sous sa propre main, les os d'une très petite et ancienne main. Le bois et la chair se rencontrant dans le temps. Un hochet qui a peut-être appartenu à toute une série de stupides bébés n'ayant rien de mieux à faire que de le secouer stupidement, *cling cling*. Ou de mourir, passe au suivant.

*

Un mot s'est mis à résonner : le *terme*. La sage-femme le met à toutes les sauces. Un autre mot, ça :

sage-femme. Le *terme* est le 15 avril. Le terme, c'est le mur.

Cette sage-femme vient toutes les semaines. Apparition, disparition. Sage-femme, folle-fille. Elles font la paire. Il lui semble voir s'agiter la tête d'une prof sur un corps immémorial. Ça rythme le temps. Il faut lui faire de la place, à cet enfant, dit la forme préhistorique en écartant les bras. Il faut respirer en largeur, visualiser la maison du bébé, écarter les parois de l'utérus et préparer le périnée

(le *quoi*?)

Maintenant elle ne va plus à l'école. Dimanche dernier son père l'a emmenée manger une glace à B. Sud et regarder la mer. Il s'est pointé à l'heure dans son Alpine et il roulait moins vite. Il lui a même attaché la ceinture comme il faut sous le ventre. Quand il rit maintenant on dirait qu'il va pleurer. Et il fume en continu, comme sa mère.

Les surfeurs s'enroulaient dans les vagues avec une liberté insensée.

À la seule évocation d'un accouchement sous X la mère de Solange s'est mise à braire. Une héroïne tragique qui défendrait des lois non écrites, les lois des dieux, des déesses. Un âne sur le chemin.

Et juste avant le voyage scolaire à Madrid, qu'est-ce qui lui passe par la tête : Rose qui débarque. Une boîte de chocolats à la main. Et une sorte d'oiseau, un ange, emballé dans du papier de soie par sa mère.

Solange la reçoit allongée. Elle aimerait que ça fasse pharaonne mais ça fait probablement pyramide écroulée.

Rose l'embrasse, *comme du bon pain*, une énergie chaude et douce, aussi directe que Rose peut être rigide, et qui gagne d'un coup tout le corps de Solange. Mais c'est aussi le moment où la chose qu'elle a dans le ventre, réveillée, choisit de bouger monstrueusement, comme si elle roulait sur elle-même.

Son amie a un *dilemme* : est-ce qu'elle doit coucher avec Christian pendant le séjour en Espagne, ou juste qu'il la *doigte*.

Cette visite laisse Solange épuisée.

Il est joli cet ange. La mère à Rose est un peu artiste. Et les chocolats sont de la meilleure pâtisserie de B. Sud, celle qu'aime son père, à côté du Palais. Elle mange la totalité de la boîte d'un seul coup.

Sa mère lui crie dessus, elle ne sait pas pourquoi, alors elle sort de la maison. Il commence à faire beau, elle fait quelques pas dans le jardin délaissé.

En face, il y a la maison de Rose, le jardin comme une œuvre d'art. À gauche, la maison désertée des Bihotz. Monsieur Bihotz. N'a jamais vraiment eu de prénom. Bihotz, ça veut dire *cœur* en basque. Le seul qui avait du cœur. Tellement gentil. Une qualité que tout le monde semble mépriser. Comme s'il avait été fou, ou idiot. Mais tellement *impossible*. Plus personne ne parle de lui au village. N'empêche qu'il l'a aimée. N'empêche qu'il l'aurait aidée.

*

Il s'est formé une crête au centre de son ventre. Un ventre pointu, bossu, avec une ligne poilue jusqu'au nombril. Immonde. C'est depuis que le truc a bougé. Ce n'est pas du tout le globe que la sage-femme lui vantait. Ses abdominaux à elle font des rainures, des membranes, des ailes de ptérodactyle qui cachent un énorme reptile.

Et ses cuisses. Il y a carrément des trous dedans, elle peut y enfoncer un doigt. Ce n'est plus de la cellulite, c'est du gruyère. Sa mère lui a prêté des robes de plage, les seules amples de la maison. Ça et s'enfouir sous des gilets.

Sa mère fume comme si au bout de chaque cigarette allait s'ouvrir une issue à sa vie, à sa fille, au berceau. Solange en fumerait bien une aussi. Parfois elle l'entend pleurer. Elle a envie de hurler *ta gueule mamie !* C'est qui, ici, qui doit pleurer ? Il est trop tard de toute façon, trop tard pour vivre, trop tard pour mieux aimer sa mère.

*

Mais voici Christian.

Christian ressemble à un bonhomme bâton. Il flotte dans son jean vide. Contrairement à tous les lycéens qu'elle connaît, il ne porte pas de blouson mais une veste de costume noire, aux manches roulées jusqu'au coude, avec un livre qui dépasse de la poche. Et ses yeux rougis semblent encore agrandis dans son visage tourmenté. Il a pleuré ?

Il est devant la haie de chez Rose. Et elle en tongs, la honte. Il lui fait un petit signe de la main, coucou, et elle lui répond, coucou. Elle serre sur elle son grand gilet et elle avance tête droite, il lui semble *malgré tout* qu'elle garde une certaine dignité, va savoir, le sublime dans le désastre est un pari.

« Solange, comment ça va ? »

Et ce « Solange », entendre son prénom, dans sa bouche, ça la maintient debout.

Mais elle ne trouve rien à répondre. C'est comme si quelqu'un était mort.

« Tiens, je t'ai fait une cassette. »

Il avait donc l'intention de la voir, pas seulement de passer chez Rose. Au moins de lui glisser ça dans la boîte aux lettres. Il lui a copié un album de Siouxsie and the Banshees. Il a même découpé dans *Rock&Folk* une photo de la diva aux yeux charbon, ça fait comme une vraie K7. Il tape sur le fond de son paquet de Lucky : « Tu en veux une ? »

Solange trouve la réplique avec la flamme du Zippo : « Je ne veux pas de ta pitié. »

C'est une bonne phrase. Une phrase de cinéma.

Mais lui aussi a le sens des dialogues : « Écoute, Solange. Ta vie n'est pas finie. Je te jure. Tu as *quinze ans.* »

Et de la main qui tient sa clope il fait un geste rond, englobant et flou, autour du ventre de Solange.

Le cercle de fumée reste en l'air comme un spectre.

« Tu lis quoi ? » demande Solange en montrant le livre qui dépasse de sa poche.

Il lit *Les Chants de Maldoror.* Avant elle lisait un peu de science-fiction. Maintenant plus rien. Et elle se méfie de la poésie.

Mais elle a entendu. *Quinze ans.* Comme un serment. Elle voit : elle voit quinze ans, le chiffre rond. Comme si leurs clopes soufflaient le un et le cinq sous leurs yeux. La vie pourrait, malgré tout, recommencer.

Quinze ans sur le fil du temps : presque au début, et très loin du milieu ; et tellement loin de la fin, qui n'existe pas, là-bas, au-delà du mur.

« Ciao » dit Christian en kickant sa mobylette.

« Bon voyage ! » crie Solange en essayant d'y mettre tout le poids d'ironie contenu dans son ventre.

Solange songe à ce vieux poème étudié en classe, le type qui partait sur les routes avec ses poches trouées et qui n'avait pas dix-sept kilos à transporter, lui. Elle a un *pang* au cœur en imaginant Christian et Rose, pas tellement faire l'amour, pour ce que ça rapporte, mais à Madrid. C'est la semaine prochaine, le voyage à Madrid.

*

Des os très blancs, très nets, ses propres fémurs bien droits, sa propre charpente, couverte de vivant pas net. Dans le creux de ses hanches, comme dans une corbeille noire, il y a d'autres os. Littéralement un crâne. Attaché à une colonne vertébrale. Un très fin chapelet de vertèbres, comme un lézard, s'enroule sur les vertèbres larges de sa propre colonne. Comme dessiné à la craie. Des formes floues flottent. Un fantôme transparent.

Elle a collé la radio sur la vitre de la voiture. Elle est assise à la place du mort et sa mère a eu ce geste, le même que son père, de lui glisser la ceinture sous le ventre. Le paysage noircit et blanchit à travers la radiographie, ses os clignotent sur les forêts. *Je suis enceinte de Casper le Fantôme.* C'est mignon mais ça n'aide pas. Ça sert juste à lutter contre l'autre image, *Alien*, qu'elle a vu l'an dernier chez Laetitia qui a une télé et un magnétoscope dans sa chambre. Laetitia n'arrêtait pas de faire arrêt sur image quand le monstre plein de dents jaillissait du ventre dans des gerbes de tripes et de sang. Solange hurlait à chaque fois. Elle enfile la cassette de Siouxsie dans l'autoradio mais sa mère coupe le son. La bonne nouvelle, c'est que le truc s'est *miraculeusement* retourné dans le bon sens. La mauvaise nouvelle c'est que ça va être *ric-rac*, a dit le radiologue, elle a les hanches trop étroites, rapport au crâne. Au crâne qui doit passer.

Siouxsie à fond les baffles dans sa chambre. Mais même la lugubre idole ne sait pas de quoi elle parle. Même la reine gothique semble flotter dans un éther d'autodestruction sans raison. Désormais Solange ne quitte plus sa chemise de nuit Snoopy, distendue, devenue sa seule et désolante amie.

*

Perdre les eaux la stupéfie. Sûrement elle n'a rien écouté, comme en classe. Elle croit qu'elle pisse, mais d'un seul coup, *plaf*, la flaque.

Toute la classe est à Madrid.

Sa mère l'a emmenée à la maternité dans un silence total en faisant très attention à ne pas la secouer. En passant les vitesses comme si la bagnole était le corps même de sa fille. Et maintenant elles sont là toutes les deux, l'une assise l'autre couchée, avec la même tête consternée, poupées russes.

Au début ça fait mal. Comme avoir ses règles en plus fort. Déjà que ses règles lui font mal d'ordinaire, là elle déguste. Mais contrairement aux crampes des règles, il y a des pauses, elle a le temps de respirer entre deux *contractions*, elle apprend le mot.

La sage-femme de l'hôpital semble prendre à cœur le cas de Solange. C'est ainsi qu'au début, la douleur est presque supportable. C'est dur, mais ça va aller. Solange perçoit sa voix, ses instructions ; elle a, sous les poumons, un muscle appelé diaphragme. Il faut souffler en baissant le diaphragme. Ça chasse la douleur. Pendant quelques respirations, Solange y croit. S'applique. Ensuite elle comprend que c'est de la blague. Genre la respiration du petit chien. Et les sages-femmes qui se succéderont seront toutes des chiennes. Pendant vingt-quatre heures.

Cette douleur phénoménale. Absolument pas normale. Une douleur de mort.

Au début elle veut bien tenir la main de sa mère. Puis sa mère veut bien être griffée au sang. Puis leurs mains se détachent quand Solange hurle. Entre autres invectives elle hurle à sa mère *barre-toi*. Il faut une coupable pour cette horreur et c'est d'abord sa mère et ensuite elle oublie. Elle cesse d'articuler. « Un accouchement de vingt-quatre heures » pourra seulement dire la Solange du futur, les très rares fois où elle en parlera. *Un accouchement de vingt-quatre heures* : mais c'est une formule qui ne dit rien. Une étiquette accrochée au pied de son cadavre.

Le mot *césarienne* flotte. Elle préférerait. Qu'on tranche dans le vif. Qu'on coupe le truc en deux. Qu'on l'incise un bon coup. Elle voudrait, oui, qu'on la crève toute. Mais ça continue. Il n'y a plus de verbe. Plus d'heure. Plus de durée. Mort perpétuelle. Temps disloqué. Trou.

De ce trou émergent des mains qui cherchent à agripper quelque chose. De ce trou giclent des éclairs pâles et au fond du trou, dans le noir, dans la mélasse, il y a un réacteur de douleur.

La Solange du futur essaiera de raconter l'histoire. De relier les deux bords du trou. Elle trouvera une formule : *je ne savais pas comment vivre la minute qui venait*. Mais au présent. Ça au présent. Un présent sans bords, qui vous broie.

Elle ne sait pas comment le vivre du tout. Elle ne sait pas vivre dans ce corps. Ses yeux ont cherché, cherché une issue par où se jeter. Pas de fenêtre. Elle veut se lever mais des mains la retiennent, elle veut sortir de cette chambre de torture. C'est pour ça qu'il n'y a pas de fenêtre. Pour qu'elle ne s'échappe pas. On lui crie dessus. Un médecin, un homme, sauvée ! Il mâche un chewing-gum, elle se souviendra de cette mâchoire toute sa vie. « C'est la gosse ? » il demande.

La sage-femme la dénonce. Ingérable, la gosse. Le toubib enfonce une main entre ses jambes, coup de pied dans la mâchoire, il gueule, elle hurle, il lui a fait un mal supplémentaire, quelque chose de *plus*. C'était impossible mais c'est plus. Des cordes vibrent en portant la douleur plus profond et plus fort encore, la douleur devient *des* douleurs. Une machine écrasante, mugissante, armée d'instruments pernicieux, ne cesse de la travailler, un marteau sous le pubis, une scie dans les hanches, une vrille aux reins, une tenaille aux côtes. Les nouvelles douleurs ne succèdent pas aux autres, non, elles s'y ajoutent et elles demeurent. L'horreur de l'écartèlement se superpose à l'horreur de la découpe, de l'écrasement et du viol. Plus tard elle a les jambes attachées. Elle est livrée, ouverte, on opère entre ses jambes, on la pénètre, fouille, cisaille, et les différences de douleur se tressent avec d'atroces subtilités, d'inventives variantes, des raffinements exquis dans la boucherie…

Un bruit constant sort de sa gorge, avec des modulations, des aigus, des graves, sa voix se brise.

Elle sait, désormais. Le monde n'est pas un village entouré de petites villes avec les montagnes au Sud, la forêt au Nord et la mer à l'Ouest. Le monde n'est pas une école et des parents et des amis et un avenir flou et des rêves et des angoisses. Le monde n'est pas. Le monde c'est la douleur. Et personne ne le dit. L'humanité n'y survivrait pas.

Parfois elle s'élève au-dessus de son corps et elle voit, elle entend. La douleur la fait flotter mais, étrangement, sans la lâcher. Est-ce un répit avant de mourir ? Non. C'est un chaos noir et profond. Elle retombe dans son corps. Elle revient. Elle entend une sage-femme dire : « Quelle misère. » Elles se succèdent. Solange reste.

Les quelques fois où elle essaiera de raconter, elle dira aussi : *si j'avais eu quelque chose à avouer j'aurais avoué. J'aurais livré Rose, Christian, Bihotz, mon père, ma mère, Arnaud. J'aurais inventé n'importe quoi.* Mais personne ne lui demande rien. Ni d'avouer ni rien. Juste de rester, ici, sur le dos. Ici et maintenant, jambes écartées, avec une perfusion dans le bras et une sangle autour du ventre et une sono qui fait *bam bam* et qui est le bruit du cœur de ce qu'elle expulsera – la seule chose, oui, qu'on lui demande : expulser ce truc. Ou que, plus exactement, personne ne lui a demandée.

⋆

Quand ça sort, la douleur s'arrête. C'est de l'ordre de l'hallucination : plus rien. Le soulagement est si extraordinaire qu'elle voudrait rester là pour toujours. Ne plus jamais bouger, de peur que ça revienne. S'endormir doucement, flotter, juste ça : l'absence de la douleur.

Elle entend comme un grelot de chèvre qui s'éloigne.

Le mal s'est replié. Tout est calme. L'énorme force malveillante l'a lâchée, repartie d'où elle venait, dans l'envers gluant du monde. La vie, c'est ça, et seulement ça : la non-douleur, avec le mal tapi aux aguets.

Quand on le lui ramène, ça ressemble à Bihotz. Un Bihotz miniature. De longs cheveux noirs et collés, les yeux collés aussi, il ne lui manque que le tee-shirt AC/DC.

Bienvenue, songe Solange avec cette amertume nouvelle qui marque désormais sa voix. Sa voix, dans sa tête, qui est une voix de cent quinze ans.

Il a l'air épuisé. Un vieillard rouge dans un pyjama bleu. « Regarde ses mains » dit sa mère d'un ton idiot. Elle les touche, elle les ouvre. Des mains, petites. Elle ne lui en veut pas. Il n'est pour rien dans cette histoire. Il a sans doute souffert lui aussi, à se frayer un chemin trop étroit avec le toubib qui disait « ça passera » comme en parlant d'un bouchon ou d'une rage de dents, ça passera, comme la jeunesse. Maintenant, ils sont séparés, chacun avec sa part de douleur, et ils n'ont plus rien à voir l'un avec l'autre.

Mais non, ça recommence. Moins fort peut-être – mais déjà, elle ne sait plus, comparer, se rappeler, la masse, la hauteur, le volume, la quantité, la densité, la physique en furie de cet univers de douleur –, elle ne sait plus. Son corps ouvert en deux crache un dernier machin.

Une sage-femme (une autre ?) le dépliait comme une pizza sanguinolente, un foie de veau noueux, alvéolé, hideux. Manque un bout. Le bureau des vérifications. Plongeait son bras au fond de Solange, tournait, brûlure horrible, la main arrachait un autre morceau d'elle. On a subi tout ça mais il faut encore… – « autrefois les femmes se vidaient de leur sang » dit la charcutière triomphante en brandissant sa pizza complète.

Plus tard, quand la Solange du futur se sera enfuie à Los Angeles, dans un monde dit « artificiel » mais qui lui semble le seul réel, le seul vivable, et que ses amies seront des sylphides qui boivent des jus verts et mangent des graines de chia ; et seront contre la péridurale parce que cette grande séparation, la *naissance*, est un déchirement qui doit rester naturel – la Solange du futur ne dira rien. Elle n'a rien à dire. Elle veut juste que les étoiles continuent à briller et ses copines à jacasser. Elle entend à nouveau le rire sarcastique, sa voix de cent quinze ans. Personne dans sa vie nouvelle ne saura qu'elle a accouché dans l'ancienne.

Et quand elle verra *Apocalypse Now*, Marlon Brando entouré de crânes susurrant *horror horror*, elle lui dira à travers l'écran *mais qu'est-ce que tu y connais à l'horreur gros bébé, moi l'horreur je l'ai traversée.*

*

Mon poulet, mon gros poulet, lui dit son père en lui apportant des fleurs. Pas à la *maternité*, non, mais plus tard, à la maison.

Mon surnom me va bien, songe-t-elle avec sa voix de vieille. Un poulet vidé, rose, gras, plumé, la peau piquetée, les plumes arrachées, et cet énorme orifice recousu d'où on lui a sans doute arraché des organes nécessaires à la vie.

Elle ne sort pas du lit. Elle ne parle pas. Elle ne voit pas quoi dire. Il faut sécher au sèche-cheveux, et rester le plus longtemps possible fesses à l'air, « fesses » est le mot qu'emploie sa mère. Fesses mon cul. Ça cicatrise mal. Sa mère a gonflé une bouée pour qu'elle s'assoie dessus. C'est la bouée qu'elle avait à la plage avec Bihotz, dans un monde ancien ; un truc grotesque en forme de cygne. Le sang coule comme jamais, des filaments épais, carrément des *bouts*. C'est toutes les demi-heures qu'elle doit se changer, des serviettes pour incontinence avec des culottes en filet. Pisser est un cauchemar, elle a vingt-quatre points de suture ; un point par heure, on dirait une blague.

Mon poulet, mon gros poulet.

À part des jurons et des rires étranges, sa tête est vide. Elle dort d'un sommeil opaque et sans rêve. Quand elle ne dort pas, elle est assaillie d'intrusions : le *bam bam* aux oreilles, le *ça passera*, le *quelle misère*, et des odeurs, des bruits de chariot, des sons… le grelot… la douleur qui n'est plus la douleur mais une sorte de larsen… Quelque chose dans son cerveau cède à la confusion. Elle le sent. Alors elle se rendort. Tous volets fermés, dans sa chambre aux posters de stars américaines.

Sa mère prend soin d'elle. La seule à être utile finalement : sa mère. Elle la panse et elle la lange. Elle passe d'une chambre à l'autre. Silence d'un côté, pleurs de l'autre. *Il est trognon ce bébé.* Solange l'entend gâtifier dans la chambre en face, où demeure le berceau.

Sa mère lui soigne le cordon, c'est immonde. Soi-disant qu'elle a besoin de Solange pour l'aider à enrouler les bandelettes autour de ce ventre tout rouge, à serrer mais pas trop fort, tout saucissonné.

James. Comme James Dean. Un prénom avec un peu d'élan. Le pousser dans le dos. Mais à la maternité on lui a dit pas possible. Une histoire d'état civil. Il faut un prénom *français*. Même basque, pas possible – Solange elle-même, son deuxième prénom c'est Oïhana, la forêt, mais deuxième seulement. Ce *nouveau-né*, voyons, elle aurait pu l'appeler le vent, Haize, ou la mer, Itsas... Solange rêve. Comme si un jour, peut-être, elle avait un enfant...

C'est sa mère qui y est allée, à la mairie, au bout de trois jours. « C'est la dernière limite » beuglait-elle.

Quand elle est revenue : Thierry !

Et elle pleurait, en plus. Elle l'avait appelé Thierry et elle pleurait ! « Tu n'avais qu'à t'en occuper. » Ça devient la phrase entre elles, l'étiquette au cadavre de leur relation.

Thierry. Plutôt que James ou le vent.

Mais tout ça n'est rien comparé à son père, avec ses fleurs et sa gueule de grand-père stupéfait. *Thierry ?* La porte claque et il est déjà dehors, il a du mal à ouvrir son Alpine. Elle l'observe par la fenêtre. Espérons qu'au moins il a laissé du fric.

Aux saccades de ses épaules, à sa tête terriblement penchée, on dirait qu'il pleure.

*

Une poussette. Ses camarades du lycée se sont tous cotisés pour lui offrir une poussette. Déposée devant sa porte. Sur une carte, ornée d'un liseré bleu, tous leurs prénoms. Laetitia a fait des ronds sur ses *i*. Delphine a mis un cœur. Même la grosse Peggy a fait des fleurs sur son *Y*. La mère à Rose est sûrement derrière tout ça. Sans le goût parfait de cette sainte femme, ils auraient été capables de choisir une carte « félicitations » avec une cigogne qui apporte un bébé. Sa mère, elle, a fermé boutique « pour cause d'heureux événement », c'est le carton qu'elle a fini par mettre en vitrine.

Ils la voient, avec une poussette, dans les rues du village ?

Son père n'a pas reparu. Et pour l'argent, zobi la mouche. Cette histoire de prénom lui a apparemment coupé la chique.

Sa mère pleure mais elle fait des démarches pour des allocs. Une assistante sociale est venue. La maison n'a jamais été aussi propre. Mal notés : le cendrier, les volets fermés, le jardin pas fait… L'assistante sociale n'a fermé son clapet que devant la photo du frère mort. « C'est mon premier-né, dit la mère, il s'appelait Thierry. » Bravo maman, pour une fois une phrase nette. L'assistante sociale a opté pour *Bébé*. Elle parle tout près du visage de Solange, lui dit qu'il faut regarder Bébé, parler à Bébé. Ce n'est pas une mauvaise personne. C'est juste que Solange ne voit pas ce qu'elle vient faire dans sa vie.

Bébé. Parfois Arnaud l'appelait comme ça.

La télé est allumée et Lady Di en bleu monte les marches rouges du festival de Cannes.

L'assistante sociale est revenue. Sa mère a planqué les cendriers et ouvert les fenêtres. Dehors le ciel est bleu et les arbres sont verts. Dedans tout est rougeâtre et cotonneux. Rien n'est vraiment au présent, tout passe comme à travers une vitre sale. Elle s'appelle Anne-Sophie. Il faut l'appeler Anne-So. Anne-So comme Assistante SOciale. Elle rit.

Solange doit prendre *Bébé* dans ses bras et lui donner, pas le sein, n'exagérons rien, le biberon. Et lui tenir la tête comme ci et comme ça. Et Solange ceci et Solange cela. Dans deux minutes ce sera Soso. Une visite plus tard, est-ce une semaine ou quinze jours, elle lui donne du « maman » : « Maman est reposée ? Et Bébé, il a bien dormi ? » Ni Solange ni sa mère ne répondent. « Et papa ? » Elle va pas nous la faire. « Il ne vient jamais, le papa ? » « Y a pas de papa » articule nettement sa mère. Bravo bis, maman, applaudissements.

Maintenant la sage-femme. C'est un défilé. Qui essaie des variantes avec *Petite maman*. Ça donne des phrases curieuses qui restent sans écho, « le chirurgien l'a recousue trop serré, la petite maman ». Si Solange parlait, elle essaierait de jouer la comédie. Peut-être, à force de faire semblant, à force de mimer *La P'tite Maison dans la prairie*, peut-être on devient une putain de maman ? Solange jette un bref regard à sa mère. Et puis non. La fenêtre se referme. Il fait terriblement sombre même volets ouverts.

Elle voudrait arrêter sa vie. Elle a perdu l'espoir d'en changer. Elle est enfoncée dans cette maison, derrière ces volets, dans ce corps. Elle essaie d'arrêter de respirer. Au lit, sans bouger, on tient longtemps. Il y a les draps aussi. On peut faire des nœuds. La taie du traversin autour du cou. Elle s'endort. C'est comme un interrupteur dans sa tête. Elle dort pour ne pas en finir.

Elle est morte parmi les vivants. Ou ils sont tous morts sauf elle. Rescapée d'un tremblement de terre. D'un déplacement de plaques tectoniques. Tous les autres sont des vampires, émergés d'une faille.

*

À la visite suivante Anne-So n'a que le mot *lien* à la bouche. Solange la connaît, elle connaît tous ces adultes qui se penchent sur elle comme des profs. Ils appliquent un programme et il faut rendre sa copie. Et si Solange a une mauvaise note (elle a zéro à « créer du lien ») on va quoi : *lui retirer Bébé*? La vieille voix dans sa tête ricane. « Il y a *deux enfants* à s'occuper ici. » Solange se demande fugacement de quel autre enfant il s'agit. Elle voit sa mère se retenir de fumer, peut-être de boire, avalant café sur café. Anne-So c'est les services sociaux, et les services sociaux c'est Peggy, la grosse Peggy cas social qui fait des fleurs sur son Y. Aucun rapport avec elle. *Quelle misère.*

Mais grosse, elle l'est. Aux joues, au menton, au cou. Ses seins sont deux ballons veinés de bleu, et son ventre fait trois bourrelets très mous. Son pubis a été rasé et ce qui a repoussé ressemble à un paillasson de vieille. Plus jamais elle ne se mettra nue devant personne.

Et en parlant de seins, ils lui font un mal de chien. Le fait que son corps fabrique du lait est une saloperie de plus. Elle a pris des cachets mais ils sont encore durs comme des boules de pétanque. Sa voix de cent quinze ans la traite de grosse vache. *Grosse vache*, n'importe quand, la voix est si forte qu'elle l'entend vraiment.

*

Dehors, on dirait que c'est l'été. Personne ne lui téléphone. À croire qu'elle est contagieuse. La plage de toute façon c'est fini. Quand Bihotz les embarquait toutes dans son J7, Laetitia et ses cousines, et Rose et Nathalie, ou quand la mère à Rose organisait de grandes virées en bikini, des journées entières à B. Sud à se gaver de glaces sans conséquences – quelle ironie : ses vieux étés pourris baignent dans le soleil de la nostalgie.

La gynéco lui a prescrit un régime. Ni pain ni sucre ni gras. Sa mère lui ouvre des conserves de haricots verts. Elle qui s'est toujours nourrie de chips et de gâteaux… Les points de suture sont censés se résorber tout seuls mais un kyste s'est formé. *Il fallait y penser avant* dit la même gynéco en incisant pendant que Solange crie.

La télé est constamment allumée. Des femmes très minces en robes très serrées sur de très hauts talons. Les hommes tous en noir, des faire-valoir, des Ken. Toujours les marches rouges. Un ciel de palmiers, un sol de limousines. Et un vieil homme dépenaillé qui tend le poing et qui dit : « Si vous ne m'aimez pas, je ne vous aime pas non plus. »

Comme elle le comprend.

Sa mère hurle que c'est à elle de se lever la nuit, de changer les couches. Le bébé ressemble à l'interro du lundi mais toute la vie. Sa mère dit c'est toi la mère ! Mais accoucher et être mère sont deux choses différentes.

Le même vieil homme repasse au journal télévisé. Il s'appelle Pialat. C'est un *réalisateur.* Elle voudrait ça. Une vie qui l'emmène vers ces gens-là. Elle voudrait être approuvée par un homme comme ça. Et qu'il dirige sa vie.

L'été tourne très lentement sur les feuilles très vertes. Le ciel est bleu pour personne. Plus rien ne se passera plus jamais. C'est juillet le matin, c'est août le soir.

Et des années après, quand les étés trop chauds remplaceront le printemps et l'automne, quand les cigales satureront la bande-son de Clèves à la place des martinets et qu'elle donnera une interview sur la terrasse du château devenu hôtel paysagé, dans un combi-short taille 36 qui coûtera plus d'argent, dans la monnaie du futur, que sa mère n'en gagnait en un mois à la boutique, elle affirmera en buvant son thé vert que c'est par conviction écologique qu'elle n'a *jamais eu d'enfant*.

*

La sage-femme est revenue. Incroyable le nombre de femmes qui font de Solange et *Bébé* une affaire personnelle. Elle lui fait la révision comme au garage. Doigts dans le vagin et vas-y. Elle essaie de lui assouplir la cicatrice à l'huile d'amande. Et à vrai dire, c'est le premier soin après lequel Solange se sent un peu mieux. Ensuite la sage-femme passe un temps considérable avec le bébé. Leurs yeux semblent connectés. Quatre billes noires jaillies de leur visage. « C'est une âme ancienne » dit la sage-femme. Les phrases restent en l'air comme une odeur de cuisine. Le flacon d'huile est posé là, sur la table en formica.

Solange a préféré quitter le salon, où les quatre billes flottent, un système de planètes. Sa mère a voulu lui en reparler, tard le soir, bien imbibée de rosé. Comme quoi l'enfant vient du fond des âges. Genre pharaon réincarné. L'atmosphère générale n'est pas assez lugubre, il faut ajouter du loufoque. Et c'est toujours des pharaons, jamais des esclaves crevés sous les pyramides. Elles sont peut-être en train de disjoncter à deux. Ou à trois.

Mais on ne meurt pas de détresse, à moins de le faire à la Bihotz, radicalement, à la bouteille de désherbant. Le reste de la bouteille l'attend peut-être dans le vieil appentis. Avec une étiquette à son nom : *Solange, bois-moi*. Elle pourrait aussi bouffer tous les calmants ou somnifères ou quoi de sa mère, rincés au rosé. Il lui semble que c'est là, à 15 heures, dans ce mois d'août, devant l'armoire à pharmacie de sa mère, que sa vie s'arrête ; qu'elle ne repartira plus jamais, le kick de la mobylette est cassé.

Sa mère l'appelle : il y a un petit chat dans un panier, posé devant la porte. Avec un mot de Rose et Christian. Sa mère hurle.

Elle l'a appelée Siouxsie. Très joueuse. Les chats, ça a un corps fluide, pas comme les chiens. Ça file entre les mains comme un sac d'osselets. Ça pose les yeux sur le monde sans manifester d'opinion. Le reste du temps, ça dort. Et ça a neuf vies, c'est génial.

*

Et puis il y a un soir, quand résonnent les premiers rires de l'autre côté de la route. Musique, très fort, dans la maison de Rose.

Ils m'entraînent au bout de la nuit
Les démons de minuit
M'entraînent jusqu'à l'insomnie
Les fantômes de l'ennui

Elle ne sort nulle part et pourtant, sorcellerie des tubes de l'été, elle connaît la chanson. Sous la peau, imprégnée. Et des années après, quand elle l'entendra, sa peau se hérissera encore.

Elle n'est pas invitée à cette fête. Là, à quelques mètres derrière les sapinettes. Gros splashs de la piscine. Puis elle se souvient. C'est la Saint-Barthélemy. La kermesse, les fêtes du village, qui vont durer trois jours. La semaine avant la rentrée des classes. Ça lui remet un calendrier en tête.

La coutume c'est de se réunir le premier soir chez Rose, qui a une piscine et les parents les plus cool. On se met minables dès l'apéro, on titube traditionnellement jusqu'au bourg et on s'achève dans les manèges.

Mais elle n'a pas mis les pieds au bourg depuis des mois. Elle n'a pas mis de *chaussures* depuis des mois. Alors quoi. Elle est censée se pointer ?

La télé allumée sur les jeux de 20 heures, sa mère qui dort avec *Thierry* sur le ventre. « Y a que ce village pour célébrer un massacre » maugrée son père, qui passe filer du fric, quand même, pour la rentrée. Elle ne voit pas de quel massacre il parle, sinon du sien. Maintenant c'est une chanson de Cure que ses anciens copains reprennent à tue-tête. *Boys Don't Cry.* Il doit y avoir Christian, et Concepción, Delphine, peut-être Salim, et cette grosse bourge de Laetitia, et ce connard de Raphaël et tout le monde. Peut-être même Arnaud. Imaginer Arnaud là-bas est une souffrance trop grande. Il faudrait que la souffrance, son cœur, s'arrête. Son père lui file une clope. Elle attend qu'il se barre pour prendre une bière dans le frigo.

Pourquoi Rose ne lui a pas téléphoné ?

Se convaincre que tous ces gens sont moins réels que cette bibine. Tous ces gens font partie d'un monde qu'elle a traversé en s'y dissolvant et il ne reste d'elle plus rien qu'une enveloppe. C'est fini. Ils font partie d'un autre monde, et elle, elle est déjà ailleurs. Déjà partie, très loin.

Elle fume, elle boit sa bière : elle est dans la vérité de sa solitude. Ça fait d'elle un personnage tragique, et ça l'aide. Elle entrevoit, au fond de sa tragédie, un destin. Elle entend Rose qui rit tellement fort que le village entier semble se soulever d'hilarité. Sauf elle, silhouette découpée sur le fond pensif de la nuit. Il faudrait juste qu'elle maigrisse. Elle n'imagine pas une héroïne replète.

La télé de sa mère, la bringue chez Rose, les énormes éclats de la piscine, les manèges au bourg... et quelque chose qui demeure pourtant et à quoi il faut croire : la continuité du monde, la profondeur du ciel rouge, l'épaisseur des arbres, les derniers oiseaux qui volent pour se mettre à l'abri – quelque chose de vivant, de frémissant, qui s'endort au creux de l'herbe, niché, jusqu'à quand ?

⋆

Le lendemain et le surlendemain, la musique flonflonne sans répit. C'est trop. Trop dur. Trop long. La force, elle ne l'a plus. C'est comme un autre accouchement, moral. On l'évide. Même sa mère lui dit : « Ben vas-y à ta kermesse, je garde le petit, un peu plus un peu moins ! » Elle voudrait une bière mais sa mère gueule que le frigo est vide. Elle ne saurait même pas comment s'habiller. Autrefois c'était simple : une minijupe en maille et un haut bricolé, et *zou*. Glorieuses dépouilles de sa vie d'avant. C'est fini. Même en se bouchant les oreilles ou en mettant sa propre musique au Walkman, la musique la traverse

Ils m'entraînent au bout de la nuit
Les démons de minuit
M'entraînent jusqu'à l'insomnie
Les fantômes de l'ennui

Le jardin dehors n'est d'aucun soulagement. C'est tous les jours le même jour, tous les soirs le même soir, et les soirs de fête, c'est la même vie en pire.

Elle a toujours la clef de chez les Bihotz. La vieille Mme Bihotz la lui avait donnée quand elle était sa nounou, c'était plus pratique pour circuler entre les deux maisons.

L'électricité est coupée, elle aurait dû y penser. Elle s'éclaire au briquet. L'odeur – est-ce que c'est l'odeur de la mort ? L'odeur du temps enfermé. L'odeur poussière. Voir s'il resterait des bières. La chambre à Bihotz, tout de suite à droite. La porte laissée ouverte, les posters toujours les mêmes. France Gall et AC/DC et les zombis d'Iron Maiden, qui ressemblent soudain à des vrais morts. Tout, resté comme avant. Son lit, défait (qui l'aurait fait ?). Ses tee-shirts forment un tas dans lequel, le matin, il plongeait sa grande main avant de chantonner et se faire un café.

⋆

Pour la rentrée des classes sa mère lui prête une jupe à franges et son grand tee-shirt Dorothée Bis. Et des claquettes, car ses pieds n'ont pas dégonflé. Pas vraiment des tongs mais vraiment des claquettes de mère. « Depuis des mois que tu vas de la cuisine au lit, c'est pas le sport qui t'a fatiguée ! »

Il est 7 heures du matin en septembre. Le soleil est levé sur le chemin désert, le ciel est rose pâle, la lune est encore haute. Les lueurs du bourg au loin. La maison des Bihotz dans le noir. La maison de Rose, en face, cachée par les sapinettes.

Elle a retrouvé son sac US, fourré dedans un Bic quatre couleurs et des cahiers de hasard, les affaires de sa vie d'avant. Il fait doux. Les arbres sont parfaitement immobiles.

Solange perçoit, de très loin, le moteur du car. Et il lui semble entendre, gonflant dans le virage après les barthes, le bruit des voix, Raphaël Bidegarraï et tous les Boursenave, et les Villebarouin, et Salim Kudeshayan et Delphine et Concepción, les différents arrêts, et le car qui prend de la vitesse, les faisceaux des phares percent déjà dans les feuillages... Il suffirait de quelques pas, de courir vers la lumière... Une mort précise, sans discussion, le geste à faire. Devant eux tous.

« Solange ? » C'est Rose qui surgit, hors d'haleine ; ses mains dégagent une chaleur insensée. L'énergie du soleil, un été à elle seule : cette force, Rose, son amie de sa vie d'avant, qui la fait monter dans le car.

« Putain on a failli le rater », elle la fait asseoir côté fenêtre comme si elle défendait le couloir, « c'est génial, tu reprends les cours ? ».

Pas mieux.

Que les autres jasent s'ils veulent. Rose est là. Elle étend autour d'elle un filtre dont Solange sent la protection.

Et le lycée est toujours là. L'aumônerie, l'épicerie. Le Tony. Le gymnase, les mêmes profs interchangeables. Toujours là. Le monde a continué. Le monde, qui aurait dû être renversé par la douleur. Dénoncé par la douleur.

Ils se promènent dans le monde. Mais le monde est posé sur une énorme machinerie suppliciante qui utilise le corps des femmes comme des rouages pour autoriser l'humanité à se promener, à boire des cafés, à naître et à mourir dans le bruit des pistons.

Le monde fait comme si de rien n'était. C'est d'autant plus facile que Solange la première fait comme si de rien. Ça lui vient dès qu'elle entre dans l'arène, là, dès les marches du hall. La seule façon de survivre. Elle veut bien sourire de temps en temps, elle veut bien aussi regarder droit dans les yeux, ça elle l'a toujours fait, faut pas trop la chercher. Les plus attentifs, les plus attentives, remarquent peut-être que son regard porte ailleurs, on ne sait pas. En tout cas elle devine qu'ils et elles ne sont pas rares, au lycée, à savourer son massacre. Avec sa mine à se croire – de quel droit, quelle arrogance – promise à on ne sait quel destin – la voilà servie.

Elle se voit – elle se voit dans le miroir du vestiaire où elle se désape avec Rose : c'est elle, ce tas? « C'est rien, c'est de l'eau, ça partira », dit la prof de gym. Qui lui lance tout de go : « Va faire du théâtre avec Maïder. » Rose glousse : « avec Maïder », tout le monde sait que les deux profs couchent ensemble. Mais Solange est frappée par le mot théâtre. Pour une fois qu'on ne lui ordonne pas de s'affamer et de faire du sport. « Oui, c'est vrai, viens au club théâtre avec nous », se rattrape Rose.

Synergie : un ensemble de forces dont une seule n'aurait pas suffi, conjuguées, alliées. Les museaux de baleines guidant vers la surface la camarade qui se noyait : voilà Solange au club de théâtre.

Le mardi et le vendredi après les cours. *Antigone*, toujours cette pièce. Rose joue Ismène. Christian joue Créon. Hémon c'est Boursenave. C'est Laetitia qui joue Antigone. Et Solange intègre le chœur, déjà bien fourni. Maïder et Viviane ont trouvé à occuper une trentaine de lycéens : ajouté des gardes, inventé des doublures, il y a des costumiers, des décorateurs, un maquilleur, un coiffeur, une souffleuse, des assistantes à la mise en scène, et même une chorégraphe... À mesure des répétitions, un phénomène se déploie – tout le monde assiste à la métamorphose : Solange rayonne. Elle est où elle doit être quand elle « monte sur scène » : trois estrades scolaires mises bout à bout. Mais quelque chose ici la justifie. Cette certitude atomise tout le reste.

Elle rayonne. Un trublion dans le chœur, rôle que lui invente Maïder : à des moments choisis, elle doit juste éclater de rire. S'esclaffer pour *créer le malaise*. Elle n'a pas à se forcer. Elle prend tous ces vieux Grecs de haut et module différents rires quand ça lui chante. La vieille voix dans sa tête lui donne très exactement le *la*.

Tout le monde se bricole des toges, en découpant et raboutant rideaux, draps, plaids, auxquels Solange ajoute sequins, festons, dentelles échappées des jupes de sa mère. Sa toge devient une énorme robe. Elle se tient là, droite et bizarre, le buste très haut sur sa pile de plis, contemplée par la foule soucieuse – et elle dans son royaume de hauteur.

Elle sait enfin quoi faire de ses yeux. Où poser exactement ses yeux. Comment marcher. Quoi faire de son corps, de sa voix. Le corps des autres est tourné vers elle. Et tous avec approbation. Bientôt c'est de l'admiration. Et l'envie qui va avec. *Mieux vaut faire envie que pitié*, c'est une phrase de sa mère. Et ils rient, elle découvre ça : elle les emmène dans son rire. Elle modifie jusqu'à leurs sentiments.

Un autre visage a surgi sous ses joues. Ce n'est pas la Solange d'avant, inutile de la chercher – regardez : c'est une nouvelle Solange en formation. Sous son nez, sous ses paupières, sous son front perce la lumière aiguë qui la redessine.

Elle rayonne, oui, dès qu'elle est sur scène dans cette salle de classe. Les parents se relaient pour venir les chercher, ou c'est Maïder qui en ramène plusieurs... avec un accord tacite : théâtre = bonnes notes, on vous laisse faire les saltimbanques mais vous redoublez pas. De toute façon tout le monde fait confiance à Maïder. Il y a des profs de génie qui traversent, une année ou deux, la vie de futurs adultes touchés par les ailes d'une fée. Mais ce n'est pas ça, pour Solange. Oui, certes, c'est Maïder, mais ce n'est pas seulement Maïder. C'est le théâtre. Maïder lui a apporté le théâtre.

La scène : Maïder dit ce mot comme d'autres disent *l'église*. Et peu à peu Solange comprend que la scène et la vie, c'est pareil. Ou plutôt qu'il n'y a que la scène, et la vie vient en supplément.

Maïder dit des choses simples. Et jamais entendues. Elle dit à Solange, et à tous les autres du club (pourquoi Solange a-t-elle cette impression que c'est pour elle seule que parle Maïder ?), elle dit : « Il faut trouver sa voix, *V-O-I-X*. » Elle dit : « Rire est beaucoup plus difficile que pleurer. » La technique, c'est d'interrompre le glissement du diaphragme le long de la colonne vertébrale pour le bloquer répétitivement. Le faire tressauter. Ça rit. « Écoutez votre rire, dit Maïder. C'est votre vraie voix. »

Diaphragme, c'est le seul mot que Solange a retenu de l'accouchement. Debout, la colonne bien droite, elle peut désormais rire en toutes circonstances. Elle se met à la tête de son corps. Et elle rit souvent. Elle trouve tout le monde très mauvais. Comment peut-on jouer aussi faux.

Pleurer sur commande est une sorte de sport. Bien sûr on peut pleurer en se remémorant un truc triste, ça ne manque pas, mais c'est plus efficace de contracter sa gorge et de s'empêcher de ciller et de raidir le diaphragme : les larmes piquent, montent, viennent... et on garde la tête libre. « D'ailleurs pleurer dans *Antigone* c'est complètement idiot. Aucun des personnages ne pleure. Ce n'est ni triste ni gai, c'est du théâtre. » Solange boit ses paroles.

Certes, Créon ne s'égosille plus quand il essaie de dire « qu'allais-tu faire près du cadavre de ton frère », mais Solange reste perplexe : Christian est toujours aussi ampoulé. Ce « qu'allais-tu faire » se dit pourtant tout seul. Elle répète les syllabes dans sa salle de bains, ça devient une suite de sons, un cliquetis et un souffle, *kalétufer*, pa pa pa pam. *Kalétufer-préducadavreudetonfrèr*. À force d'écouter les autres, elle connaît la pièce par cœur, « ceux qu'on n'enterre pas errent éternellement sans jamais trouver le repos », voilà, c'est sa vraie voix. Sa voix de fille, qu'elle s'efforçait de rendre moins aiguë parce que son père trouve que les filles *piaillent* ; mais en jouant elle n'a à s'efforcer de rien. Ce paradoxe, que jouer n'est pas déguiser sa voix.

La vraie voix, le vrai rire, Maïder dit qu'on les entend mieux quand on s'allonge. Toute la petite troupe se met à répéter *Antigone* en position couchée. « Debout, on est corseté, on lutte contre la pesanteur, on parle avec la voix de son éducation. Au sol, le corps s'abandonne et la gravité vous prend. » Autant dire que ça rigole.

Maïder a de grands cheveux frisés, c'est tout ce que Solange voit d'elle. Maïder est une fonction, un sas vers un endroit sûr, ces trois estrades de la salle 106. Elle pense aux sanctuaires que cherchent les éléphants, ils balancent leur trompe et vont, pensivement, vers le lieu où personne ne les atteindra. Tous les mardis soir et tous les vendredis soir, Solange se rend au deuxième étage au bout du couloir B dans la salle 106, pour *travailler*.

Chez elle, sa mère n'arrête pas de l'interrompre. Elle ouvre la porte, le bébé dans les bras, le bébé tend les bras, il n'a toujours pas compris.

*

« Comment peut-on préférer Créon à Antigone ? » s'indigne Solange. Rose affirme que « c'est facile de dire non. Antigone se la joue à croire qu'elle a la vérité. Créon se coltine toute la réalité ».

Solange s'échauffe : « Créon... (oh, comme elle le déteste), Créon se *compromet.* » Elle est tout étonnée d'avoir trouvé ce mot.

La mère de Solange dit que les parents de Rose sont « de gauche », Solange sait juste qu'ils sont habiles avec les mots. « Dire oui ça engage, continue Rose, il faut vivre avec la vie telle qu'elle est, pas telle qu'on la voudrait. » Quelque chose là-dedans met Solange en fureur.

La dispute accentue l'ouverture des *a* et des *o* de Rose, *Angtiganeuh.* Ça enlève un peu de force à ses phrases intimidantes. Le théâtre déplace Solange dans un endroit inédit, où elle entend le son de la province. Alors qu'évidemment elle aussi a l'accent, comment faire autrement en naissant dans ce trou.

Mais si elle veut se tirer d'ici, il faut qu'elle parle avec la dignité des personnages. Avoir une opinion importe peu, les opinions sont modifiables, elle comprend qu'elle peut tout jouer, porter toutes les voix, tant qu'elle peut être sur scène. Donnez-moi des mots. La vie s'en trouve extraordinairement simplifiée, la vie devient vivable.

⋆

Maïder et Viviane trouvent le village ravissant, quand elles ramènent Solange et Christian (Rose file à son cours de piano, il y a de l'eau dans le gaz avec son amoureux). Une vache, des volets rouges, une vache, un champ de maïs. Trois moutons et un cheval. Des poules derrière des barbelés. À l'arrière de la Fiat Panda, Christian tassé contre Solange, Christian *habité* par Créon rentre chez sa mère manger ses œufs au jambon. Solange est exaspérée par tous ces lycéens qui se prennent pour des acteurs.

Maïder et Viviane leur parlent de tas de trucs durant le trajet, de la liberté et de l'égalité qui n'est pas égale pour tout le monde, mais quand elles voient le bébé elles sont comme frappées par la foudre. Sa mère n'apprécie pas beaucoup ces *intellos* mais elle les laisse câliner Thierry, ça lui fait des vacances. Vu que

Thierry hurle dès qu'il n'a plus les bras. Apparemment tous les bébés ne sont pas comme ça : grandes conversations entre les trois femmes. N'aurait-il pas l'âge de jouer avec des cubes ? Solange monte dans sa chambre. Se poste devant le miroir et s'engage dans le monologue de Créon qu'est infichu de dire Christian. Il suffit de respirer et *zou*.

Ce serait une évidence, de leur donner Thierry. Ça arrangerait tout le monde. Mais ce n'est pas possible. Même leur prêter, Solange sent les complications. Pourtant, ça le sauverait. (Et des années après, la Solange du futur donne la réplique à Ben Affleck sur un tournage de Terrence Malick, dans un très petit rôle, certes, mais tout de même, et Maïder lui revient d'un coup en mémoire ; vivante, irrésistible, tournant vers elle son visage, Maïder pour toujours se retournant, Viviane au volant – ni Rose ni Christian ne sont dans le souvenir –, Maïder dans la lumière du soir, levant la main dans le soleil couchant pour retenir ses cheveux, le soleil traversant ses ongles roses, sa voix traversée aussi de lumière, Maïder lui revenant avec ce qu'elle lui a appris : la phrase, quel que soit le sens, juste la dire.) Une autre vie aurait été possible pour ce bébé. Une vie meilleure, mais ça n'aura pas lieu.

Et comme on la dérange sans cesse dans sa chambre, elle se réfugie souvent chez Christian.

*

Hémon la drague, il est tellement mauvais que la seule idée de rapprocher son corps du sien la fait pouffer, il la drague façon gros lourd, persuadé qu'elle est *facile*. L'autre fille-mère du village, Peggy, son père l'a quasi enfermée, il y a eu de brefs travaux dans sa maison, un rideau a été accroché à la fenêtre du sous-sol. Et il y a Delphine qui n'a pas de père, sa mère bosse au château et fait le ménage chez Rose. Quelque chose de stagnant, ici, attrape les filles aux chevilles, et les fait couler… Je serai partie bientôt, se promet Solange, je serai partie et je ne verrai plus jamais ces rideaux.

*

Le seul qui soit vraiment gentil c'est Christian. Un peu comme était Bihotz. Il ne sera jamais acteur et il le sait. Quand elle va répéter chez lui il ouvre une première bière et ils trinquent, et puis une deuxième et une troisième, enfermés dans sa chambre à l'abri de ses vieux.

Il y a aussi Marcos, son vrai nom c'est Jean-Marc. Il paraît qu'il vient de Paris. Maïder ne l'aime pas. Qu'est-ce qu'un vieux de trente balais peut trouver à une bande de lycéens ? Il a repris le vieux bistro de Clèves, avec un nouveau nom sorti de nulle part, Le Grand Soleil. Le vendredi soir il en garde trois ou quatre après la fermeture. Les heureux élus. Christian et Rose en sont, alors Solange reste. Musique, littérature et surtout *politique*, ce grand mot. Rose et Christian prennent un air grave et conspirateur, comme si on les avait pulvérisés d'un spray qui rend triste.

Elle s'est décidée à coucher avec Hémon, à savoir Gorka Boursenave, pour voir. Oh elle a vu. Ça faisait un mal de chien, un mal de chienne, mais elle veut à tout prix redevenir *normale*. La seule chose qu'elle lui a imposée, c'est une capote. « T'es une originale. » Hémon avait l'air de croire qu'elle lui devait une explication, je rêve.

Un soir, avec Christian, pas qu'elle voulait vraiment, enfin si, depuis tout ce temps, elle se retrouve dans ses longs bras, sur son petit lit, et décidément malgré sa très grande douceur ça fait si mal qu'on va s'arrêter là. Mais elle le suce, par affection. C'est toujours le même étonnement, combien ça fait plaisir aux garçons.

Elle persévère avec Hémon, comme on fait de la kinésithérapie, pas qu'elle y trouve beaucoup de plaisir (ça vient), mais ça lui assouplit les cicatrices du vagin.

Elle cherche ce point qu'elle aimait, au fond, ce point vaste et précis, de plus en plus vaste, irradiant et précis, qui lui faisait aimer ce qu'on appelle l'amour.

Et elle retourne au Grand Soleil. Quelque chose reprend vie ici. La terrasse est agréable. Des vieux à bérets prennent le frais sous les platanes. Solange a pas un flèche mais elle tape Rose. Discussion sur le sens du mot nationalisme, ce mot volé par l'extrême droite, Marcos évoque Pampelune en 1984, c'est évident que le GAL c'est l'État... Elle se dit qu'elle est née trop tard dans un monde trop dur, et sa pensée dérive à nouveau vers le fronton où des gosses tapent une pelote, la boutique de sa mère en face, fermée à cette heure, la croix verte de la pharmacie, un chien – c'est le chien Villebarouin, ça, qui va à la rencontre d'un autre chien comme s'ils s'étaient fixé rendez-vous, et les voilà qui partent ensemble dans les ruelles. Il faudrait qu'elle se trouve un mec à Paris.

Marcos y passe souvent ses week-ends, chez sa copine. Il a un van avec un *tuning* un peu rasta, il taille la route. Il parle des clochards, à Paris. Les bières transpirent et leur écume est très blanche au soleil. Il parle de la prostitution maintenant, sur ce ton objectif des mecs qui veulent faire croire que le monde tel qu'il est ne les arrange pas. Allez, elle donne son avis : « Il me semble que la sexualité… » elle cherche ses mots, « produit ça, cause ça », il faut qu'elle répète parce que personne ne l'écoute, elle détend son diaphragme : « La sexualité profite aux hommes. » « C'est la sexualité tout entière qui est un système de domination » assène Marcos en plantant son regard dans le sien. Il dégage ce contentement sans sourire, ce taux d'assurance 100 % sérieux, que Solange a connu chez son père quand il se sentait maître de toute une tablée, le maître du monde.

Solange décide de s'attarder au Soleil quand Rose et Christian partent à minuit façon citrouille. Marcos vit dans un studio au-dessus de son bistro. C'est toujours marrant de voir chez les gens : comme un aperçu de l'intérieur de leur tête. Mais justement, à part de savoir que le type est un organisé qui range tout dans des petites boîtes, ça n'a pas grand intérêt. Il lui verse un dernier verre histoire de. « T'es moins bavarde que ta copine Rose. » Elle a envie de discuter le mot *copine*, mais ça ne le regarde pas. « Elle dégage un truc intéressant », bon, il est là pour baiser ou pour causer, « elle a un côté première de la classe mais elle a aussi cette énergie singulière », Solange hausse les épaules, « et à mon avis elle la tient de toi. M'étonnerait pas qu'elle puise aussi sa force chez son mec. Elle se comporte comme une jeune vampire. » Solange ne dit rien, ça l'intéresse.

Il ferme soigneusement sa bouteille de rhum, il la range, il rince les verres, il les essuie. Il chante, à la Dutronc : *J'aime les filles de Megève, j'aime les filles de Genève, j'aime les filles... de Clèves...* Solange se laisse rire, il est plutôt drôle. *Si vous êtes comme ça, téléphonez-moiii...* Il lui tend la main, il la fait danser en suivant son corps des doigts, d'accord d'accord... Il se rassoit à côté d'elle pour la peloter, il se relève, il a la bougeotte, il se déshabille en pliant ses vêtements, et il lui fait l'amour d'abord avec méthode, puis avec nervosité. Il dit qu'il ne devrait pas, « est-ce que t'es majeure au moins, est-ce que t'es majeure, t'es majeure ? ». Qu'est-ce qu'il peut causer ce type, *passion conversation espace 2000, tout pour vous séduire mesdames*. Et au moment de jouir le voilà qui cause encore : « C'est pour toi ! » Heureusement qu'elle lui a imposé une capote. Mais il a juste l'air ravi du couillon qui lui fait l'immense faveur de son sperme sous latex.

En partant, il dormait encore, elle lui piqua un 33 des Béru. Son « c'est pour toi ! » lui sonnait aux oreilles en réverb'. C'est quand même pas commun de dire ça. Par la suite, sans envie de le revoir, elle le recroisait souvent : c'était lui qui la cherchait. Elle comprenait la loi de l'offre et de la demande.

*

« La chatte serrée comme une petite fille », ça lui est revenu par Nathalie qui le tenait de Raphaël à qui Hémon-Gorka l'a raconté. C'est fou comme les phrases font mal. Les ragots, avant, elle s'en foutait. Avant. Peut-être, après tout, *malgré tout*, ce type, Gorka, était une relation, la première depuis... depuis longtemps. Et voilà qu'il parle d'elle comme d'un phénomène de foire. Comme d'un animal de cirque. Maïder leur a expliqué que la *vertu*, au sens antique, c'est ce qu'on se doit à soi-même. Ça veut dire quoi exactement ? Antigone, au secours.

⋆

Demain c'est la *première* (même s'il n'y a que deux représentations prévues) et hier c'était la *générale* et avant-hier la *couturière*. Solange adore ces mots. Mais elle a peur. C'est les autres. Elle n'a pas confiance. Ils jouent à faire du théâtre, ils jouent à être acteurs. Ils ne sont jamais en place. La bonne phrase au bon moment, ça lui trotte dans la tête. Eux sont toujours à côté. C'est comme s'ils jouaient tout le temps, sauf au bon moment.

Elle saurait faire Créon, et Antigone, et Ismène, et même cette chochotte d'Hémon, et tout le monde. Pas tellement devenir une autre – elle devine ça, qu'il s'agit plutôt d'entrer dans le vide.

Jouer, c'est ne plus être là. Disparaître. Ouf.

Elle enfile son extravagant costume. Elle sent son corps s'amenuiser sous le tissu, elle maigrit à mesure qu'elle joue. « Une grande robe pour un mini-rôle, persifle Nathalie. Et te mets pas du spray sous les bras ça détruit la couche d'ozone. »

Elle aurait dû être Antigone. Laetitia, avec son accent pointu, a eu le rôle rien qu'à sa gueule de bourge... Elle se concentre sur la façon d'enfiler la robe sans déranger les plis. Elle fait comme s'il ne s'agissait plus désormais que de porter une robe. Elle n'attend plus rien sinon la première, et cette attente devient la vie, respirable.

Et elle se souviendra pour toujours d'être là, à la fin, sous les applaudissements. Il y avait les parents, il y avait sa mère, son père non, mais il y avait des copains et même des copains de copains, et jusqu'à Marcos qui était venu. Le préau était plein, Viviane debout sur une chaise, bravo ! bravo ! Et il y avait même cette vieille Anne-So.

Solange est là sous les applaudissements, dans ce tonnerre qui décide de sa vie, et elle s'en souvient déjà comme de son propre passé.

*

Elle est chez elle. Elle a la clef de cette porte. Maïder et Viviane ont tout arrangé, la chambre est très peu chère, son père accepte de payer la caution, et le lycée Molière option théâtre c'est nettement mieux qu'arrêter l'école. Même sa mère n'a pas pu dire non, sauf qu'elle a hurlé qu'elle gardait pas le chat.

La porte s'ouvre contre le mur. Un matelas. Une tablette qui se rabat. Une ampoule au plafond. Toilettes et point d'eau sur le palier. Une grande étagère au-dessus de la porte, où se loge la valise, qui tient lieu de placard. La fenêtre, trop haute, découpe un ciel vide mais le rebord est assez large pour que Solange y dépose l'oiseau offert par la mère à Rose. Perchée sur la chaise pliante, elle voit les toits de Bordeaux.

Un réchaud de camping, une casserole, une cuillère, du sel, de l'huile, une assiette, un verre, puis deux verres, deux assiettes, deux fourchettes, deux couteaux. C'est parce que Brice est venu s'installer. Quand ils se font des pâtes, les murs ruissellent.

À partir de novembre, elle rapporte de Clèves un petit radiateur soufflant. C'est Bordeaux, pas la Sibérie, mais c'est à Bordeaux qu'elle comprend ce qu'est un hiver. Et Brice a encore plus froid qu'elle. C'est une époque où, cherchant la chaleur dans ses bras, elle fait sans arrêt le même rêve : les murs de leur chambre cachaient une autre porte ; derrière, une autre pièce, la pièce qui leur manquait. Ils restent souvent au lit, à écouter la pluie battre le capuchon du toit… Mais ça c'est seulement les jours de fatigue. Les jours de théâtre, la masse d'énergie accumulée dans Solange fait gémir les murs. La chaise unique tremble. L'ampoule grésille. Le lit pousse contre la porte. Il faut sortir. Il est impossible de rester dans la chambre. Malgré les efforts de Brice qui l'a décorée de pages de magazines : Jean-Paul Gautier, Madonna, Valérie Kaprisky, Charlotte Valandrey, Rosanna Arquette, Geena Davis. Il paraît que Francis Huster donne des cours de théâtre à Paris. Et que c'est gratuit !

Avec Brice, ils ont le sentiment de se connaître depuis toujours. Lui aussi est d'un bled, mais loin, en Guadeloupe. Sur scène il est très bon. Cette façon de jeter les mots devant lui comme pour s'en débarrasser. Ils se ressemblent. Et puis l'argent, manger – ils préfèrent tous les deux boire. Elle lui a dit pour le bébé. Enfin ce n'est déjà plus tellement un bébé. Elle n'a pas pensé à emporter une photo. Il a tenté un « si tu veux on l'élève ensemble ». Il lui touche délicatement le ventre, il semble essayer de comprendre comment un enfant a pu se loger là. Ils couchent ensemble très doucement.

Il parle avec sa mère une fois par semaine toujours à la même heure. Dans la cabine en bas : ils laissent la fenêtre ouverte, *dring*, il dévale l'escalier, et parfois il attend dans la cabine, peur de rater l'appel. Solange n'appelle jamais personne. Ni sa mère, ni Rose, ni Maïder. Trop compliqué. Trop froid dehors, trop cher.

Quand il remonte il est toujours légèrement différent, ses R un peu plus sourds, son regard plus lointain. Il dit que l'exil elle ne peut pas comprendre – mais si, elle peut, la mer, la chaleur, les gens, l'accent, la nourriture, la fête, il dit que non, ça n'a rien à voir.

Il a chopé on ne sait où deux combinaisons de ski fluo, avec des grosses fermetures éclair blanches qui tranchent sur le tissu synthétique, rose pour elle, bleu pour lui, comme un gag. Ils affrontent l'hiver en dormant avec.

Solange lui raconte, un peu, le village. Brice l'embrasse sur les paupières, elle en pleurerait. « C'est fini maintenant, ils ne te retrouveront jamais. » Il parle d'eux comme des fugitifs, des hors-la-loi. Elle lui parle aussi de son chat, qui lui manque, dont s'occupe la mère à Rose. Siouxsie, un joli nom dit Brice. Il aime l'oiseau en céramique sur l'appui de la fenêtre, lui aussi dit que c'est un ange. Est-ce que c'est ça, l'amour fusion, est-ce que c'est ça que vivent Rose et Christian ?

Brice a le ventre creux, les côtes saillantes, de magnifiques hautes jambes enfoncées jusqu'aux hanches. Il s'habille en costume trois pièces chiné aux puces. À son contact elle s'invente un look, elle déniche des robes très ajustées à la taille, à la Dior, des jupes cigarettes en pied-de-poule, des escarpins qu'elle vole dans les accessoires de théâtre, un très long fume-cigarette, des chapeaux. Il porte des casquettes de grand-père sur lesquelles il épingle des badges de Madness et de Boy George. Il lui emprunte ses jupes qui lui font un cul osseux et des jambes interminables. Un soir, ils se décolorent tous les deux les cheveux, ils sont peroxydés, les yeux cernés comme des vampires. Manucures de vernis noir volé aux Nouvelles Galeries, et faux tatouages, les vrais sont trop chers, aux pommettes, aux mains, aux chevilles, des toiles d'araignée, des crânes. Ils se font des mouches au coin des lèvres, elle lui prête son rouge *bouche mordue*. Elle se ronge les ongles et il crie, « s'ils sont dans le même état dans une semaine je t'obliiige à porter un badge Stéphanie de Monaco ! ». Il est si drôle. Ils sortent en se tenant par la main. Il est si beau. Ils sont si beaux. Ils font des photomatons joue contre joue, vamps et grimaces. Il dit que prendre de l'aspirine quand on a mal à la tête ça sert à rien, il faut boire un café serré. Ils passent des heures dans les bars autour d'une tasse qui refroidit. Ils volent un œuf sur le comptoir, ils changent de bar. Quand ils arrivent au bout de leur boîte de capotes, ils n'ont pas l'argent d'en racheter.

Au début ils ont couché par politesse. C'était doux et pas désagréable. Elle n'a pas voulu qu'il la lèche, personne ne doit aller voir là, mais qu'il lui propose, c'était gentil : une attention vraie, pas une figure imposée de patinage artistique. Leurs câlins se terminent sur une pénétration à l'amiable, opérée par lui sur elle, mais il n'aurait rien contre l'inverse. Elle croit qu'il plaisante mais non. Ensuite il s'étend nu par terre, dans le petit espace entre la porte et le lit, et il fait le culbuto, ses couilles mauves perchées comme deux prunes sur ses fesses, et il se déplie doucement, vertèbre par vertèbre, « ça préserve mes lombaires ».

Il a d'autres rituels, il mord dans un citron le matin, c'est son petit déjeuner, pour la voix. Il roule le bas de son jean bouffant, avec un marcel blanc et des bretelles. Il écoute Miles Davis et Nick Cave et la *Passion selon saint Matthieu* et Marvin Gaye et des trucs antillais mais jamais la Compagnie créole. Et le soir, ou plutôt à l'aube, quand il essaie de dormir, il lui arrive de répéter : *D'où me viendra le secours ? Le secours me vient de l'Éternel, qui a fait les cieux et la terre. Il ne permettra point que mon pied chancelle.* Elle s'endort blottie contre lui, il appelle ça « en petite cuillère ». Lui ne dort pas. Le peu qu'il dort, il est agité de sursauts. Dans le dos, il a une cicatrice, là où son frère lui a planté un couteau. Un large bourrelet comme cousu dans sa peau. « J'étais la honte de la famille. » Sa mère a arrangé son départ, la mort dans l'âme, il répétait, *la mort dans l'âme*, et Solange voit la mort, une longue personne à la tête penchée. Quand il remonte de la cabine téléphonique il ne tient pas en place, il faut qu'il boive, elle l'accompagne, elle lui donne son affection, qu'il prend avec simplicité. Elle n'avait jamais rencontré aucun garçon, aucun homme qui lui parle, bouge, sourie, l'enlace et qu'elle enlace, avec une immédiate égalité, ou une indifférence à tout ça. Il dit « nous sommes belles », il dit « nous sommes géniales », au début ça amuse Solange, ensuite c'est une langue nouvelle et lumineuse.

Très vite elle resta sèche quand il la prenait dans ses bras, sèche comme une enfant, confiante et sans trouble, sans l'énorme inquiétude du désir. Comme elle est tranquille avec lui. Et elle l'aime aussi de tout ce qu'il est, de son agitation, de son insomnie insulaire, et qu'il doive sortir, toujours, après leur amour de frère et de sœur, après ses coups de fil, après son île. Il est comme elle, en pire. Ils se préparent, s'habillent, se maquillent, ils se jettent dans les rues de Bordeaux.

*

Le Moby Dick ouvre une petite porte dans la ville. On dirait l'entrée d'une chambre. D'une autre chambre. Ils sont passés devant cette porte plusieurs fois sans oser. *Club privé*. Ils ne savent rien des usages. C'est Brice qui finit par sonner comme si la ville n'avait plus d'autre issue que cette cave noire. Une ouverture sur l'envers des rues.

Un escalier, de la fumée, et tout en bas, la lumière vibrante. Ils se tiennent à la rambarde. Au bord, ils voient des hommes qui dansent.

Un vent chaud monte vers eux. Un être de haute taille les regarde. Solange sent son visage, ses traits, brûler. Elle avec sa Marilyn crêpée, ses yeux au charbon, ses lèvres noires. Lui avec ses yeux soulignés, son afro courte et peroxydée. Les yeux du géant prennent l'empreinte de leur visage et ce sera pour toujours, désormais, qu'ils sont admis ici : dans le sous-sol enfumé du monde.

Mes chéris, mes petits chéris. Dix-sept ans et pas d'argent et les joues encore rondes. Mais ce truc qu'ils ont, Solange et Brice, ou qui n'était peut-être que la jeunesse de cette fin des années 80 – la beauté de l'égarement. Le *No Future* quelques années après. La New Wave au bord de s'échouer. Mes chéries, mes petites chéries. Au fond de la cave s'ouvre une plage où deux jeunes hommes, d'un blond de Californie, forniquent avec un homme plus mûr. Les deux garçons sont des jumeaux d'une beauté surréelle, c'est en noir et blanc, c'est du cinéma, qui semble ancien, ou d'aujourd'hui, Solange ne sait pas. La bite de l'un entre et sort de la bouche de l'homme, qui, dans une gymnastique précise, plonge sa propre bite sombre dans le cul clair de l'autre. C'est comme une apparition. C'est un passé sans âge sur une plage éternelle. Tout glisse. Sur l'écran déroulé, dont le ciel blanc ondule dans des palmiers d'argent, les deux jeunes corps ont des cheveux d'or, et leur jeune bite n'est qu'une extension de leurs muscles droits, sains, honnêtes et vertueux. C'est la première fois que Solange voit ça, cette sexualité évidente. C'est aussi la première fois qu'elle voit un film porno.

Partout des hommes lovés sur les banquettes en peluche, des habitués comme elle-même le devient en une seule nuit. La fumée de cent cigarettes tournoie autour d'une très petite piste de danse. La musique est forte, elle dispense de parler, du moins Solange, car Brice est immédiatement entrepris par un garçon qui porte à chaque main de grandes bagues bleues d'un genre indien ou mexicain. Des cocktails apparaissent, goût ananas. Le garçon se penche sur Brice, ses mains bougent comme des papillons de la plus grande espèce, les nocturnes d'Amazonie. Le vortex de fumée, au centre des lumières, semble aspirer la nuit comme une brume de forêt.

Le Moby Dick n'a laissé aucune trace dans la ville : des années après, la Solange du futur se fera ouvrir la porte de cette rue en pente, et c'est une cave, une vraie cave, un débarras, avec des sièges en ruine qui évoquent vaguement les banquettes de ces années-là, et du plancher cassé comme une fortune de mer : un vaisseau fantôme.

⋆

C'est au Moby Dick qu'elle a compris que Dalida était une *icône gay* ; que certaines femmes, rares et choisies, incarnaient le féminin adulé, le maternel sans poils ni serviette hygiénique – et elle alors, pourquoi l'avaient-ils acceptée ? Seulement pour Brice ? Brice ne venait pas sans elle – il avait trop peur. Est-ce qu'elle dégageait quelque chose, *malgré tout*, de maternel ? Non, elle n'y croyait pas. Est-ce qu'ils aimaient, alors, sa grande jeunesse ? Elle était belle, mais Brice était beau comme un ange, ce prince insomniaque, ce jeune Antillais marchant dans l'aube, la nuit lui faisait une traîne caressant les pavés. Elle collait sur les murs de leur chambre leurs photomatons, tout de suite fleuris d'humidité, en noir et blanc comme les sublimes pornos californiens.

La danse du tapis – c'était drôle et choquant, toujours sur des chansons de Dalida. Ces hommes en ronde sur le tapis dont les motifs semblaient les aspirer. Le danseur au centre, agenouillé les bras en l'air la bouche ouverte, roulant des yeux et salivant, avalait les queues qui se tendaient vers lui. Et elle, perchée sur un tabouret du bar, ou sur l'escalier pour mieux voir, applaudissait, riait, plaisantait avec le gardien débonnaire. Elle, exclue et privilégiée, marginale et admise, ignorée et choyée, voyeuse.

Elle portait une cape d'invisibilité. Ils la trouvaient belle et ils le lui disaient, ils l'embrassaient sur la bouche et ils la câlinaient. Mais ils ne la désiraient pas. Leurs regards ne la déshabillaient pas, ne lui volaient rien. C'était reposant. Obligée à rien. Pas même tentée de coucher. Et ils ne l'écoutaient pas. Ils n'écoutaient que Brice ou les informations qu'elle pouvait leur fournir sur Brice.

Le gardien leur claquait la bise tous les soirs ; le barman ne les faisait jamais payer. Le garçon aux bagues-papillons, lui, avait disparu.

Dans la fosse sous ses yeux tournoyaient les créatures. La musique s'arrêtait, les mains se tendaient, on portait en triomphe l'avaleur de queues, le festin se terminait souvent dans les toilettes. Elle attendait Brice, elle l'attendait toujours : c'était le contrat, elles ne rentraient jamais seules. Et le tapis se renroulait magiquement pour la nuit suivante.

*

Pendant trois mois, six mois peut-être, cet éclair de strass et de fumée s'ouvrit et se ferma dans la vie de Solange. S'habiller pour le Moby était une affaire exaltante et compliquée, la *sortie* commençait. Brice et elle jouaient à la poupée l'une avec l'autre. Un soir glacial de janvier Brice décide qu'on ira en combinaison de ski, ils volent du vernis rose et bleu, chacun une manucure assortie, et puis non ils effacent tout, la piaule pue le dissolvant, on va miser sur le contraste, bleu avec rose et rose avec bleu. Ils croient mourir de rire quand ils se rendent compte qu'il aurait suffi d'échanger leurs combis.

Comme on rit, comme on danse, même si la danse n'est pas le principal propos du Moby. Solange fait sa place, applaudie par Brice, enlacée par la foule, elle découvre ses appuis, comprend que le sol et la musique la poussent vers le haut, et elle porte sa tête comme une star de cinéma, ses hanches ses reins ses épaules son cou, une valse musette maintenant, le DJ s'amuse de les voir s'amuser, *Une folle farandole, nos deux mains restent soudées*, elle a tellement chaud qu'elle a noué les manches de sa combi dans le dos, elle est en soutien-gorge, un joli que Brice lui a volé chez Etam, elle découvre ses bras comme une enfant, elle les fait obéir à ses jambes et aux jambes de Brice, à ses mains jusqu'au bout de ses ongles, jusqu'au bleu océan et au rose bonbon de leur être en boîte de nuit. Le serveur les régale de gin tonic. Oh comme elle danse.

Ce soir-là seulement Solange s'aperçoit qu'elle n'est pas exactement la seule fille du Moby. Le jeune gars qui a souvent des bretelles comme Brice a des seins. Elles partagent une clope. Il s'appelle Claude, il a une coupe au bol Mireille Mathieu rouge vif et une peau très abîmée vue de près et des yeux aigus et il veut qu'on dise il. Ils s'embrassent sur la banquette en peluche, malgré la peau abîmée Solange veut cette bouche et ce corps et elle veut toucher ces seins. Claude a ses mains partout et c'est bon, il plonge dans la combinaison de ski comme dans un gros paquet-cadeau, il a l'air surexcité, limite dangereux mais exactement au moment où Solange va reculer il se renverse sur la banquette et ne répond plus, les yeux fermés. Qu'est-ce qu'il a, qu'est-ce qu'elle me fait cette conne, c'est comme une histoire hétéro mais en maxi-accéléré : je te séduis je te prends je te laisse.

« Qu'est-ce que tu fais avec cette épave », lui dit un des serveurs (lui hurlant aux oreilles à cause de la musique), « c'est un camé, lâche l'affaire. »

Jamais personne dans la boîte n'a été abandonné avec tant de mépris, ça casse un peu l'ambiance, mais Lio dans la sono chante à tue-tête et Brice lui attrape la main et leurs deux têtes blond platine reprennent avec tous les garçons du Moby

Attention aux brunes
Les brunes comptent pas pour des prunes

Elle danse pour que Claude se réveille là-bas. Mais elle ne le distingue plus dans la masse des corps. Où est-il ?

Claude, le prénom n'a jamais quitté sa mémoire, Claude son nom de boîte, son nom de scène, son nom de guerre – ou peut-être son vrai nom. Elle ne l'a jamais revu. Des années après, son psy dira à la Solange du futur que le rêve de la pièce en plus était l'utérus auquel elle refusait de penser. C'était un rêve immobilier, rétorque Solange, mais c'était aussi un rêve très littéral de double fond. Une autre version possible de l'histoire, un passage dérobé pour ne pas vivre ce qui allait suivre, la mort qui un par un les prenait, les emportait.

Tous les habitués disparaissaient. Disparaissaient littéralement. Un par un ne revenaient plus. On ne connaissait que les prénoms, Steve, Lounes, Totor, Nadia, Pêche-Melba. Brice, son nom de guerre c'était Boy, et elle se donnait du Charlotte. *Charlottéboy*, comme un mot de passe. Les mots « ami », « amour », « mon cœur » ne clignotaient que de minuit à 4 heures du matin. Il n'y avait pas de numéro où s'appeler. Le Moby Dick était un brèche faite pour boire et danser et se chamailler et baiser et dire n'importe quoi et trouver avec qui prolonger la nuit. Le Moby Dick n'était pas fait pour mourir. Ni pour soigner les très vieilles personnes que devenaient les jeunes gens. Personne ne leur avait appris ce qu'ils allaient devoir faire : à nourrir, à laver, à langer, à apporter les courses et les médicaments, à tenir la main des mourants.

Solange n'aida personne : comme toujours et déjà, elle avait pris la fuite.

*

Comment étaient-ils passés en terminale, mystère. Mais ils étaient bons en français, quand on fait du théâtre à force. Même si les rôles de Brice étaient toujours plus pimpants que les siens. Évidemment il n'avait pas coupé à Othello, mais la prof avait *l'esprit ouvert* et lui donnait Hamlet, Scapin, et Cyrano. Des rôles énergiques, subversifs, ambigus : pas les écervelées boniches et les faire-valoir à marier que Solange essayait de dynamiser. Sarah Bernhardt avait bien joué Hamlet ! Mais l'esprit ouvert se fermait là.

La prof prônait un jeu naturel : on gomme les alexandrins, on fait pas les liaisons – « je veux pas *entendre les mots* ! Les années 80 c'est *over* ! ». Une sorte d'anti-Maïder qui gueulait sur le plateau (elle ne disait pas « scène ») et ne semblait jamais obtenir d'eux ce qu'elle voulait. « Je suis en deuil de ma vie, je suis malheureuse » : Solange jouait Macha dans *La Mouette*, elle aurait préféré Nina – la fille qui jouait Nina était nulle. « J'suis une mouette… Non. Chuis une actrice ! » Elle allait au Moby plus souvent qu'à Molière.

Rose lui écrivait de longues lettres. Ses parents leur offraient des places pour Barbara, il fallait qu'elle téléphone. Quoi ? Pour le concert de Barbara, au théâtre Femina. En échange pouvait-elle les loger ? Solange dut demander à Brice de découcher. Elle contemplait la chambre, son étroitesse, les moisissures.

Et elle dut assister à l'effusion, à l'émotion, ce concert, la foule pieuse, Christian le plus transi de tous, la longue chanteuse à la voix gazeuse donnant des coups de tête, d'œil, de jambe, comme un héron, et son public, prêt à s'envoler – ou à picorer du maïs, songeait Solange avec sa vieille voix mauvaise qui revenait. Il y eut une chanson qui parlait du sida et lui resta de façon déplaisante dans la tête, donnant une sorte de réalité, oui, d'existence contagieuse à un phénomène qu'elle croyait circonscrit au Moby. Et les chansons se poursuivaient, précédant la chanteuse qui semblait n'avoir qu'à les suivre, leur prêtant comme négligemment sa voix, les paupières à demi closes… rêvant ses propres chansons, honorant son concert de sa propre présence, et la foule la voulait encore : « Dis, quand reviendras-tu ? » Et des rappels, et encore des rappels. On n'en sortait plus.

Et ils durent rester sous la pluie à attendre l'artiste, massés à la sortie avec d'autres fans déplumés. Il aurait fait plus chaud au Moby Dick mais y emmener Rose et Christian… ça n'aurait pas été possible.

« Elle manque un peu d'humour, non ? » Solange s'autorisait cette réserve. Christian scandalisé répondit que cette *obligation de faire rire*, tellement contemporaine, était pour les faibles : les grands artistes comme les amants passionnés n'ont pas besoin de *second degré* pour s'autoriser à être vivants. Barbara jaillit soudain, soufflant : « Ne restez pas sous la pluie ! Vous allez prendre froid. » Une longue voiture noire l'emporta.

Et Christian sidéré répétait les deux phrases, les répétait encore, y glissant tout l'air possible de sa gorge, *frrrroid*, comme un message crypté à lui seul dédié (mais *Elle* avait parlé à tout le monde, non ?). Et Solange se demandait si elle ratait quelque chose dans la vie, la vie qui était déjà si sérieuse et si triste – fallait-il en plus vénérer des chanteuses démoralisantes ?

Elle leur fila sa clef, elle hésitait à aller au Moby, sans Brice elle se sentait plus nue, moins légitime. Une grande brasserie était encore ouverte près du théâtre. Elle s'assit au chaud, le serveur avait son âge, elle lui demanda une cigarette. Une fille lui ressemblait, assise au fond de la grande salle à colonnes – c'était elle. Elle avait eu le temps de se voir sans savoir, elle était belle comme une étrangère. Ses racines poussaient sous la masse blanche de ses cheveux décolorés, c'était agressif et beau, ça lui donnait l'air pas commode, avec ses yeux charbonnés, dans son grand imperméable ceinturé à la taille sur ses collants opaques volés aux *Nou-Gas*. Et romanesque, si tard si seule si jeune dans la brasserie déserte. On ferme, dit le serveur, tu veux une autre cigarette ? Solange répondit : c'est loin chez toi ?

Il vivait dans des combles froids. Un matelas posé sur des palettes, une bouilloire, il lui fit du thé brûlant, elle se collait contre lui, le déshabillait, sa peau brûlante et très douce, ses lèvres gercées qu'elle humidifiait, ses mains qu'elle guidait sur elle. Elle s'assit sur lui, elle gardait son pull, il caressait ses seins dessous, elle glissa une capote sur son sexe très dur, très bon, elle allait à sa guise, à son rythme, elle riait de lui voir un air si ravi, si ébahi, tout à sa bonne fortune, il tendait le cou sous ses baisers, arquait son dos étroit pour entrer plus profondément encore, pour qu'elle profite mieux de lui, pour l'accompagner plus loin dans le plaisir énorme qu'ils prenaient tous les deux.

Elle jouit d'un coup sec, comme une bûche craque, il se répandit comme de l'eau. Ils burent encore du thé sur le même sachet, il n'avait plus de cigarettes. Ils refirent l'amour tellement c'était bon, et ils ne furent pas déçus, c'était plus lent et plus humide, des vagues, fortes, océaniques.

Reste, lui dit-il le matin. Par la petite fenêtre inclinée, elle voyait le dôme des Nouvelles Galeries, la courbe du grand fleuve qui allait vers la mer. Reste. Mais non répondait-elle, elle levait le visage vers le jour gris, haut sur Bordeaux. Reste, je suis sérieux, reste pour la vie, épouse-moi. Elle rit, elle se dégagea de ses bras. Dans la rue, elle se rendit compte qu'elle ne savait pas son prénom.

*

Quand Brice revint des Antilles après Noël, et beaucoup plus tard que prévu, il était malade. Son squelette saillait aux clavicules, son visage était gris, l'intérieur de ses mains était bleu, il semblait vidé de son sang et de sa vie. Sous ses aisselles, des ganglions. Il affichait à ce point tous les symptômes que l'épouvante glissa sous les os de Solange, par décisifs petits coups de poignard.

D'où me viendra le secours ? Le secours me vient de l'Éternel. Il ne permettra point que mon pied chancelle.

Affronter une autre tragédie, elle ne pouvait pas. Pas ça, pas ça encore. Elle calcula, très vite. Calculer, elle avait appris. Combien de fois avec lui sans capote ? Dans cette étroite fenêtre de temps, oh, qui avait pourtant été si douce, entre la fin de leur stock de capotes et la fin de leurs rapprochements, une seule fois suffit, mais. Trois fois ? Quatre fois ?

Deux ou trois ans, le pronostic. Ils auraient dix-neuf ou vingt ans.

Eh bien, elle se dit : ça me laisse du temps. Voilà ce qu'elle se dit. Elle a très nettement l'image du temps déroulé devant elle, le temps qui semblait infini, quatre-vingts ans, cent ans, une éternité avec du vide au bout. Maintenant elle voit deux ou trois cases devant elle, comme un jeu de l'oie, mais deux ou trois très grandes cases, colorées, avec beaucoup de temps et de vie dedans. Oui, elle se dit ça. Ça ne peut pas être si grave, de mourir jeune ?

Ce mot que c'était, le sida. Et le mot séropositif. Comment faire entrer ce mot, ces deux mots, dans leur petite chambre.

Ils étaient si jeunes et il fallait faire avec ça. Ils étaient si seuls et la solitude a fait comme une lame entre eux. La terreur était telle, et la fatigue aussi, qu'elle a retrouvé ses façons de soldat et elle est partie seule au combat.

Elle avait des visions de forêt. Elle était comme un chat qui s'en va tout seul, glissant à travers les arbres, invisible, rapide. Et Brice tout encombré de sa beauté, de ses ailes, de son île, de ses symptômes, occupant tout leur petit lit dans sa pâleur nouvelle. Pétrifié par la peur. Mais s'occuper de quelqu'un, même de lui, elle ne pouvait pas.

Ne s'embarrasser de personne.

*

Elle se couvre de plaques rouges, squameuses, qui deviennent des croûtes et semblent dessiner la mappemonde de sa mort. Elle a totalement cessé d'aller au lycée. Elle entend dire qu'à Paris il y a un centre de dépistage gratuit, ouvert par Médecins du monde. Mais elle n'a pas l'argent du train. Elle finit par prendre rendez-vous avec un dermatologue place de la Victoire – il a fallu appeler depuis la cabine téléphonique, avoir la monnaie prête, trouver des numéros dans l'annuaire accroché à une chaîne, attendre, recommencer. Le médecin est jeune, trentenaire à vue de nez, il examine ses croûtes avec douceur, il dit c'est rien, de l'eczéma. Elle lui dit qu'elle a peur du sida. Elle dit le mot à voix haute pour la première fois. Il lui demande si elle pense avoir pris des risques. Elle dit non. Le Moby Dick, elle n'a pas envie d'expliquer. Les câlins au Moby, les baisers sur la bouche pour rire, les slows dans la transpiration, les pétards humides partagés sous les maquillages qui coulent, la même paille dans le même Malibu-ananas. Elle n'a pas envie de penser ça, d'être la fille qui pense ça. Elle ne veut pas qu'ils soient maudits, eux, elle, *the children of the night*. Attraper la mort comme ça, en s'embrassant dans la féerie, la fête, la confiance des nuits ? Même le mot *contaminé*, elle maîtrise pas. Et elle se déteste de penser à la géographie des îles, on parle des quatre H, homosexuels hémophiles héroïnomanes haïtiens, que viennent faire les Haïtiens là-dedans, si proches de ses Antilles à lui, et elle, ni haïtienne ni homosexuelle ni hémophile ni héroïnomane : pourtant ici avec ce jeune médecin.

Les risques. Qu'est-ce qu'il appelle les risques. Est-ce qu'un test c'est forcément un interrogatoire ? Ça coule de plus en plus profond en elle, la lame glacée. Elle revoit comme un film son adolescence au village. Est-ce qu'elle serait *séropositive* depuis tout ce temps ? Mais alors – est-ce qu'elle l'aurait transmis à Brice ? Ou – elle y pense soudain – à l'enfant ? Cet enfant bizarre. Il a l'air malade, cet enfant. La liberté que ce serait. Mais si elle meurt avant.

Tout cet échafaudage de pensée, entre terreur et folie, tout ça n'a aucun sens.

Le laborantin, lui, a un petit rire goguenard en lisant l'ordonnance, « j'ai eu ici une gamine, votre âge, c'était sa première fois, et crac, elle est morte ! ».

Oh, invoquer le diable. Attirer la mort sur lui. Qu'il soit foudroyé, et pas elle.

Il la pique avec de très épais gants en latex. Il tapote sur la seringue alors elle regarde, un réflexe – du sang presque noir, épais, elle a soif tout à coup. Est-ce que c'est ça, le sang quand il est infecté ?

« C'est chez vos parents, cette adresse ? » Qu'est-ce qu'il veut encore. « Vous êtes mineure, j'ai besoin de l'adresse de vos parents. » Ça y est, elle va pleurer. Depuis le début, elle ne pleure pas. Mais ce con va réussir. C'est la rage qui la fait pleurer, Solange.

Elle a rappelé la secrétaire du jeune médecin, il l'a prise tout de suite au téléphone. Il recevra les résultats. Il faut une semaine. Attendre une semaine. Non, il ne peut pas les communiquer par téléphone. Il faudra qu'elle vienne.

Elle marche dans les rues en pensant à sa mère, à Maïder, à Rose. Elle pense aux baleines qui soulèvent du front la baleine affaiblie pour qu'elle respire. Elle cherche une pièce dans ses poches, rien, elle demande à une passante, elle appelle Rose depuis une cabine. *Tonk* fait la pièce en tombant dans la machine, en tombant sur la mère à Rose. Qui tout de suite, avec ses intuitions de sorcière, comprend que quelque chose ne va pas.

Elle ne peut pas raconter au téléphone. Elle se dit aussi qu'elle a peut-être tort, de ne pas raconter. Elle rappellera, elle rappellera.

Comment raconter quand elle ne sait pas se raconter à elle-même. Rien de ce qu'elle a vécu ne se déroule selon cette idée de « mûrir » ou de « progrès » dont on leur a rebattu les oreilles. Tout semble épars, un puzzle dont l'image ne se dessine jamais. Même son visage change tout le temps. Il suffit qu'elle lâche ses cheveux pour devenir une vamp, et qu'elle coiffe un chapeau pour devenir un cow-boy. Un cow-boy Marilyn, voilà ce qu'elle est.

Sainte Vierge, faites que tout ça ne soit pas vrai.

Après la visite au labo, elle a ses règles. C'est une journée de sang. Elle se demande comment feraient les garçons, même pas tellement pour s'organiser avec ça, les serviettes et les tampons qui coûtent trop cher, cette substance gluante qui tache tout ce qu'elle rencontre – laver à l'eau froide sinon ça cuit –, non, juste ça : la vision du sang si souvent. Ça les rendrait fous. Il faudrait les enfermer. « Je suis en deuil de ma vie, je suis malheureuse » : ta gueule la mouette, des phrases écrites il y a longtemps par des hommes morts.

Le temps ne passe pas. Elle marche dans les rues jusqu'au soir vide. Plus que six nuits. Et le peu de consistance qu'elle a, Solange, sa *personnalité*, se pulvérise dans un présent fixe. Le temps s'écoule sans elle, à la périphérie du monde, au bord du temps-monde.

Et c'est terrible aussi d'être si près de Brice. Sur l'autre rive, loin. Beaucoup trop loin pour tendre la main. Plus que cinq nuits. Brice sort seul au Moby Dick. C'était impossible avant. Elle a beau se réfugier dans le sommeil, quand il revient à l'aube la chambre est trop petite.

« J'ai vu ma mort », il dit. Elle croit qu'ils vont parler. « J'ai vu ma mort, c'était une voiture, pleins phares. » Il sortait du Moby, la voiture l'a suivi, de plus en plus près, il ne voyait pas les gens dedans, il entendait leurs cris, leurs rires : *pédé!* Il s'est mis à courir, le coup de couteau de son frère lui revenait dans le galop, la voiture accélérait, ses talons claquaient sur les pavés, les ruelles étaient de plus en plus étroites, il s'est jeté dans une traverse et la voiture, comme un buffle, s'est bloquée, les phares ont brûlé son dos jusqu'à ce que la nuit l'engloutisse. Il était là tremblant dans le lit, il était là à la serrer comme un enfant et elle ne pouvait rien pour lui, elle avait aussi peur que lui, elle ne pouvait pas lui dire « ça va aller ».

Elle ne comprenait plus leur vie. Elle se couchait tôt, s'endormait comme on éteint la lumière, restait au lit le plus tard possible. Plus que quatre nuits. Quand elle se réveillait, la peur se jetait sur elle comme une créature qui l'avait attendue dans la chambre, tapie. La peur plantait ses crocs, ses griffes, pesait comme un autre corps accroché à elle. Elle essayait de fuir dans les rues. Elle marchait. Bordeaux devenait sa ville de solitude.

Elle prenait à gauche, et puis à droite, et puis à gauche, systématiquement. La bête agrippée à elle desserrait un peu sa prise, dans le vertige. Des bus l'emportaient jusqu'au bout de leur ligne. Des paysages de bords de ville, les maisons basses, les hangars, les petits immeubles, les pins, des parcelles de vignes, rien. Elle attendait les bus du retour comme une occupation, un but, une activité. Plus que trois nuits. Brice est parti, elle ne sait même pas où. Tout est en morceaux. Les moments sautent, ne se raccordent pas. Elle reste béante avec des phrases en tête, *je suis en deuil de ma vie* – assez, assez avec les filles diaphanes qui se prennent pour des mouettes !

Qui est-elle ? Si elle meurt dans deux ans, qui a-t-elle été ? Rien, elle n'a rien fait. Plus que deux nuits. Ses règles sont terminées. Un nouveau cycle commence, ou les derniers mois de sa vie. Elle a des flashes du Moby Dick vu de la mezzanine, la passerelle comme on l'appelait. Des flashes d'eux tous dans la lumière mauve sous les palmiers en noir et blanc. Ils dansent, morts. Elle essaie de se rendormir encore, elle va dans les bars boire un café debout, un franc, voler un croissant, errer devant le lycée, repartir, éviter le monde, bousculer les passants. Appeler ses parents, impossible. Ils ont perdu leur premier enfant. Comment mourir en plus ? Être elle aussi en moins ? Stupide, stupide, elle aura été tout du long stupide et superflue, tout est de sa faute, de sa cruelle, stupide, désespérante faute.

Elle épointe ses cheveux. Avec ses ciseaux à bouts ronds. Elle coupe. Elle coupe encore. Ça tombe. Ça lui fait un bien étrange. Elle coupe presque jusqu'à la racine. Elle retrouve ses cheveux châtains. Elle coupe pour ne pas se couper les bras, les cuisses, les joues. Elle coupe et coupe. Elle ressemble à Siouxsie, la chanteuse, et le chat.

Même la magie est vidée de son pouvoir. Ne pas marcher sur les raies du trottoir, éviter les lignes, poser ses pas là où ça ira bien, là où la mort s'éloigne – mais c'est fini l'enfance. Prier, pareil. La Sainte Vierge peut aller se faire fourrer, pour ce qu'elle l'a aidée dans sa vie. Plus que deux jours. Le sexe lui aura apporté les plus grandes excitations et les pires angoisses. Le mot angoisse même est comme une statue dépossédée de sa puissance, le plâtre s'écaille sur ses mains tendues. Le sexe : si le test est négatif, elle arrête. Plus jamais. Ou avec deux capotes.

*

Elle a appelé Rose. Elle ne peut plus. La peur fait une pelote dure, une tumeur dans ce creux mou sous les côtes, là. Elle veut qu'on lui extirpe. Rose prend un train tout de suite, il faut empêcher sa mère de venir aussi, Rose débarque avec un cageot de légumes, un cake, du pâté, des œufs. L'oiseau de céramique, sur l'appui haut de la fenêtre, déploie ses ailes au maximum.

La dernière nuit est blanche. Il y a tant à raconter. Sous la couverture, serrées l'une contre l'autre, Rose n'a aucun mouvement de recul, n'a aucune réticence avec le corps, l'haleine, les larmes de Solange. Elle l'étreint et la rassure : tout ça c'est dans sa tête. Presque elle a l'air de penser que le sida n'existe pas. C'est elle qui ira chercher les résultats. Solange se gorge de la chaleur de Rose, laisse l'énergie de son amie la gagner toute, l'emporter, l'amnésier, l'anesthésier, la sauver. Elle oublie, dans la force de Rose.

À 17 heures. A dit le jeune médecin au téléphone. On dirait qu'il attend les résultats autant qu'elle. Cette cabine à l'angle de la rue des Trois-Conils, la Solange du futur la verra comme une faille dans l'espace-temps. Ici se glissaient les voix qui décidaient de l'avenir. Ici reviennent les voix du passé. Ici : elle et Brice, tous les deux dans le petit espace de la cabine prête à décoller. Ils étaient si vivants, en noir et blanc peroxydés.

Trente ans après, quand elle reviendra à Bordeaux présenter une série Netflix où elle tient le second rôle, elle ira contempler l'absence de la cabine. Elle photographiera, avec son téléphone portable, quelques pavés nus dans la rue devenue piétonne.

Ce *rab* – elle verra le reste de sa vie comme ça, *rab* est un mot moche, un mot de cantine, de soldat. Mais c'était ça : l'appétit, la vie quand tant d'autres étaient morts, quand le Moby Dick avait sombré dans la nuit.

À 14 heures Rose a emmené Solange voir *La vie est un long fleuve tranquille*. Toujours deux heures de tuées. Solange n'a aucun souvenir du film, et c'est seulement après coup qu'elle trouvera le titre ironique.

Elle est de retour dans son lit, immobile sous les couvertures quand elle entend Rose monter l'escalier, le pas pressé, le souffle court. Est-ce que son amie monterait quatre à quatre pour lui annoncer sa mort ? Elle ouvre la porte – un sourire. Solange contemple le mot sur la feuille pleine d'autres signes et chiffres, les lettres du mot : négatif. HIV : négatif.

Les murs s'écartent. La lumière entre. Le sang bat.

Et Brice ? Où est-il dans la ville ?

Elles font du shopping avec le fric de Rose, elles achètent la même minijupe prince-de-galles couleur moutarde, et Rose lui prête ses Doc Martens noires à bouts coqués, son cadeau d'anniversaire de dix-huit ans. L'an prochain Rose fera psycho à Bordeaux, « y a déjà Arnaud et Jennifer, tu savais qu'ils sont ensemble ? » et elle adorerait rencontrer Brice, « et tu savais que le vrai nom de Jennifer c'est Jeanine ? ». « Non tu déconnes ? » Il faut qu'elles se voient plus souvent.

⋆

Le théâtre revient. Tout lui revient mais le théâtre surtout. Elle revient à elle. Sa vie lui est rendue.

C'est en cours seulement qu'elle revoit Brice. Elle y retourne bouts coqués en avant, Dim Up également piqués à Rose, minijupe, et son pull chauve-souris jaune vif à lui. *La Mouette* c'est fini, la prof leur fait dire des monologues. Solange choisit *La Maladie de la mort*, tout le monde a le nom de Duras à la bouche, elle croyait que ça parlait du sida mais non. De quoi ça parle elle ne comprend pas, sauf quand elle le dit à haute voix. Brice joue Bérénice. Il s'est un peu remplumé. *Dans un mois dans un an comment souffrirons-nous*. À part ça, comme si de rien. Il y a, paraît-il, à Paris, un metteur en scène génial qui donne des rôles à des Noirs dans une énorme fresque indienne toujours en mouvement. Un de ses oncles vit à Sarcelles, c'est à côté de Paris. Elle attend qu'il lui propose d'y crécher avec lui mais non. Il a chopé un parasite intestinal. Là ça va mieux.

Elle lui dit : « Au fait j'ai pas le sida. »

Il tire sur une manche chauve-souris : « Hé, c'est mon pull ! »

Elle résiste, ça fait une ligne fluo entre eux. Elle le revoit faisant le culbuto après l'amour, comment a-t-elle pu croire mourir avec lui ?

Elle a la démarche souple, armée, les mollets aiguisés par les journées d'angoisse. Sur scène elle se tient à la jointure du monde, entre le texte et la vie. Elle se tient sur sa propre voix comme sur un fil solide, un fil de funambule. Exactement à sa place. Vivante. Qui elle est, elle s'en fiche. Avec Brice c'est pas une rupture, quand on s'aime beaucoup on ne rompt jamais vraiment, si ? C'est quand on s'aime passionnément que c'est la catastrophe.

Il apparaît en cours, il disparaît. Elle croit comprendre que Peter Brook n'a pas voulu de lui.

N'empêche, tout se passe à Paris : le théâtre, le cinéma, les écrivains, la pub, la mode, et les castings, et les boîtes de nuit. Il lui dit qu'il va aux *Bains Douches*. Il porte le parfum *Opium*. Il lui rapporte un grand thermos chinois à fleurs, fermé par un bouchon en tissu à la fois exotique et pratique. Soudain il y a d'autres mondes, d'autres façons, des lointains, dont Paris ne serait que la lisière, l'aéroport. « Allez *monte* avec moi. » Il doit avoir la trouille de Paris autant que du Moby.

*

C'est le week-end au village, sa mère a exigé qu'elle revienne pour l'anniversaire de Thierry et son anniv' à elle qui tombe pas loin. « Pourquoi Brice n'est pas venu ? » demande Rose, à croire que c'est lui le père. Mais emmener Brice au village ce serait comme Rose au Moby : l'espace se fendrait, le temps hurlerait, le clocher jaillirait de son axe.

« On voit bien que tu n'as jamais été *vraiment* amoureuse », lui répète Rose en roucoulant. Les cloches sonnent. Solange la déteste. Elle se sent empruntée. Ou redevable. On attend d'elle quelque chose, mais quoi ?

Viviane : « Qu'est-ce que tu as fait à tes cheveux ? Mange, il ne va plus rien rester de toi. » Et sa mère lui a offert un « attrapeur de rêves », sûrement un invendu de sa boutique. Comment ce truc fait-il la différence entre les bons et les mauvais rêves ? Une fine crasse s'accroche à ses nœuds, comme les rêves maternels décomposés. La poussière ce n'est pas seulement la mort, se dit Solange, la poussière c'est quand on ne bouge pas, quand on se fossilise dans le trou où on est née. Et Maïder ? Elle, qui a certainement du talent, comment peut-elle accepter de rester coincée ici ? Le globe de son enfance roule sous ses doigts – on dirait qu'à l'endroit du village un coup de poing a défoncé l'Europe sans parvenir à atteindre Paris. Là, New York. Là, Los Angeles. *Tourne tourne.*

Paris, elle y pense si fort que ça fait comme des souvenirs dans sa tête, des souvenirs du futur. Il lui semble que sa mémoire n'a rien à voir avec sa vie. Elle regarde *Champs-Élysées* à la télé, le générique avec la montée vers l'Arc de Triomphe. C'est quand, l'avenir ? Il faudrait laisser des mers et des mers entre elle et le village. Il faudrait creuser des océans.

Le bébé, l'enfant, ne l'a pas reconnue. Il a toujours la même tête inexpressive et moche. Il marche. Pas dans sa direction. Il tend les mains vers sa mère.

Il est comme doté d'une clef dans le dos. Il marche il marche. Incompréhensible, que cet être mobile existe vraiment. Il mange, il chie, il dort. Il ne dit pas maman, à personne : il ne dit rien. Sa mère fume en écoutant toujours le même vieil album des Pink Floyd, *Animals*, la couverture avec l'usine et le cochon qui vole. Elle dit qu'elle veut se suicider, mais qui s'occuperait de Thierry ? Solange lui fauche les escarpins de son mariage, vintage années 60, blancs comme des os au fond d'un placard.

Un *Marie Claire* traîne sur le canapé, une interview de Karen Cheryl, bardée de diplômes mais son producteur lui a ordonné « de se mettre à la hauteur de son public ». Solange se demande combien c'est payé. La solitude des stars : Dalida bien sûr, mais aussi Anémone, Nicoletta, Annie Girardot, Gérard Klein, Richard Anconina, et même le très beau Wadeck Stanczak. Francis Huster est beau et seul aussi à quarante ans. « J'assume parfaitement d'avoir été mégalo, extrêmement perturbé par mes rôles. Jouer Hamlet ou tourner avec Zulawski, ça ne vous laisse pas indemne. » (Comme Solange le comprend.) « Je vivais dans la vie avec les costumes de mes personnages. Je suis allé jusqu'au bout de l'isolement. C'était une sorte de saison en enfer. Ce qui m'a fait sortir de ma folie ? Le succès du *Cid* il y a deux ans. » Je craque littéralement, se dit Solange. « J'ai tellement souffert d'avoir été incapable de rendre une femme heureuse que j'essaie, au moins dans mon métier, de rendre le public heureux. » Ça, ça s'appelle vivre !

Et puis les acteurs, les actrices, il faut essayer de deviner leurs méthodes. Par exemple, il y a deux Isabelle, Adjani et Huppert, qui ne jouent pas du tout pareil, c'est comme deux écoles, non, c'est comme deux mondes : laquelle choisir, comment savoir ? Il n'y a pas d'émission sur ça à la télé. À quel monde appartenir, comment deviner, quel monde sera *le* monde ?

Solange a dix-huit ans et la lecture de ce vieux *Marie Claire* est le sommet de son séjour au village.

⋆

Brice l'emmène aux Bains Douches. Impossible qu'elle loge chez son oncle *because* des tas de trucs, alors c'est Christian qui lui trouve un plan chez un certain Tiago, un ami d'ami *porte d'Orléans*. Elle prend la ligne 4 dans la bonne direction. Descend à la bonne station, facile, le terminus. C'est une après-midi d'été très chaude, les rues font des canyons. À peine s'est-elle débarrassée d'un connard qui la suit qu'au bon numéro, elle bute sur un digicode. Elle se réfugie dans le Félix Potin en face, un habitant ouvre, elle fonce – grimpe au dernier étage, toque à la porte indiquée, qui cède, pas de serrure. Un type sur un matelas se réveille en se grattant les cheveux, pas de problème elle peut laisser son sac ici, il allume un mégot de pétard, il ne connaît pas de Tiago. La moquette est pleine de trous, un autre type se penche, tout le monde a l'air de se réveiller. « T'as pas ramené du café, par hasard ? »

Le soir elle est devant les Bains (ligne 4 mais dans l'autre sens), lookée autant que possible. Elle ne s'est pas crêpé les cheveux : elle a bien observé les Parisiennes. Elle a parié sur la couleur, le grand pull jaune sur un fuseau turquoise, les escarpins très blancs de sa mère, un faux foulard Hermès noué sur sa frange : une Brigitte Bardot électrique. Elle a découpé l'encolure du pull pour qu'il lui libère les épaules, c'est tout un micmac pour qu'il tienne quand même, voilà. Toujours beaucoup de khôl sur les yeux. Elle est portée par quelque chose de plus grand qu'elle, Paris, ou l'avenir.

Rue du Bourg-Labbé ses escarpins lui font tellement mal que c'est pieds nus qu'elle se présente aux Bains Douches, d'ailleurs le nom s'y prête. Deux statues porteuses de flambeaux encadrent une voûte où une physio trie les âmes. « Ça va pas être possible » :

des damnés tournoient sur eux-mêmes, éjectés dans la rue. Solange se marre, escarpins à la main, mais elle joue sa vie. Elle passe comme une fleur. « C'est *chan-mé* ! » crie Brice en l'accueillant dans la musique, carrelage noir et blanc, pas immense, et pas encore très plein. Il a gommé son accent alors elle fait pareil, elle parle pointu comme les Parisiens. *Strike a pose* chante Madonna, ils prennent la pose comme Garbo, Monroe, Brando, ils dansent, elles dansent, Brice et Solange. Oh Boy, tu m'avais manqué.

La théorie de Brice : ce qu'on porte n'a aucune importance (n'a *presque* aucune importance, se dit Solange), tout est dans... dans l'assurance ? L'attitude ? Un bouclier invisible, songe Solange. N'empêche qu'il a bossé : un pantalon à pont à gros boutons dorés, un marcel très ouvert, des chaussures bicolores chinées aux puces, un petit foulard à pois, et son blouson en vinyle transparent qui laisse voir ses bras minces et ses bracelets.

Brice passe toutes ses nuits aux Bains, c'est beaucoup plus simple que dormir à Sarcelles. Ils prennent le premier métro à l'aube, Solange en sort comme une taupe sans comprendre comment la ville d'en haut s'agence sur la ville d'en bas. Elle a trouvé une piaule en coloc' *porte de Bagnolet*, son père lui avance le premier mois mais après « tu te démerdes », quelle idée de faire actrice. Grâce aux efforts d'Anne-So, elle touche une alloc de « mère célibataire » qu'elle partage avec sa mère (c'est de bonne guerre).

Porte de Bagnolet c'est direct pour les Bains, elle a choisi pour ça, d'ailleurs tous les Parisiens qu'elle connaît semblent habiter des *portes*. Un trombone bloque le compteur EDF dont on a bricolé le sceau pour, espère-t-on, tromper l'ennemi. Un téléphone est déjà installé, elle investit dans un répondeur à cassette, indispensable pour sa carrière... Surprise ! Un message de Marcos, ce revenant. Le métro, elle adore ça, surtout celui du petit matin. Elle le hèle pour rire au bord du quai comme un taxi, les copains rigolent, ils font les singes autour des barres, elle s'écroule sur les banquettes les guiboles encore agitées de danse et les yeux pleins de strass, avec un peu de chance elle a un croissant dans le bec. Les premiers travailleurs lui sourient parce qu'elle se sent belle, et drôle. Elle aime la fluidité de ces rames presque vides et elle aime les Parisiens – oh, comme on est loin du village, comme on est loin déjà de Bordeaux !

La musique cogne, les tubes de l'été torpillés par le caprice du *disquaire*, là-bas, un Jupiter maniant la foudre. C'est Brice qui dit *disquaire*, tellement plus chic que *DJ*. Il « tape » pas mal, il prend de la coke, c'est jamais lui qui paie. Chacun roule pour sa pomme et court après un fric que tout le monde semble avoir sauf eux, mais c'est pas grave parce que tout va très vite. La vie semble filmée en courts plans fixes dans un montage saccadé. Brice papote avec Jean-Paul Gaultier – Jean-Paul *fuckin'* Gaultier ! Serge Gainsbourg est plus sympa en vrai qu'à la télé. On croise les Rita (il n'y a qu'au village qu'on dit « les Ri-ta-Mi-tsou-ko »). David kekchose, le type des Talking Heads, parle avec la fille du parfum Mugler. Il y a Mickey Rourke, il y a Thierry Mugler lui-même, mais jamais Francis Huster. Dans un flash ils sont dans une fête à Bastille (Solange dit « Bastille » avec aplomb alors qu'elle trotte aveuglément derrière Brice), piscine carrément dans une maison privée, des statues des tableaux et des murs dorés, ça valait la peine en plus du champagne à gogo. C'est chez Kenzo mais il n'est pas là. Mick Jagger va passer mais tard. La piscine – plutôt un bassin de nage – clapote sous les lumières. Il y a plein de trucs à piquer mais ils piquent rien. Et ce n'est pas Mick Jagger qui se pointe mais David Bowie. Bowie putain ! BO-WIE ! Surtout prendre l'air de rien, blasé-blasé, désagréable même, le comble du chic, mais Brice exulte et sa bouche forme des O et des I comme sous des chocs électriques. Ça va aller, ça va aller. Que de la coke, jamais d'héro. Champagne, encore du champagne.

Solange a brièvement le dilemme de l'autographe. Quand le temps du village vient impacter le temps de Paris, la nuit fait une spirale. Quand elle attrape au laser le visage trop connu d'une idole, ça crée une brèche en elle, une vacillation dans l'attitude : le village revient, et par le village reviennent d'autres visages, et sous le nom de Bowie, il y a celui de Christian. Car rien ne ferait plus plaisir à Christian (et rien ne rendrait Rose plus jalouse) qu'un autographe du dieu aux yeux vairons. Mais dans le temps de Paris, Solange sait que si Dieu vient ici (le même *ici* qu'elle) c'est que Dieu trouve la paix. Dieu peut se détendre ici comme tout le monde, et il ne s'en prive pas, ce voyageur intergalactique. Son rire vibre jusqu'à elle, le rire de Bowie traverse gravement Solange avec son regard irréel, et elle devient cymbale. Elle oublie ce qu'elle allait faire, ce qu'elle allait peut-être dire, elle pourrait se désintégrer pour cette étoile… jouir d'être la paillette posée au coin de ses paupières… poussière… elle danse…

Elle devient sensible à l'écume, à ce point ultime du morceau qui se retire devant la vague du titre suivant… elle s'appuie sur les basses comme on prend l'élan dans la houle… elle danse avec le DJ à travers la musique. Il distribue le *beat*, libéral et précis, là, là, là, notes en suspens… son corps danse sans elle, dans l'enchaînement, dans la transe qui monte, les plans de musique s'agencent, déferlent, se nourrissent, les titres s'engloutissent sous la puissance de la musique future…

Elle danse. Rarement de la cocaïne, c'est trop cher et trop con – du champagne quand on lui tend une coupe –, elle danse. Exactement sur la musique. La musique bat dans ses veines. Les basses pulsent exactement dans son cœur. Ses mains se tendent, la musique danse à travers elle. Va au bout de tes gestes, lui dit la musique, comme Maïder autrefois. N'essaie pas : danse. Quelqu'un lui attrape la main, un petit homme très mince et qui sent bon, mais elle préfère danser seule. Brice surexcité a étudié le moindre détail des vêtements du type, la chemise à jabot la redingote argentée le pantalon de marin, c'était Prince bordel, tu as dansé avec *Priiince*. Quand elle revoit l'elfe aux longues boucles noires il est sur la petite scène, il a attrapé une guitare, les gens hurlent, *Priiiiince*…

Oh comme on est loin du village. Encore une coupe de champagne. Elle a toujours le magnifique pull jaune mais cette fois une minijupe, de grosses guêtres en laine, et ses Doc à bouts coqués. On met pas des guêtres sur des Doc, gueule Brice, par contre sur des escarpins c'est la classe. Dans la boîte il y a une piscine, carrée, un peu décevante, un peu pataugeoire, jamais personne dedans ou alors habillé en naïade, en sirène. Une bouée en forme de cygne attaque Solange d'un méchant *déjà-vu*. Mais au bord de la piscine danse Béatrice Dalle, d'une ultramoderne attitude. Elle a lancé la mode du meilleur des régimes : champagne cocaïne, cocaïne champagne. Musique ! Et Solange pourrait disparaître, là, sous la lune sérieuse, touchée par le doigt du DJ, ou le doigt de qui voudra.

Elle a recommencé à coucher avec les hommes qui viennent, les hommes du futur. Prudence. L'horreur qui dévastait le Moby Dick est là. Beaucoup aux Bains l'appellent Mon Ange, les anges sont à la mode, la mort les emporte et leurs ailes battent parmi nous. Les urnes chaudes sortent tous les jours du Père-Lachaise. Comment s'habiller au cimetière devient une des questions de Solange, dix-neuf ans.

Le No Future des punks c'était bien joli. Elle a plutôt envie d'un Yes Future. Il faudrait qu'elle s'inscrive à ce stage chez Huster, ou au cours Florent ? Ce n'est jamais le bon moment. Il faudrait téléphoner. Il faudrait se réveiller. « C'est pas possible, tu connais pas Godard ? » Un photographe qu'elle a trouvé dans son lit, ou plutôt c'est elle qui se trouve dans son lit, merde, quelle heure est-il, elle aurait dû filer… Un titre lui revient : *À bout de souffle*. « Mais attends, t'as pas vu *Nouvelle Vague* ? » Si, la Nouvelle Vague elle connaît. « Mais non, biquette, le film, celui qui vient de sortir ! » Au secours. Ce qu'elle voit, en se tirant, c'est qu'il a vue sur la tour Eiffel, la vue carrément jusqu'au bas des quatre pattes. Pourquoi elle a pas ce genre de vue, elle.

Brice, lui, n'a plus l'envie. Il bosse parfois sur des shootings. Il danse. Il fume. Il dort. Un temps, ils dorment à nouveau ensemble. Ils partagent le même matelas. Elle a eu une embrouille avec ses deux-trois colocs, parfois ils sont plus nombreux encore, des filles passent, la salle de bains est encore plus occupée, encore plus crade, le ballon d'eau chaude tout de suite vidé, bref elle a pas eu une embrouille pour ça – elle explique à Brice –, mais pour ce truc du prorata, du quoi, soi-disant qu'elle occupe la plus grande chambre, mais c'est aussi la plus froide hein, plein Nord, pas un rayon de soleil, et ils veulent lui faire payer la surface au *prorata*, un des colocs est même venu mesurer, avec un putain de mètre-mesureur tu le crois ça, soi-disant douze mètres carrés, alors que les autres chambres font soi-disant – « arrête avec soi-disant » dit Brice – dix et neuf mètres carrés respectifs, ils veulent faire une putain de règle de trois, ils veulent diviser le loyer tiens-toi bien par le nombre de mètres carrés total de l'appart et boum, multiplier par douze pour sa gueule, alors que la cuisine et la salle de bains il faut les décompter aussi non ? On n'a jamais vu un truc pareil. S'ils croivent que soi-disant parce qu'elle est une fille elle va se laisser faire. S'ils *croient*, corrige Brice. Il a bouffé le *R* et ça fait juste rire Solange, allez viens on va aux Bains.

La nuit en minijupe est glaciale. Arrêtons-nous prendre un kebab, non, si, passons d'abord chez Bidule, j'ai faim, j'en peux plus, dépêche. Elle entre dans un hôtel rougeoyant, parce qu'elle a envie, pas de pisser, ça se fait entre deux voitures, mais de chier, t'es vraiment pas possible gueule Brice – c'est le kebab de tout à l'heure ! Toute sa vie lui restera l'image de la façade de cet hôtel rouge et le gardien de nuit, antillais comme Brice, poli, vous trouverez les toilettes par là mademoiselle, ça lui avait fait du bien d'être vouvoyée alors qu'elle était pressée-pressée, et la gentillesse, ça, elle s'en souvient toujours.

Brice et Solange c'est pour la vie mais la vie va vite. Il ne rate pas une seule soirée Sardine à la Java, mais c'est trop hip-hop pour Solange. Les Bains sont devenus sa maison parce que personne ne vient jamais y interroger le passé. Les cariatides à l'entrée sont toujours les mêmes. Toujours le même carrelage noir et blanc. Solaange ! Mon aaange ! Champaaaagne ! Elle aura ce point commun avec Kate Moss que les années 90, elle ne s'en souviendra pas. Mais c'est bizarre d'être abreuvée de bulles et de devoir voler sa bouffe au Prisu.

Le jour ne sert qu'à éclairer au flash le retour vers les lits, vers un truc à bouffer. Le crépuscule revient pour s'habiller et revivre. Le DJ devient un ami, étrange, invisible, elle connaît son prénom et il connaît le sien, parfois il apparaît : ils se sourient, elle sait qu'il compte sur elle comme elle compte sur lui, *danse, donne, danse*, il lui fournit de la bonne et elle devient la fille exacte, posée sur les notes. Ses mouvements complètent sa musique, elle danse en fermant les yeux, *viens, viens*… Ses jeunes hanches la tiennent solidement debout sous les lasers, par la cambrure précise de ses reins… Ses pieds pressent exactement le sol de Paris qui tourne avec la Terre dans le temps exact dans le vaste univers, concentré ici absolument, dans cette boîte de nuit qui est le centre du monde.

Le photographe lui rapporte de Londres un sac à dos Mandarina Duck et pour Brice un béret Kangol. Il a flashé sur Brice et le prend au Polaroid perché sur les colonnes de Buren, Brice avec son béret, tellement français, le photographe adore. « Biquette je te prends toi aussi », pas forcément nue mais un peu. Allez, cent balles. Dans son studio, « tu le connais mon studio, c'est bon je les ai déjà vus tes nichons, et le derche, vas-y montre, un peu de peau sans poils c'est le concept, les courbes de la tour Eiffel et les tiennes les Japonais vont adorer, t'as vu j'ai la double hyperbole en plein cadre ». « C'est une exponentielle », corrige Brice. Elle est contente que Brice l'ait accompagnée. « T'as pas fait trop d'maths toi hein Biquette ? » « Elle s'appelle Solange », dit Brice. « Ce qui serait beau c'est vous deux ensemble », dit le blaireau derrière son appareil, il pointe le ventre de Solange, « biquet tu te mets devant et tu me caches ça, on dirait un zèbre ta gonzesse ». « C'est des vergetures », dit Solange. Connard.

*

Fumer, champagne, fumer, danser, se nourrir d'air. Chaque casting est un espoir qui casse comme du verre. Chaque star est si proche qu'on pourrait lécher sa peau. Annie Lennox et Grace Jones. Al Pacino et De Niro. Carré Otis, l'air très malheureuse. Rachid Taha, l'air très heureux. Nina Hagen coiffant sa crinière blanche à la fourchette. Mais toujours pas Francis Huster. Prince, dont la manche bouffante effleure le bras de Solange – les yeux brûlants la fixent, ce visage d'écureuil avec un faux air de son père, pas qu'elle y pense souvent à son père, pourquoi elle y pense maintenant –, Prince, qui part tous les soirs avec une fille différente et se contente parfaitement des trois mots d'anglais de Solange et couche avec elle ce soir, distraitement. Francis Huster aurait été plus efficace pour sa carrière, mais Prince. Elle n'a pas spécialement envie de lui. Il est trop petit, trop mince, souple comme un jeune page, moins beau que Bowie, moins beau que Brice même, mais elle comprend qu'il lui faut tous les soirs une fille parce qu'il n'en revient pas de pouvoir les avoir toutes, et elle veut bien être cette fille ce soir. Dans sa suite à l'hôtel Meurice. Avec ses gardes du corps devant la porte.

Et certes elle se souviendra de cette nuit toute sa vie et lui probablement pas, elle n'est pas là pour se marier. Et certes elle se souviendra de tout, des draps si lisses, de la salle de bains si vaste où elle fauche tous les échantillons, et de lui, OK. Et certes elle gardera le souvenir pour elle parce qu'elle ne veut pas que d'autres s'excitent avec. Mais elle se souvient surtout de sa piaule à elle au retour, dans l'aube sinistre. Et qu'un des gardes du corps lui avait fourré l'argent du taxi dans la main. Et certes elle avait bien compris qu'on ne dort pas avec Prince, dormir c'est plus intime que coucher. Et certes c'était beaucoup trop pour un taxi, mais elle avait tout pris : retrouver sa vie après un tel contraste, ça valait bien un dédommagement.

Et c'est peut-être vrai ce qu'avait dit Rose : qu'elle n'a jamais été vraiment amoureuse de sa vie. Elle contemple le tourniquet de cartes postales devant un tabac, « tu me croiras jamais, j'ai couché avec Prince », mais est-ce que sa musique est parvenue jusqu'au village, est-ce que Rose voit comment il est, sa féminine virilité ? Elle aurait l'air de vouloir se vanter. J'ai couché avec un chanteur américain, il met des porte-jarretelles en concert mais pas au lit... Non, ça choquerait trop son amie. Qu'est-il possible de raconter ? Et à quoi bon ? Solange fourre une carte dans sa poche, elle enverra peut-être un bisou à la mère. Vite, à grandes enjambées vers les quais de Seine, elle court, par cinq degrés, faire une photo de nuisette pour un catalogue d'été.

Brice a été pris dans une pub Benetton, douze sur la photo dans des pulls moches mais correctement payé et une campagne en 4 × 3 dans le métro et il peut garder le pull. Il le lui donne, elle le revend. Elle est trop petite pour les défilés mais elle est modèle pour coiffeur et parfois pour manucure, elle a de belles mains, sauf la période où elle casse des noix pour une boulangerie spécialité pain aux noix, cinquante kilos de noix, son poids en noix, le job s'arrête à la fin de la récolte : elle a les mains flinguées. Un casting pour un film, un vrai, un long, on l'a rappelée, avec Bernard Giraudeau, elles ne sont plus que quatre, elle veut le job malgré le personnage débile de femme animal-à-sang-froid. Dans le couloir le réalisateur, *hé!* la pousse contre un mur, les mains, la bouche, elle esquive, il s'en va. Voilà, c'est simple : elle n'aura pas le rôle.

Elle veut se plaindre, personne ne répond à la prod', l'agent de Brice lui conseille de se calmer, « ton jeu fait trop intelligent ». Elle cherche un agent mais surtout pas celui-là, ça sert à rien de toute façon. Elle ronge ses ongles à peine repoussés. Ce qui sert c'est casting et casting et recasting. « La vie d'une comédienne n'est qu'un long casting raté », lui dit une Laurence qui vient pourtant de tourner pour Rivette et Godard, « je me donne et on m'éconduit, 98 % de mon temps de travail c'est ça. » Elles se retrouvent parfois dans la ruche du *dance floor,* parce que ce qui sert aussi (et elle n'y allait pas pour ça) c'est d'être une abeille des Bains. Elle dort au lieu de dîner. Elle met son réveil à minuit, elle s'habille, elle se maquille, elle file vers la boîte en noir et blanc où la musique est de plus en plus sombre, dure et hachée.

Une nuit trop post-punk, une nuit un peu trop ironique, lasse de tous ces petits Blancs exhibant leur nervosité, de tous ces Ian Curtis même pas suicidés, Solange suit une bande trop lookée dans un appartement sur les Champs (on ne dit pas davantage « -Élysées » que « -Douches » ou « -Mitsouko »). Des mannequins décharnées errent autour d'un buffet, on dirait qu'elles vont s'écrouler dans la nourriture froide. Le buffet est carrément cru. Des hommes plus âgés sont là aussi, Solange a appris à les éviter, les quadragénaires c'est que de la migraine. Des lames de poisson cru et des petits rouleaux de riz fourrés de concombre ou de quoi, trempés dans une étrange sauce noire, elle découvre que c'est bon. Elle en empile sur une assiette et cherche un coin tranquille – ça devient désert à mesure qu'elle s'enfonce dans les immenses pièces. Marbre rose et dorures. Hautes tentures qui masquent de nouvelles longues lames d'ombre et de parquet. Un appartement de fantômes. La lumière vient de l'Arc de Triomphe – qui donc *vit* sur les Champs-Élysées ? Il y a, extraordinaires, deux brosses à dents sur un lavabo, deux brosses à dents banales, ni marbre ni or, avec un tube de dentifrice comme elle pourrait presque en acheter. Dodi Al-Fayed, l'amant de Lady Di : des années plus tard la Solange du futur découvrira que c'était son pied-à-terre. Entre Solange et la princesse morte flotte un lien ténu, blafard, de rêverie, comme une amie d'une autre vie.

En attendant elle *s'entougne* de sushis, avec le sentiment d'avoir jeûné depuis des mois. Elle ressent une très grande satisfaction à manger seule, assise sur un gigantesque rebord de baignoire. Les grains éclatent sous ses dents, le saumon lui envoie des shoots de vitamines. T'étais passée où ? lui demande Brice, lui c'est plutôt de la poudre qu'il est allé s'enfiler. Il est beau, elle a le temps de se dire il est *encore* beau. Lui et une copine de la pub Benetton sont les seuls Noirs dans tout l'appartement. Ce que risque un jeune Noir dans la ville elle ne peut pas imaginer, mais elle sent que la frivolité même de Brice est un héroïsme. Au matin porte de Bagnolet elle trouve Marcos sur le palier. Il lui dit qu'il l'aime. « Mais Jean-Marc il faut que tu rentres chez ta copine. » « Je vais m'flinguer si tu viens pas. » Il parle de rrrencontre en mettant des R partout, il lui ferait presque peur, ce couillon. « Vas-y dégage tu débloques. Hé, attends ! T'as pas cent balles pour me dépanner ?… Et un timbre ? »

⋆

À force de tanner Laurence elle rencontre son agent qui accepte de la prendre *pour voir*. Et à force de castings elle décroche un petit rôle dans un feuilleton tourné à La Plaine-Saint-Denis, on dit *sitcom*. Elle est la *meuf* d'un des *Colocataires*, c'est le titre de la série, quelle blague. Pas une *colocataire* récurrente, juste une meuf à la merci d'un changement d'humeur du coloc' : c'est-à-dire de la prod', des scénaristes et du réal', voire du chef op', ça s'est vu. Selon les épisodes elle a une phrase ou vingt pages à mémoriser, tournage dans la journée. Apprendre par cœur, elle n'a jamais appris. Ses autres rôles étaient juste des scènes ou trois slogans à la con. Les lignes sautent sous ses yeux, elle enfile ses doigts dans la spirale qui relie le polycopié. Pas tant que les dialogues soient nuls, il y a toujours quelqu'un dont le métier c'est d'écrire, mais son cerveau reçoit trop de champagne et pas assez de sommeil, ou trop d'ennuis et pas assez de répit. Laurence lui conseille de surligner au Stabilo toutes ses lignes à elle dans l'emplâtre des autres rôles. Mais sa pensée part en tourbillons, impossible de se fixer sur les petites lettres énervantes, elle mouline les mots dans sa bouche. Revenir aux fondamentaux, à Maïder : juste dire les sons, les syllabes ? Mais impossible d'appeler Maïder. Qu'aurait-elle de glorieux à lui raconter ?

Et à peine le script en tête, ça tourne – et coupez ! La scène est réécrite dans la foulée. Et tu attends dans la loge sans fenêtre avec les autres, les produits qui circulent, les blagues que tu connais par cœur. Tu attends. Pas te faire virer. Pas refaire la prise à cause de toi. Tu joues une greluche écervelée et on t'appelle Sidonie comme ta personnage. Mais ça paie ta nouvelle coloc' en vrai à Pigalle.

Le maquillage, elle le fauche. Le métro, elle gruge. Le cinéma, elle se faufile. Le théâtre elle fait la queue pour le poulailler à cinq francs. La scène est un halo de lumière rayé par des poteaux mais c'est *Platonov* et elle pleure de beauté. Patrice Chéreau, si inaccessible qu'elle préfère le détester. Pina Bausch, comme un univers parallèle. Où apprendre à danser comme ça ? Des noms l'obsèdent. Des noms la font souffrir. Elle ne sait pas vers qui se tourner, avec quels contacts. Son agent ne lui trouve que de la télé. La pureté a un prix qu'elle ne peut pas se payer. Et cette actrice d'à peine dix-huit ans, si belle, si juste, si intense... Solange prend l'habitude de mentir sur son âge, plus vieille dans les boîtes, plus jeune dans les castings. Est-ce que c'est vrai, qu'il y a une seule actrice par génération ? Une seule Sarah, une seule Romy ? Et toutes les autres – *change de métier !*

Un jour merveilleux, un jour isolé, un jour surréel, grâce à l'agent de Laurence elle tourne une petite scène pour Godard. (Il en dirait quoi, hein, le photographe ?) Et certes, elle est noyée dans une troupe, et ils n'ont pas eu le scénario, et elle dit une phrase de Musset sans comprendre ce qu'il vient faire ici, ni elle-même à vrai dire. Mais Godard est là. Un Dieu enrhumé, enfoui dans son cache-nez. Et c'est déjà fini. Le vide s'est réouvert.

Et ensuite ? Au moins à la télé ils donnent des nouvelles.

*

Un autre jour elle prend un train, sept heures et demie depuis Austerlitz, à cause que sa mère a eu un coup de Calgon. Elle est retournée en clinique. Son père a pris Thierry mais ensuite il ne pouvait plus. C'est la mère à Rose qui a récupéré le gosse.

Il y a un moment de flou. Le temps a quelque chose de spongieux. Reste donc dormir chez nous, dit la mère à Rose. Les sapinettes ont tellement poussé qu'on ne voit plus la maison en face. C'est-à-dire sa maison, qui ne lui est plus rien, qui ne lui dit rien. Comme si elle n'avait jamais vécu là. Qui a deux maisons perd sa raison.

La mère à Rose lui dit de sortir Thierry dehors. L'enfant reste au soleil, le front légèrement levé. Sans chercher à se protéger les yeux. On dirait qu'il guette si d'autres comme lui ne viendraient pas du ciel. Elle essaie de l'appeler. Rien.

Une amie qui connaît Nastassja Kinski lui a filé des invits pour la piscine de l'hôtel du Palais et y a des chances que Nastassja vienne. Elles vont la rater si elles ne partent pas maintenant. C'est chiant parce que la mère à Rose tient absolument à ce qu'elles emmènent le gosse, alors qu'il ne sait même pas nager. De quoi elle se mêle. À chaque fois qu'elle revient ici, à Clèves, il lui semble qu'elle va mourir. Pour de vrai, un sentiment de mort imminente. Il faut qu'elle reparte, vite.

*

Elle retourne aux Bains. Au resto à l'étage, on l'invite à des tablées d'habitués ou de hasard. Elle ne paie pas les clopes que lui file la meuf des vestiaires. Les lasers cisaillent le temps en rythme. Le débitent en tranches. *Slash slash.* Le présent se jette dans la minute suivante. Encore, encore. Qu'est-ce qu'elle attend qu'est-ce qu'elle attend. Il y a Ophélie Winter et Vanessa Paradis et Jamiroquai avec un gros serpent sur les épaules mais quelque chose ici se termine.

Derrière les spots il y a le fond infini de la nuit mais bientôt on verra la boîte, son envers, son plafond sale et ses murs glacés, et ça se passera ailleurs. À 36 heures du matin la piscine on dirait du sang. Dehors sous le soleil trop vif on voit déjà les bords du monde. Être pauvre est très fatigant. Être fille aussi. Être actrice, vouloir être actrice. Essayer de dormir. Un jour elle se réveille à Londres où elle a suivi un guitariste.

*

C'est une maison gigantesque, magnifique et glaciale. Ils sont venus en stop et il lui a offert le passage en ferry. Il s'appelle Brian. Il reprend *Angie* des Stones en disant *Solange* à la place. Il lui passe la boulette d'afghan pour qu'elle l'émiette. « Je croyais que tu étais mal gaulée, *but you're a fucking good surprise.* » La grande maison glacée donne sur l'usine même du disque des Pink Floyd. C'est comme une hallucination. Le cochon volant en moins.

Tout ce quartier, Battersea, est en friche ou en travaux. Londres, pourquoi pas Londres ? Quelque chose recommence ici. La maison est louée *one pound* symbolique à la compagnie des rails qui a exproprié tout le tracé d'une voie future. Il y a même l'eau, froide, et l'électricité. Brian allume le premier joint et

Solange devient experte en trois-feuilles. Un train va relier l'Angleterre à la France par un *tunnel*, un vrai tunnel sous la mer qui sera le plus long du monde, Solange et Brian *adorent* l'idée, les rails vont passer à travers la maison ! Il a un chat, Mojo, qui danse à la fenêtre sur les cheminées de l'usine, bientôt il va voler comme les cochons. Oh, c'est comme si elle avait toujours vécu ici. Brian chante l'histoire de la haute maison victorienne en briques rouges avec son jardin sauvage et pas de clef (sauf que chaque *lodger* a la sienne – mais pas Solange qui est une pièce rapportée).

Au début, la vie s'écoule avec douceur malgré le froid. Elle parle mieux anglais quand elle fume, et mieux la nuit que le jour. Quand elle ne fume pas, elle a du mal à parler tout court, et quand elle fume trop, aussi. L'anglais pénètre en elle par nappes, par vagues. Le français, c'est le passé. Elle décide ça. C'est trop d'effort, trop d'orthographe. Elle se met à rêver en anglais.

Ils dorment sur un grand matelas dans une des chambres à *bow-window*. Elle a posé contre la vitre l'oiseau de la mère à Rose, qui a voyagé intact, roulé dans une chaussette. Brian s'adosse aux coussins avec sa guitare. Il faudrait faire du café mais c'est trop loin. Solange se met au thé, c'est plus simple, elle a découvert le PG tea et les *kettles* électriques. Les plombs sautent, on entend gueuler à tous les étages. Les maisons expropriées forment un étrange quartier tout en ligne droite à travers la rive sud. Les prix de cette ville sont dingues, dix fois ceux de Paris. Les *vrais* travailleurs n'ont pas de quoi se loger, lui explique une de leurs voisines de couloir. D'autres approuvent le *common sense* de British Rail : loger de *vrais* artistes pour éloigner les *vrais* squatteurs. On vote pour héberger la famille de Tamouls qui tient le pressing du coin. Le soir tout le squat fait des jams, un ado de cette famille joue de la trompette, *like Miles Davis* commente Solange épatée, *you say that because he's black*? demande la pimprenelle qui défend les travailleurs. Ça vexe affreusement Solange qui peine à argumenter dans la langue de l'assaillante. *Forget it* dit Brian.

Londres est une tueuse. Un verre vaut le prix d'un resto. Les distances sont inhumaines et le métro est une toile d'araignée sous acide. D'une station à l'autre il y a des vides de plusieurs *miles* et des temps d'attente insensés. La banlieue est partout *à l'intérieur* de la ville, déjà trouée par d'immenses parcs qui rendent la vie impossible. Tout prend un temps insupportable sous un ciel plombé parmi des piétons incompréhensibles et des bus assassins : à chaque carrefour on manque se faire tuer par la gauche.

Des bouts de terre vierge émergent partout du macadam, des trottoirs cassés libèrent des mares bordées de buissons et de graminées, tout un monde sauvage affleurant qui laisse deviner ce qu'aurait été ce pan de la Terre si Londres n'y avait pas proliféré. Solange contemple les canards et fume pour supporter l'incertitude. Le fleuve a des plages et des marées. Les parcs ouvrent sur la campagne, les renards squattent les jardins. Et soudain la ville revient, se déplace sous le brouillard, glisse.

La pimprenelle lave dans des bassines d'eau froide ses sous-vêtements et ses draps tachés de sang. Puis elle les met à sécher, mal, sur des fils dans sa chambre, et elle brode en rouge autour des traces, elle appelle ça des taches propres, *clean stains*. Elle festonne pendant des jours une immense fleur sur un plaid, trace d'un avortement récent. Tout ça fait sur Solange une impression complexe, mi-fascination mi-déjà-vu. Est-ce que cette lavandière sanglante recycle une idée banale, ou a-t-elle donné forme à un universel ? Et est-ce que c'est vraiment fait pour moi cette vie-là, la vie d'artiste ?

Elle se fait embaucher comme ouvreuse au Ritzy. C'est très mal payé, mais elle voit tous les films. Brian, lui, est *contre la dictature du faire*. Il n'aime ni le théâtre ni le cinéma, et il cite des auteurs qui ont, comme lui, passé leur vie au lit. Quant à la pimprenelle-artiste, elle rameute du monde voir ses installations sans informer ses camarades : un défilé !

Du squat de Battersea jusqu'au Ritzy de Brixton c'est trois bons quarts d'heure à pied. Solange essaie de retrouver le fil de ses pensées. Elle n'a aucune nouvelle de Brice. Comment en aurait-elle, il faudrait écrire une lettre. Elle voit *Apocalypse Now* trois fois par jour, un vrai film de mec, la Walkyrie dans la tête toute la journée, Marlon Brando *horror horror*. Elle voit *Husbands* de Cassavetes, elle capte un mot sur deux mais comprend que le cinéma peut tout filmer. Elle entre définitivement dans la *team* Huppert par *La Porte du paradis*. Elle regarde, assise sur un strapontin avec sa corbeille de pop-corn, le premier Tarantino, le dernier Spike Lee, la première rétrospective Wim Wenders. Les glaces de la corbeille fondent, elle les recongèle. Dans le stock du Ritzy elle prend une affiche géante, Gena Rowlands, elle se réveille devant tous les matins. Mais quelque chose est plus fort qu'elle. C'est Londres. C'est le froid. C'est d'avoir à gagner sa vie. L'hiver, le squat tout entier est au lit, pas sexuel le lit, le lit-dodo, le lit-maison, le lit-refuge. Et le squat vit sous le signe du frigo, un grand frigo à étagères étiquetées, chacun la sienne, dont il sort toujours une dispute.

Et c'est étrange d'être aimée par un homme qui lui préfère sa guitare. Elle ne lui en veut pas, elle l'a pris comme ça. Mais pourquoi son désir de théâtre à elle se dissout dans sa musique à lui, elle ne sait pas. Il l'a toujours sous la main, cette guitare, avec une nonchalance sérieuse, et il lui dit en chansons qu'il l'aime, moue à la Mick Jagger, bouche sexy, désinvolte, comme si articuler était un effort, mais qu'il y consentait, allez, pour lui faire plaisir… *Sol-aaange*… Elle voudrait lui faire connaître Bashung et les Rita, mais *of course* il n'a pas les disques et il lui explique toute la pop britannique. Le sexe est cool, le sexe est lent, ils s'interrompent pour tirer des bouffées, il leur arrive de s'endormir l'un dans l'autre comme des marmottes surprises par l'hiver.

Heureusement le Ritzy n'ouvre pas avant midi. Le marché africain de Brixton est le seul abordable. À force de ne plus jamais manger de fruits frais, elle repense à la mère à Rose avec nostalgie. Elle glane, des vendeurs à la peau noire lui donnent leurs fins de cageots, ça lui fait bizarre. Quand elle apprend que David Bowie est né dans le quartier, elle touche avec dévotion le mur de briques rouges. Loin de lui, elle se sent déclassée.

Un des artistes a rapporté de la campagne une poule pondeuse qui s'avère ne pas pondre, on l'appelle

Thatcher. Une alerte au renard met tout le squat en émoi, on construit un poulailler avec des palettes récupérées, qui servent aussi de bois de chauffe. Les vêtements de Solange sentent le camping toute la journée. Elle utilise l'eau de la *kettle* pour se passer au moins un gant chaud sur le corps. Au lit, leur haleine fait de la vapeur. Certains matins de détresse elle en pleurerait, c'est la guerre dans sa vie ou quoi ? Quand le film de Godard est programmé au Ritzy, c'est elle, là, sur l'écran, quelques secondes répétées séance après séance. Elle n'ose même pas le faire remarquer à ses collègues. Elle se sent disparaître de jour en jour du cinéma.

Brian, au lit avec le chat, met au point une chanson depuis des mois, *Seen from Mars, seen from Mars…* Il sort une fois par semaine pour s'offrir des lots de CD même pas volés, avec l'étiquette de chez Honest Jon's à Portobello, et des tas d'accessoires pour sa guitare : on dirait qu'il entretient un animal vivant. Solange découvre que quand Brian n'a plus d'argent, il en a encore. Elle ne le voit jamais appeler ses parents, mais il y a ceux qui naissent avec un parachute, et les autres.

Elle amortit la chute quatre nuits par semaine comme serveuse au Groucho's Club, payée des *peanuts* mais gros pourboires. Elle mange en cuisine et rince tout au Diet Pepsi, une nouveauté, la caféine sans le sucre. Et elle est prise à la Royal Central School for Speech and Drama, le cours le moins cher de Londres mais un des meilleurs. Ça démarre à 9 heures du matin. « Speech and Drama » est un truc typiquement britannique, on bosse la prononciation, du cockney du gallois de l'écossais et du Shakespeare, comme si elle bossait le ch'ti le marseillais et les alexandrins. Le mot « cinéma » est interdit, le mot « télévision » c'est le démon, au premier rôle hors de l'école c'est la porte. Elle enchaîne des *Peter Piper picked a peck of pickled peppers* et les grands rôles féminins, Juliet, Cordelia, Rosalind, Titania, Viola, elle ignorait ce répertoire. Exercices en duo, sa mémoire se développe, son cerveau mouline, son corps se souvient. Le Groucho's, c'est très physique, elle jaillit tout sourire des cuisines avec les plats, sa tête est un chou farci de répliques. Elle joue serveuse comme un rôle, comme une machine – *béarnaise, beaujolais, crème brûlée, pinot noir.* David Byrne lui demande *how do you do Solange* et tiens, revoilà Annie Lennox.

À la Royal ils bossent aussi le *stage fight*, ils se donnent, paf! d'énormes baffes. Le plus technique n'est pas de freiner le coup, c'est de l'encaisser : douleur, surprise, révolte, contre-attaque, occupation de l'espace. Du jeu très athlétique, *commedia dell'arte* hybridée de kung-fu. Elle rentre survoltée arracher trois heures de sommeil au bruit de la guitare. Toute cette énergie fatigue Brian, « un peu de figuration en plus d'être serveuse et tu t'en sortirais très bien ». Autour du lit, des scones de chez Fortnum & Mason, de la marmelade de chez Wilkin & Sons, du jus d'orange presque bon marché de chez Marks & Spencer : pour elle, une journée de salaire. *Oh seen from Mars seen from Mars Solange would be the sweetest lass...* Le jour où elle constate qu'une deuxième guitare est entrée dans leur chambre, elle est prise d'une envie électrique de la lui fracasser sur le crâne. Mais le bail à une livre est à son nom à lui et elle n'a toujours pas de clef, c'est lui qui descend lui ouvrir en bâillant.

Londres reste illisible. Chez les riches il y a des pauvres. Et chez les pauvres il y a des riches. Et tous extrêmement fiers de leur ville imprenable, de leur guerre gagnée sur une île – facile ! La boîte la plus branchée de Londres s'appelle le Blitz, sauf qu'elle a déjà fermé. Solange est la première à dire que Paris est *over* – mais alors Londres aussi ? À moins que le haut lieu des branchés ne soit précisément *celui où elle travaille* ? Un jour, elle ira à New York, et plus loin encore : Los Angeles. Leur cinéma, leur océan. La mer, ici, on la sent au bout du fleuve, mais elle manque au bout des boulevards, et sous cet aspect Londres n'est pas mieux que Paris ou Bordeaux.

Une des habituées du Groucho's c'est l'artiste aux taches propres. Porte des chemises très blanches aux manches lacérées de rouge. Le club lui achète une toile, et le prix de sa putain de toile couvrirait dix ans d'un vrai loyer avec une vraie douche chaude. Son service fini Solange s'endort parfois sur les Chesterfield. Chassée par les aspirateurs, elle reprend sa course dans Londres, 9 heures à la Royal. Elle combat la ville comme ces insectes qui avancent toutes mandibules dehors. Elle est *intéressante*, elle le sait, elle le sent. Mais c'est quand, que la vie commence ?

Elle pense à Brice et à sa théorie du bouclier, il appelait ça le *shield*, il faisait de l'attitude comme on fait du vélo. Brice, son compagnon de *fight*. Au marché de Brixton, elle a envie d'embrasser les gens, quelle folle. Elle aime être la seule Blanche comme elle a aimé être la seule fille, elle veut un autre monde avec une harmonie rêvée, leur dire je vous connais, même si c'est pas vrai. Écrire à Brice, oui, mais où, à quelle adresse ?

Une deuxième poule a rejoint Thatcher. On l'appelle Lady Di. Solange les contemple grattant la terre londonienne, leur tête saccadée, leurs ailes inutiles. L'existence simple, bipède, tête penchée, de créatures à qui on fiche la paix. Elle se demande ce que devient son chat.

Mais le train fonce vers le squat. Au début on n'y pensait pas. À la vitesse de deux cents mètres par mois les tunneliers rampaient sous la Manche. Maintenant le temps se précipite et l'espace se tend. Les rails se posent à la volée. On agrandit la vieille gare, Waterloo, juste à côté. Solange a à peine le temps de s'occuper de Rose, venue en week-end avec Christian. Un peu de gêne avec Christian peut-être, mais Solange ne se rappelle plus bien pourquoi. Elle les case sur le palier, pas super pratique pour un week-end d'amoureux mais Brian ne voulait pas leur laisser leur chambre. Au tout dernier moment Solange a la présence d'esprit de planquer ses Doc Martens, elle croit se souvenir qu'elles étaient à Rose. Elle ira au Groucho's avec les santiags de Brian, de toute façon il ne sortira pas du lit.

Après le week-end elle gardera une vision de Rose qui boite, soutenue par Christian. Elles et lui ont beaucoup, beaucoup bu. Le seul truc pas cher de Londres : la bière en énormes canettes d'un litre, qui laisse toujours Solange comme enrhumée.

Et : Maïder est morte. Maïder, un cancer du sein, foudroyant. Après tout s'est noyé et là c'est le matin.

Maïder.

Dans l'aube grise une forme de consolation lui vient : ça n'aurait pas été une bonne idée, de lui donner Thierry. Il se serait retrouvé orphelin une fois de plus.

Marcia Baïla, Solange chante dans sa tête, un chant de mort et de courage.

La mort de Maïder la leste d'un poids nouveau, différent. Maintenant la vie est une possibilité d'honorer une morte, la vie peut se dédier. La chanson tape dans sa tête toute la journée, elle aimerait la réécouter en vrai. *C'est la mort qui t'a assassinée Marcia*, tape tape dans la tête à Solange, il paraît que les épileptiques ont ça avant les crises. Il faut continuer pour Maïder, la pousse, ramifiée, enracinée, du théâtre dans Solange.

C'est une époque où toute la chanson française adopte un accent factice, l'accent stylé de l'étranger. Solange en tire parti : on projette sur elle un exotisme inclassable. Elle pouvait être russe, scandinave, italienne, française – basque, personne n'y songe. Elle décroche un petit rôle dans un téléfilm de la BBC réalisé par Danny Boyle, un jeune type prometteur. Elle quitte la Royal sans regret, elle en a tiré tout ce qu'elle pouvait. Être choisie, même pour trois phrases, est merveilleux. Un agent la remarque, un pro, un vrai, celui de Claire Bloom et de Kenneth Branagh. Elle a un petit rôle dans un Peter Greenaway. Elle démissionne du Groucho's. La manager pas rancunière lui offre une carte de membre. Elle revoit ses clients en habituée, et c'est comme un pan du monde qui tombe enfin en place. On lui explique le nom du club, une phrase de Groucho Marx : « Je ne voudrais pas faire partie d'un club qui m'accepterait pour membre. » *Aaaaah*… Elle se retrouve assise à des tablées de gens très à la mode, Robbie Williams et les frères Gallagher et Björk et Alex James de Blur et Hanif Kureishi et d'autres écrivains dont elle ne retient pas le nom et l'attaché de presse de Vivienne Westwood et un photographe archi-lancé, et tiens, revoilà l'artiste aux taches propres. Ils sont horrifiés d'apprendre que Solange vit toujours côté sud de Londres. Et dans un *squat* ? Il faut faire quelque chose. Le photographe a une maison libre, tiens voilà les clefs. Comme tout le monde au Groucho's il bosse sans arrêt, l'argent est facile, stupéfiant, Prada, Calvin Klein, Yohji's, Gucci, Versace, tout le monde le veut, il n'est jamais chez lui.

C'est une maison vers Finsbury, sur la rive que personne n'appelle North London, juste London. C'est un jardin sous des immeubles, elle apprend l'expression *French windows*, au village on disait *portes-fenêtres*. En ex-pauvre qui a soudain de l'argent, il ne croit qu'à l'immobilier, il a déjà acheté beaucoup plus grand dans un quartier beaucoup plus chic et aussi à New York où les prix sont encore *incredibly cheap* et un *palazzio* à Palerme qu'il a eu « *for a song* ». « Pour une bouchée de pain » se dit « pour une chanson », ça la fait rire, et aussi l'accent cockney qu'il a gardé. Il lui fait gracieusement des photos pour son book. Elle porte un jean bootcut et un tee-shirt très blanc et une veste de Brian en cuir. « Le total look Kate Moss » s'amuse-t-il.

– Kate Moss, elle est si belle que ça ?

– Oui.

– Même après un très long voyage par exemple, elle est toujours très belle ?

– Oui, dit le photographe désolé pour Solange. En toutes circonstances Kate est toujours d'une beauté hors du commun.

Des années après, Solange comprendra que Kate ne voyage qu'en business, même si, OK, ça n'explique pas tout de sa fraîcheur. Il lui sort le grand jeu, les spots, les réflecteurs et les filtres, « sinon c'est juste les photos de n'importe qui ». Après la pose il lui montre rapido comment marche le chauffe-eau, la plomberie est anglaise, il s'excuserait presque, elle a envie de pleurer tellement il est correct. Quand elle les fait développer, les photos sont d'un baroque si glacé, *über-chic*, que ses vêtements semblent à vendre.

Quelque chose se passe dans cette maison calme qui est un gros cube de lumière et de pluie. Elle a sa chambre. Elle fait son lit dans de magnifiques draps anciens, très lourds, qu'il a dû chiner, héritier de rien. Elle dort la nuit. C'est nouveau. Elle apprend ses textes dans cette maison aquarium. Elle a posé l'oiseau-ange sur le bureau. Il ne lui manque que la compagnie d'un chat. Dans le salon, les vitres sur le jardin trempé font une grande lumière grise d'où soudain jaillit l'été.

Elle écrit une lettre à Brice, elle s'y reprend à plusieurs fois, une lettre qu'elle veut affectueuse et factuelle. Pour l'adresse, elle met son prénom, son nom, et son île, la Guadeloupe. Elle n'a pas mieux. Elle glisse dans l'enveloppe une photo über-chic, au dernier moment elle se dessine une moustache.

Elle est prise dans une série mi-docu mi-fiction sur la douane britannique, elle joue une inspectrice qui pourrait être de n'importe où. Elle ne s'imaginait pas en douanière, non. La série est oubliable, oui. Mais la prochaine saison sera peut-être tournée à Los Angeles. Elle connaît la joie paradoxale de décrocher un rôle qui ne la fait pas rêver. « Ton feuilleton, tu pourrais nous l'envoyer sur cassettes ? lui demande sa mère au téléphone. Et tu veux parler à Thierry ? Et tu ne vas jamais tourner en France ? » Sa mère dit « tourner » comme une pro et Solange distingue de la fierté dans sa voix. Un soir dans les baffles du Groucho's elle entend Brian chanter *Seen from Mars*. Ça parle de tomber amoureux puis de ne plus l'être et il a remplacé *Solange* par *my girl*, mais elle ne lui en veut pas, les chansons sont faites de ça. Elle garde sa veste. Bonne vie à toi Brian.

Elle passe le week-end à Bristol pour un concert de Massive Attack, et elle entend le son du monde nouveau. Ces types – et une femme à voix de porcelaine – abattent le boulot, là, tout de suite, sur scène, jamais vu des musiciens avoir l'air si sérieux, jamais senti autant d'urgence. Et la ligne de basse est comme le cœur d'un nouveau corps et toute la musique de Brian est obsolète.

Et soudain, Kurt Cobain est mort. Soudain il y avait eu *Smells Like Teen Spirit* et tout de suite Kurt était mort. Et soudain l'Eurostar reliait Londres à Paris et soudain Solange avait pris un billet.

⋆

Un bref retour à Paris, un stage raté au Conservatoire, des pubs partout et Brice nulle part. Son agent la fait inviter à une première de Luc Bondy, c'est tellement beau et ça rend tellement justice à tout, à la dépression de sa mère, aux mensonges de son père, à elle-même, qu'elle va boire après avec la troupe, elle serre la main de Luc Bondy, quelqu'un dit « la misère de l'hôpital public c'est la réalité » et lui avec son accent si classieux : « La rrréalité c'est aussi le Rrritz ! » Et tout le monde rit très fort. Leur esprit est comme un relief d'iceberg avec tout ce que Solange ignore dessous. Elle voudrait s'enfuir loin, où les gens ne diraient pas des phrases pétrifiantes, un pays neuf sans ironie, avec juste le cinéma, les palmiers, la surface et l'oubli.

Lors d'un casting où elles ne sont plus que deux, un petit rôle mais pour Chabrol, c'est Virginie Ledoyen qui est choisie. Elle songe à tout arrêter. Elle est repêchée pour une journée de tournage à la gare de Saint-Malo. Elle doit tendre un journal à Isabelle Huppert et encaisser la monnaie, avec trois mots : *merci, bonne journée*. On appelle ça une silhouette.

Isabelle Huppert est petite et coiffée avec des tresses et un bonnet.

Ça tourne.

Solange s'en sort très bien. Coupez. On la refait pour la lumière. Encore une fois. Et encore. *Merci. Bonne journée.* La lumière change tout le temps en Bretagne (à moins que Saint-Malo ne soit en Normandie ?). La main d'Huppert semble irradier, cette pièce de deux francs qui va et vient entre elles fait circuler une onde. Chabrol dit « on l'a ». Isabelle sourit à Solange.

Isabelle grignote un œuf dur en laissant le jaune : Solange se promet de faire pareil à l'avenir.

– Tu veux boire quoi ? demande Isabelle.
– Un Diet Coke. Merci. Enfin je crois qu'en France on dit un Coca Light.
– Ah oui. Tu as vécu à l'étranger ?
– À Londres.
– Ah quelle chance.

Solange cherche quoi dire de plus à Isabelle, qui se comporte normalement, boit son café normalement et tient des propos normaux, au point d'en être encore plus troublante. Elles respirent le même air, le même mélange d'azote et d'oxygène, leur transaction fictive a été jouée sur le même sol, pourtant les mots sont maintenant des ballons attachés différemment à leurs lèvres, l'air que respire Solange est moins léger que tout à l'heure, quand ça tournait.

– Elles sont étranges, ces parenthèses de jeu dans la journée, dit Solange.
– L'étrangeté, dit Isabelle, c'est quand ça s'arrête.

Le tournage va reprendre. La petite Ledoyen est adorable et ça fait encore plus mal, et elle a cinq ans de moins que Solange. Qui doit repartir de cette gare même. Du lieu même de la fiction. Elle palpe dans sa poche la pièce de deux francs. C'est une médaille votive. Elle la gardera toujours. Un talisman, un alliage de temps et d'images, jailli sur la brèche où se nouent la vie et le cinéma.

*

Des années après la Solange du futur atterrit très loin sur des bords inconnus, dans cette ville étalée de la montagne jusqu'à l'océan, Los Angeles. Le même jour y recommence sans saisons, brume le matin et or bleu le soir. Après le tournage de la série douanière, elle décide de ne pas rentrer.

Il y a des feux de forêt puis un hiver qui ressemble au printemps. L'espace est aussi vaste que le temps. Les autoroutes tentent de rabouter les morceaux de la ville entre eux. On est seule sous les palmiers. Elle s'efforce de s'installer, pour ne pas devenir floue.

Elle prend des leçons de conduite, une question de survie. Elle fait du yoga dans un club chic. Il faut sortir et se montrer, déclencher des invitations. Elle apparaît dans *X-Files*, puis disparaît, on la rappelle, on ne la rappelle plus, ou peut-être, on verra. Quand elle entend parler d'un personnage qui a un nom – et pas « Passante » ou « Amie n° 2 » ou « Serveuse » –, elle vendrait sa mère sur eBay pour l'obtenir. Autour d'elle de vrais serveurs, de vrais laveurs de voitures, de vrais livreurs, de vrais médecins et de vrais avocats attendent d'être appelés. Acteurs et actrices sont les premiers dans la ville à ne jamais sortir sans téléphone portable. L'attente de certains films semble épouser la durée de la vie.

Un jour elle croit à un accélérateur, un producteur célèbre veut la voir, elle espère avoir trouvé le magicien de l'espace-temps. Elle monte dans sa suite. Elle hurle non, non ! Ensuite, elle reste chez elle pendant des jours. Elle ne parvient pas à se défaire de cette sensation immonde, un haut-le-cœur qui se répète, un abominable sentiment de régression. Ses pensées bouillonnent, elle se rappelle de façon parasitaire ce connard de réal' français qu'elle avait repoussé pour cette série merdique. À qui pourrait-elle expliquer ça, que c'est la même chose, le même système, son aboutissement en pire – non, le pire, elle y a échappé, elle a hurlé, elle s'est enfuie à temps –, alors que dire ? Comment raconter ? De quoi se plaindre ?

Son agent la rappelle à l'ordre : « T'es montée dans la suite du mec, tu croyais quoi ? » « Et un rendez-vous en journée, dans un bureau, entre professionnels ? » « Tu veux qu'on laisse la porte ouverte aussi ? »

La rage la renvoie dehors. Elle voit des gens, des femmes, se désagréger. Elle voit les visages s'enfoncer dans l'ombre de la Californie, une foule de morts-vivants, et quelques-uns, très rares, s'animer, s'éclairer.

Pourquoi est-ce Brice qu'elle voudrait tant appeler en ce moment ? Elle ne l'a plus jamais revu. Ni sur scène ni nulle part. Il n'est pas sur les affiches, il n'est pas aux génériques même en tout petit. Il n'est pas sur les teasers, pas dans les mailings. Il n'est pas sur Yahoo, il n'est pas sur Google. Il n'a pas créé de MySpace. Quand YouTube déferle, il n'est pas sur

YouTube. C'est comme si Internet était une frontière qu'il n'avait pas traversée. Il est resté derrière, dans le temps d'avant.

Mais quand Facebook attrape au filet tous les humains ou presque, elle trouve deux homonymes en Guadeloupe. Dont un moniteur de planche à voile aux Abymes. Qui lui ressemble. Qui est lui. Qui n'a plus de cheveux. Une lourdeur nouvelle est là, dans ses joues et ses mâchoires.

Il est donc rentré dans son île et, donc, il est moniteur – il est aussi loueur de planches à voile. En copiant-collant le nom de son club, elle trouve d'autres photos, la mer turquoise, une flottille de planches et un soir de Noël où tout le monde est en tee-shirt. Un garçon lui ressemble comme aux premiers jours à Bordeaux. Un très jeune homme au regard droit. Qui semble lui poser une question à travers l'écran : alors, ça t'étonne ? Qu'après avoir été un des premiers modèles de Jean-Paul *fuckin'* Gaultier, et un des premiers Noirs de l'industrie masculine de la mode, mon père soit devenu mon père et *seulement* loueur de planches dans son île ?

Non, non – elle est au bord de se défendre – c'est que j'imaginais le recroiser un jour, lui reparler, l'embrasser peut-être. Et lui, a-t-il cherché à me retrouver ?...

... viens louer une planche à voile, répond le garçon, viens prendre un cours de planche à voile aux Abymes...

*

Elle se prépare, elle choisit sa tenue. Elle est invitée à une soirée d'après-tournage, un film de science-fiction : une combinaison moulante, à la Star Trek ? Ou cette longue tunique d'un jeune créateur ? Ces premières rides sur le front la tracassent. Le mot *planche à voile* dérive dans sa tête.

C'est George qui reçoit, rôle principal, au bord de son immense piscine, mais quelque chose manque, qui porte le nom de Brice. Il aurait été si heureux d'être invité ici. Il aurait été si beau, si pétillant. La trace qu'il a laissée sur elle, ce quelque chose qui l'a poussée jusqu'ici, loin de leur adolescence mais dans le même rêve... l'obstination, l'élan, les amours... les images et les noms...

L'océan très noir fait des lignes très claires. Des oiseaux glissent sur le fond de la nuit. Elle aimerait que son regard la porte là-bas, vers lui, vers les îles... Mais non, c'est le Pacifique. Elle est de l'autre côté du monde.

Elle contemple le bas de la ravine, les lumières de Los Angeles. Les coyotes jappent dans les collines, dans le ciel sans étoiles où la Lune est montée. Elle va se laisser porter par le flux de la *highway*. Et au bout de l'autoroute, là où tremblent les mirages, elle trouvera peut-être encore un homme nouveau, avec le sentiment inépuisable que sa vie recommence.

III

Ensemble

Solange leur a envoyé deux billets d'avion. Puis quatre billets, quand Rose a dit merci mais qu'elle ne venait pas sans Gabriel et Emma. Ce n'était pas un caprice (Christian était gêné, « on aurait pu offrir le voyage à nos gosses, tu exagères – tu as vu le fric qu'elle a ? – pourquoi es-tu si sûre qu'elle a tellement de fric ? »). Bref ce n'était pas un caprice mais la peur, la peur de mourir dans une catastrophe aérienne en laissant les enfants orphelins. Mieux valait se crasher tous ensemble.

– Rose, essaie de dormir.

– Je dois me concentrer pour tenir l'avion en l'air.

Rose plantait ses ongles dans le bras de Christian à chaque turbulence, à chaque trou d'air. Elle avait pris un quart, puis deux, puis trois de Lexomil. Christian s'enfilait des mignonnettes, cognac, vodka, whisky, poire, et du champagne puisque c'était Air France, Solange ne s'était pas foutue d'eux. Emma et

Gabriel regardaient tous les films : en douze heures de vol, on peut se faire six à huit films, estimait le garçon qui maîtrisait ses tables de multiplication. Toute la famille Goyenetche atterrit vivante, mais avec des yeux de lapins sous acide.

À l'aéroport, hall des arrivées : pas de Solange. Ils cherchent, ils croient la voir, ces femmes conquérantes porteuses de lunettes noires et de grands gobelets – ce n'est pas Solange. Un monsieur noir tient un panneau avec *Goy'n Etches* écrit dessus. Ah. C'est nous. « *It is we. Mr and Mrs Goyenetche. We.* » Christian sort son anglais du lycée, Rose n'est pas rassurée du tout. Combien ça va nous coûter ? Elle grimpe à l'arrière de l'énorme van noir à vitres teintées où ils peuvent s'installer tous les quatre face à face. Sièges en cuir. Autoroute. Palmiers. Il n'est que 15 heures alors qu'on a décollé à 13 heures. C'est incroyable.

Il y a un moment de confusion quand Rose veut absolument payer le monsieur et qu'il explique que non – mais voici Solange, ah non, c'est la même silhouette mais c'est une Chinoise, enfin américaine mais avec une tête de. « *Welcome !* » « Welcome ! » répond Rose. Il faut comprendre que Solange ne peut pas être là pour les accueillir mais cette dame, Olga (sa domestique ?) va les aider à s'installer. Bon.

C'est une jolie maison, pas immense, au bout de Bel Air Road, il n'y a que trois chambres, et un petit jardin, assez sec, donnant sur les collines. Et, stupeur, pas de piscine. Ça rimait à quoi, ces photos dans les magazines, c'était pas sa maison à elle ? Emma est déçue, elle avait emporté son maillot Barbie. On ira à la mer ma chérie. « *Coyotiz* », dit Olga, quoi, *coyotiz*, « des coyotes » conclut Gabriel. « Et Solange, demande Christian, *we see her when ?* » L'esprit de Rose reste fixé sur les coyotes, c'est grand comment, un coyote ? La climatisation est si forte qu'il faut mettre un pull, on pourrait la couper ? Olga ouvre en grand la baie vitrée sur le jardin. Il fait meilleur, en effet. Mais c'est peut-être dangereux avec les bêtes sauvages ? « *And the house is protected for the tremblings ?* » Rose mime, comme elle peut, un tremblement de terre, ça fait beaucoup rire ses enfants, maman qui s'accroche à la table pour la secouer. « Je ne vois pas ce qu'il y a de drôle, dit Rose, un jour la Californie se détachera du reste de l'Amérique le long de la faille de San Andreas qui passe justement ici. » Elle tape le dallage du pied, sous l'œil un peu inquiet de son mari, comme si elle allait déclencher le séisme final. Sa femme a toujours aimé la géographie, en particulier la tectonique des plaques.

Sur le lit de Rose et Christian, deux housses de vêtements siglées : un smoking pour Christian

– le smoking de ses rêves ! – et une véritable robe de princesse pour Rose. Ils ne comprennent pas pourquoi Olga reste avec eux, dans leur chambre, c'est quand même un peu intime – ah ? Elle veut assister aux essayages ? C'est peut-être la cabériste de Solange ? Rose morte de fatigue voudrait s'allonger, là, dans le grand lit, mais Christian en tient pour la théorie qu'il faut se caler d'emblée sur l'heure locale et tout faire comme eux. Gabriel accourt avec une Nintendo DS qu'il a trouvée sur son lit, et Emma a un déguisement de fée ! Elle ne va quand même pas mettre ça à la *première* du film où joue Solange, et Gabriel n'a que des bermudas – en fait, les enfants ne sont pas invités à la projection. Il n'y a que deux cartons d'invitation. « Mais comment on va faire ? » « Cette Olga peut peut-être les garder ? » Ils murmurent, comme si elle pouvait comprendre ; ils rient de leur propre ridicule, allez c'est les vacances, on se détend. Christian enfile son smoking tout seul dans la salle de bains mais Olga aide Rose, qui aurait préféré se doucher d'abord, c'est une robe mauve, un choix audacieux, bustier, longue, belle ampleur, Emma surexcitée saute dans tous les sens en agitant sa baguette de fée, l'empiècement est un peu trop large (Solange m'a vue grosse, se dit Rose). Olga le retouche à tout petits points extraordinairement précis, avec une aiguille enfilée mauve sortie de nulle part. *Ta dam!* Christian jaillit de la salle de bains, Emma hurle qu'il est trop beau. Et c'est vrai qu'il est beau son mari, un peu serré peut-être (Solange l'a vu mince) mais magnifique, il marche en long en large comme au défilé, papa, papa ! hurle Emma. Gabriel est enfoui dans sa DS.

En tout cas c'est un souci de moins parce qu'on ne savait pas quoi mettre à la projection du film. Il y aura même George Clooney.

*

Deux petits jours de tournage. Un texte réduit à quelques phrases. Mais Solange avait joué le beau rôle de la Promise, dans une belle robe XIXe. Un remake d'*Au cœur des ténèbres* – pas un *remake*, Kouhouesso aurait protesté, pas un *Apocalypse Now* au rabais, non, mais sa version à lui du roman de Conrad : le point de vue des colonisés, le point de vue d'une civilisation du fleuve et de la forêt, envahie par les barbares blancs.

Kouhouesso, le seul homme qui l'ait jamais *fidélisée* (employons les grands mots), Kouhouesso, son ex, elle qui selon Rose « n'avait jamais été vraiment amoureuse ». Et la passion n'est pas l'amour, en effet. L'amour aide à vivre, et la passion vous tue. Elle avait réussi à se dégager de cet homme comme on s'extrait de sables mouvants. Mais elle l'aimait toujours, oui, probablement.

Elle avait reçu le carton d'invitation, ivoire et or, en forme d'arbre. Après le tournage il avait disparu, pas un texto, rien, et quand ses messages à elle devinrent des suppliques il avait eu une seule phrase, une de ces phrases coupeuses de jambes : « Il faut tourner la page, Solange. » Solange. Il l'appelait Solange. C'était son prénom, bien sûr, comment la nommer autrement ? Mais jusqu'au bout elle y entendrait un secret rien qu'à eux.

Le revoir était une joie et une épreuve. Elle avait obtenu cinq autres cartons : pour sa mère et Thierry, pour son père, et pour Rose et Christian. Inviter des proches qui n'avaient rien à voir était une excellente façon d'affronter la soirée, son psy était d'accord. Elle leur avait offert les billets d'avion (et deux de plus pour les rejetons Goyenetche quand Rose lui avait fait un plan « jamais sans mes enfants »). Elle leur avait envoyé le tout nouveau service de limousines Uber. Elle avait logé sa famille à l'hôtel, et la famille de Rose chez elle, où ils seraient un peu à l'étroit mais elle-même dormirait ailleurs. Craignant une apocalypse vestimentaire, elle leur avait même dépêché Olga, sa meilleure amie, la costumière star d'Hollywood. Elle ne s'était pas foutue d'eux, c'est sûr.

Ça l'avait occupée. Elle était guérie de lui, mais à quel prix – hypnose, psychanalyse, yoga, quelques rencontres, et le plus de travail possible. Il restait à trouver la bonne armure. Elle avait longuement parlé avec Olga de sa robe – parler chiffons est un prétexte, on ne parle jamais chiffons, on parle de ce qui est tissé avec les fils, on évoque les figures dans la trame, on parle d'un homme peut-être mais ça veut dire parler du monde, de ce qui est fait aux femmes dans le monde. Bref, elles avaient sérieusement étudié plusieurs modèles. Et finalement, Solange était revenue à son premier choix, un fourreau vintage lamé bleu, Dior, tout simplement la plus belle pièce de son dressing. Et même si elle flottait un peu (elle avait beaucoup maigri depuis leur séparation), elle s'était rendu compte que depuis le début elle savait qu'elle porterait cette robe-là pour assister à son sacre de Promise dans le film tant attendu de Kouhouesso. Elle se concentrait désormais sur la façon d'enfiler le fourreau sans abîmer le lamé. Elle faisait comme s'il ne s'agissait plus que de porter une robe.

Elle but quelques whiskies avec Christian, peut-être un de trop, comme le lui confirmèrent des vidéos en ligne : elle avait une hésitation en sortant de la limousine ; elle titubait un peu, comme au bras de personne. Son fils et son père marchaient derrière, puis sa mère et Olga, puis Rose et son mari. Tapis rouge, flashes. Elle cherchait du regard (on devine ça, aussi, sur la vidéo), elle cherchait du regard un regard qui l'accueille. Aucun des Africains du tournage n'était là. Presque tout le monde était blanc. Là-bas, au fond du Golfe de Guinée, là où on avait tourné, les cartons d'invitation en forme d'arbre décoraient peut-être les murs en pisé. Ils avaient peut-être atterri, par quelque trajet prodigieux, dans la hutte de feuilles d'un Baka, si ces huttes existaient encore, coincées entre les plantations d'hévéas et les palmeraies à huile. La Compagnie les avait peut-être envoyées, oui, les invitations ; peut-être Kouhouesso y avait-il pensé. Mais sans pochette-surprise : sans billets d'avion ni visa.

Elle attendit que la nouvelle attachée de presse, en grande discussion avec Oprah, vienne la saluer. Elles s'extasièrent sur son fourreau, puis, levant les yeux, sur la décoration chinoise de ce cinéma mythique qu'elles connaissaient par cœur. Elles parlèrent de George, qui n'était pas là – il tournait à Berlin avec Steven. Et de Vincent qui était, quel dommage, retenu au Japon.

Elle s'assit, à sa place réservée au quatorzième rang, entre son père (en ce moment célibataire), sa mère et son fils, Rose et Christian, et Olga ; au centre de la brochette : peu probable qu'on l'appelle sur scène. Kouhouesso arrivait. Son cerveau et son corps étaient en train de se bloquer, elle reconnaissait cette sensation… Il embrassait Oprah au premier rang. Il salua de la main vers elle… non, plus vers la gauche… Il était seul. Superlativement beau en costume de cuir et chemise blanche ouverte.

Elle se pencha vers Rose, chercha un mot gentil : « Tu es magnifique en mauve. » Elle avait décidé que toute cette semaine serait consacrée à ses chers Français, et qu'elle serait impeccablement aimable avec eux, comme un exercice zen ou de méditation.

La soirée prenait du retard. Thierry, immense et élégant en smoking, s'agitait. Ce n'était pas tant l'âge de son grand fils qui embarrassait Solange, un âge qui la vieillissait, certes – c'est qu'elle percevait son être comme une énorme perturbation. Elle avait oublié à quel point c'était troublant d'être à ses côtés. Disons à deux sièges de lui. Tout était plus ou moins normal sur ce point du globe, latitude 34° sur la côte Ouest, une soirée hollywoodienne avec un taux d'hydrométrie normal et une température adaptée, les lois de la physique agissant sur les corps comme à l'accoutumée, sol toujours susceptible de trembler, *shooting* de masse également possible malgré des contrôles renforcés, issues de secours bien indiquées, et Kouhouesso, quatorze rangs plus bas, irradiant comme un point chaud, distordant les courbes de l'espace mais repérable, là, devant elle : il n'allait sans doute pas bouger de toute la projection... Mais son fils, elle ne s'était jamais habituée.

Elle avait eu ce geste de générosité, presque un coup de tête ; et maintenant, elle voyait que c'était une erreur, de lui faire traverser un océan et un continent, neuf fuseaux horaires. Il avait entamé son mouvement de balancier. Il commençait à gêner les voisins de derrière, de devant, elle voyait sa mère lui chanter à l'oreille les comptines qui le calmaient, et son père, penché sur lui, lui tenir fermement les deux mains, méthode d'encerclement éprouvée. Aucun des deux n'avait pu fermer l'œil dans l'avion, mais grâce à quatre prises de Tercian, Thierry avait tenu les douze heures – sa mère ne pouvait pas le laisser, et sans son ex-mari elle n'aurait pas pu l'emmener : une sorte de néo-famille s'était refaite autour de lui. Thierry avait réussi ça. Et dans le deuil sans fond de ses parents, Solange leur avait fait, oui, une forme de cadeau. Heureusement qu'elle-même voyait un psy, et un bon, à Los Angeles.

Quant à Rose, très pâle, probablement migraineuse, elle fleurissait comme un hématome géant hors de son bustier, peut-être pas une très bonne idée ce mauve, et il a fallu que je leur dégotte une baby-sitter, Solange avait tout prévu sauf ce détail. Que Christian avait tenu à payer, il est classe Christian. Elles n'avaient pas encore eu le temps de vraiment se voir, de se parler, on fera une randonnée sur les hauteurs de Topanga, et on passera une journée à Malibu, mais forcément elle voudrait emmener ses gosses, ou alors on les confierait à ses parents à elle ?

Le film ne commençait jamais.

Il y eut des discours auxquels elle n'entendit rien. Elle guettait son nom ; dans les remerciements peut-être ? Kouhouesso monta sur scène, applaudissements. Elle eut, juste avant que les lumières ne s'éteignent, la vision de son crâne parfaitement strié de tresses. Elle était sûre que pas une pensée ne s'en échapperait hors de l'écran, hors du film, de la nuit et du bateau dans l'ombre… puis le surgissement de lumière énorme de la côte camerounaise, la mer couleur de zinc, la mousse des mangroves, et le fleuve s'ouvrant, s'annonçant… Elle reconnaissait les rives, l'entrée dans la forêt… George et Vincent étaient formidables, et le montage d'une douceur qui la bouleversait, sous laquelle la violence montait, jusqu'à l'horreur finale... Mais elle attendait de se voir elle. Elle attendait ses scènes. Elle ne voyait du film que sa surface, sa canopée.

Oublier Kouhouesso. Elle essayait de reconnecter son esprit critique. De voir ce qui clochait. Quelque chose clochait, mais quoi ? Une question de rythme ? D'intensité perdue ? Elle aurait dû être là. Maintenant. Robe blanche et mains tendues. Elle n'apparaissait pas. La forme blanche qu'elle aurait dû être. Sa voix, ses phrases. Personne.

Olga lui prit la main et la maintint là, enclose, au quatorzième rang.

À son cœur manquaient des battements. La forêt se renroulait comme un mirage, et elle n'était toujours pas à l'écran. Où étaient les scènes qu'elle avait tournées ? Où demeurait-elle, de quels pixels était-elle captive ? Pourquoi la musique allait-elle vers sa fin et le film vers sa chute et pourquoi le générique était-il vide d'elle, pourquoi écrire déjà que c'était fini ?

Applaudissements, applaudissements fracassants sur son absence. Elle n'est pas là. Elle n'était pas dans le film. Lumière assassine. Même Olga s'agitait. Elle s'était peut-être entrevue… Non. Il avait coupé toutes ses apparitions. Et – son père, sa mère, son fils, Rose, Christian – elle les avait convoqués, elle avait organisé, pris des billets d'avion, elle les avait tous assis, là, d'autorité, pour qu'ils assistent à son absence.

« Quel beau film, lui dit sa mère, mais je ne t'ai pas vue ma chérie ? » Et elle la serra dans ses bras pendant que Thierry applaudissait encore et elle continuait : « C'était très bien, c'était très bien quand même ma chérie, ma petite. » Et le quatorzième rang se levait, la salle se vidait, se vidait de son sang – Kouhouesso, là, son crâne rayé, donnait et recevait des accolades et elle était ce spectre qu'il avait défait, un personnage détricoté du film, facilement, qui ne manque pas, ne laisse pas le creux de son absence : elle n'était pas là et tout le monde adorait, et il irait peut-être à Cannes et aux Oscars, ce film, sans elle, coupée au montage.

« On va lui faire un procès ! » Son agent rugissait. Un procès, *of course*. Thierry, si grand, si fort, applaudissait, fou de joie, en proie à on ne sait quel ravissement, ses longs bras battaient l'air dans les élégantes manches noires – « Arrête ! Ça suffit je te dis ! » Vingt-quatre heures qu'il était là et elle lui criait déjà dessus. Un découragement infini la prenait. Elle aurait voulu se téléporter ailleurs, dans une île, changer de métier, terminer cette vie.

Il y avait un cocktail, la cohue, les stars, elle ne pouvait pas dire non à sa famille et ses amis, et il fallait qu'elle boive, vite, n'importe quoi. Et il vient la voir, Kouhouesso, il vient vers elle. Elle lève tout de suite la main, elle refuse, son air désolé qu'il se le garde. Elle le connaît. Oh, elle le connaît. Et ce regard qu'il a pour elle. Mais ce qu'elle sait aussi – s'il approche encore, elle va se désintégrer. S'il la touche. Elle disparaîtra. S'il lui parle, même, un mot suffirait. Quelqu'un le hèle, « *Kou !* », quelqu'un l'emmène plus loin, dans une autre conversation, une autre dimension, une autre vie, vas-y, disparais, casse-toi dans un autre montage.

« Et toute cette fête c'est pour toi ? » dit Christian, ivre et complètement à côté de la plaque. Comme elle. Et Rose : « On est toujours coupées au montage, nous les femmes. C'est comme une métaphore. » « Oui, et elle est lourde. » « Pardon, mais tu feras d'autres films, appelle-le, il faut lui parler. » Lui parler, *of course*. De toute façon Rose veut rentrer, elle est inquiète pour les enfants, et il faut ramener Thierry. Son vieux père reste, très élégant en Armani, merci Olga ; après avoir couché avec toute la Côte basque, il va attaquer la

Californie. Il faut ramener aussi Christian, qui oscille dangereusement, c'est une épidémie. « Tu ne veux pas rester ? s'inquiète Rose. Pour ta carrière ? » Solange sort son téléphone et réserve en deux clics un cours de yoga demain matin à l'aube, ça leur fera du bien à toutes les deux.

*

La coach de yoga est désolée, mais il ne fallait pas se retourner au moment du chameau. La posture du chameau, *ustrasana*, est une des plus classiques au yoga, mais elle demande de la concentration. Or Rose a cru entendre un bruit dans le jardin. Elle a basculé sur le côté, et son genou a fait crac.

On ne pourra pas aller randonner dans Topanga Canyon. Même Malibu ça va être difficile. Et dire que c'est un jardin sans piscine. Emma s'ennuie. Gabriel ne lui prête pas la Nintendo DS. Elle erre dans la climatisation. Les voiles et les étoiles de sa robe de fée vibrent dans les courants frais. Des ailes lui poussent discrètement dans le dos.

Solange veut bien prêter sa voiture à Christian, va donc te balader un peu. Elle a deux voitures, un petit coupé Mustang qu'elle appelle sa *muscle-car*, et une grande routière Chevrolet. Mais la loyauté de Christian est totale : son épouse empêchée, il reste à ses côtés. J'aurais dû me trouver un mec comme ça. Elle-même est obligée de les laisser : elle part faire un jeûne à Palm Springs.

Ils se retrouvaient seuls dans la maison, Christian à la tête d'un barbecue géant et Rose dans un transat face aux collines. La consultation en urgence au Ronald Reagan UCLA Medical Center, la radio du genou (entorse des ligaments croisés), l'achat et la pose d'une attelle pour immobiliser la jambe de l'aine à la cheville : deux mille cinq cents dollars. Ils découvrent les États-Unis sans la Sécu.

Mais le sexe était bon. Le décalage horaire leur causait d'énormes siestes desquelles ils se réveillaient à l'heure de l'apéro. Leur visage était frais et leur corps était moite sous l'énorme couette qui les protégeait de la clim'. Rose passait un peignoir de Solange et se levait pour vérifier – les enfants. Emma était profondément endormie, une petite fée écrasée sur la moquette, et Gabriel visitait tous les paysages d'*Animal Crossing*. Rose, nue dans son attelle qui lui faisait une jarretelle géante, se laissait tomber sur Christian. Ils s'empoignaient avec l'enthousiasme d'enfants qu'on autorise à jouer. Le queen-size de Solange, qui en voyait rarement autant, épousait leurs mouvements en leur renvoyant de petites poussées, d'infimes coups de ressorts ensachés, des amollissements et des raidissements complices, pendant que Christian, toujours fan de sa femme trente ans après leur rencontre, Christian ne tremblait plus : l'habitude, la routine, avaient ça de bon. L'attelle donnait à leurs amours un piment inattendu, il fallait caler la jambe sur un tas de coussins, toute posture à genoux hélas prohibée, le plat ventre inconfortable, la position debout aussi ; mais leur chorégraphie conjugale n'allait que rarement chercher si compliqué. Cet érotisme de vacances compensait largement pour Christian la frustration de ne pas faire de tourisme. Sa Californie à lui, c'était elle.

De son côté Gabriel ne manifestait aucune envie de sortir et Emma faisait des réactions allergiques. La peau très pâle, Emma ne ressemblait ni vraiment à son père, ni vraiment à sa mère. Ses yeux géants, à fleur de tête, lui avaient valu le surnom d'*ET* par son grand frère. Le soir, les quatre Goyenetche s'installaient dans l'énorme canapé en cuir et piochaient dans la DVDthèque de Solange. Ils se faisaient livrer des pizzas sur un site Internet qu'elle leur avait montré.

Finalement ils adoraient ce voyage. Ils étaient tous d'une humeur si rayonnante, avec leurs pulls devant le feu de cheminée, que Christian s'autorisa à rappeler à Rose un fait objectif : c'était leur deuxième voyage à l'étranger, et la deuxième fois qu'elle se blessait au genou.

– Oui, j'ai mal. Je souffre.
– Mal au genou. Au genou.
– J'ai les genoux fragiles.
– Tu pourrais te blesser au coude, au poignet… Non, tu choisis le genou.
– Je choisis ? Je suis tellement angoissée par notre retour en avion que je n'étais pas assez concentrée pendant le yoga, c'est ce qu'a dit la coach.
– Tu as choisi de te tordre le genou. À Londres et à Los Angeles.
– De quoi tu me parles ?
– Tu as mal au ge-nou. Au *je-nous*. À nous deux.
– Qu'est-ce que tu vas chercher ?
– Tu as mal au couple. Ou peut-être à la famille.
– N'importe quoi !
– C'est toi la psy !
– Justement ! Tu es agent immobilier !

Ils réussirent à se vexer mutuellement et très fort. Les jours suivants se déroulèrent sans dialogue, hormis les vocalises des coyotes et le bruitage d'*Animal Crossing*. Mais la phrase creusait un trajet souterrain sous le crâne de Rose. La phrase ondulait, tu as mal au genou : et si c'était Solange, le *nous* ?

Ils maintenaient, sans un mot, leur activité sexuelle. Quand Rose ressortait de la chambre voir si tout allait bien côté enfants, la bande-son du jeu vidéo s'inscrivait profondément dans sa mémoire et lui ferait, des années plus tard, d'étranges réminiscences de Los Angeles, et de l'enfance de son fils.

Les parents de Solange leur rendirent gentiment visite. Christian les avait invités pour un barbecue géant et ils étaient arrivés en avance (gênant), et avec Thierry évidemment, mais comment faire autrement. Rose et Christian avaient chuchoté une nouvelle engueulade en cuisine, « tu as averti Solange ? Non et toi ? Tu aurais pu la prévenir, c'est sa maison quand même. Et toi, tu aurais pu y penser, tu as son numéro ! Ses parents ont dû l'avertir, tu ne crois pas ? Je n'en sais rien, demande-leur ! Leur demander ça, c'est bizarre, *est-ce que votre fille est au courant que vous venez dans sa maison ?*... J'en sais rien moi de leurs relations. Tu es plus au courant que moi, c'est ta copine ! Ça a toujours été n'importe quoi leurs relations. Moi je pense que ses parents crevaient d'envie de voir sa maison, et qu'ils se servent de nous comme cheval de Troie. Comme *cheval de Troie* ? Tu es dingue. Tu sais quoi ? On n'aurait jamais dû venir ici ! C'est ce que tu penses ?… ».

Frankenstein (c'est le nom cruel que donnait Gabriel à Thierry), Frankenstein les interrompit en passant une gigantesque tête dans la cuisine, à sa manière, en oscillant : sa tête repartit de suite, puis réapparut, suivie d'un bout de corps qui redisparut, etc. Un culbuto monté sur deux longues guibolles. « Entre, lui dit Rose. Je vais m'occuper de toi. »

Elle avança sa jambe blessée en premier, se redressa, avança la jambe, se redressa, sous l'œil connaisseur de Thierry. Ils claudiquèrent ensemble dans la maison, Emma sautait autour d'eux en criant sa joie et Thierry riait, de ce rire poignant qui parlait davantage que ses rares mots, ce rire qui disait : « Je suis avec toi. Je ris de la même chose que toi. Nous partageons dans nos reins la même courbure. Nous sommes tous les deux debout sur une boule de terre qui tourne et dont le devenir est comique, finalement. »

Elle le fit asseoir dans le jardin, sur ce sol craquelé, parmi les rares herbes jaunes et les buissons aux fleurs ridées et les cactus pas terribles. Elle se cala sur le transat, elle l'incita à poser sa tête sur son ventre.

Même ainsi, il se balançait, tapant contre le ventre de Rose, « doucement Thierry », elle posait ses mains en couronne sur son front, elle entourait sa grande tête bosselée (« les forceps », lui avait dit Solange, rien que le mot faisait mal). Emma s'était glissée dehors, elle ne gênait ni sa mère ni la grande créature, elle les regardait avec approbation, elle se taisait dans le soleil. J'ai oublié de lui mettre de l'écran total, songeait Rose, elle sentait au même moment les flux contraires sous le vaste crâne, qui se cassaient contre le monde et tournoyaient. « Respire », disait Rose, la créature sous ses doigts se mettait à siffler, « non, respire, regarde », Rose gonflait son ventre et soufflait, Emma faisait pareil pour aider et posait ses petites mains sur celles de sa mère, et Thierry respirait, le grand ventre se soulevait. Les flux commençaient à s'apaiser sous les doigts de Rose. Elle sentait le soleil amorcer sa descente et la terre gonfler sous eux. Thierry clignait des paupières, sensible à la lumière, sa grande main parfois écartait des poussières, il acceptait une part du monde. Sous les doigts de plus en plus chauds de Rose, il écoutait. Les coyotes criaient.

« C'est bien, dit Rose. Je ne sais pas quoi faire de plus pour toi, mon grand lapin, mais on pourrait se refaire une séance de temps en temps ; tu veux ? »

Emma s'était lassée et marchait à petites enjambées parmi les épineux. « Emma ! » Cette gosse, il fallait toujours la surveiller. Emma tendait la main vers le soleil comme pour s'en protéger. Elle regardait l'intérieur de sa main, sa petite paume ronde. Elle leva son autre main à contre-jour, « tu fais les marionnettes ? » La fillette ne répondait pas. Elle étudiait sérieusement la traversée de la lumière dans ses doigts, le battement du sang et les rayons dans l'atmosphère, et comment se mouvaient ses articulations et comment le soleil l'interrogeait : veux-tu rester, veux-tu t'envoler, que feras-tu du monde où tu es née ?

*

Solange était revenue détendue de Palm Springs, dans son short en jean élimé et sa chemise nouée sur le nombril, sa petite voiture musclée pleine de fruits, de gâteaux, et de vin. On se fit livrer ce qui manquait, et du champagne pour fêter notre dernière soirée. Les coyotes glapissaient – pourquoi crient-ils autant ce soir ? Au moment de sabrer la bouteille de champ', vas-y Christian comme au pays, le pop du bouchon fit plutôt boum : une explosion un peu trop forte, suivie d'un grondement et d'une vibration. Tous les verres faisaient *tchin tchin* dans les placards.

Fuck, dit Solange, c'est l'anglais qui lui venait, *get under the table*, elle s'y était déjà accroupie, sous la table extérieure de jardin, était-ce le bon choix – entorse du genou ou pas, Christian avait poussé Rose dessous et bondi sur Emma – Gabriel ?

Pas le temps, dans les secousses on perdait pied « GABRIEL, SOUS LA TABLE ! », impossible de se rappeler s'il y avait une table dans la chambre des enfants, « ÇA VA ! » entendait-on dans un raffut extraordinaire. Qui aurait cru que ça faisait tant de bruit, un tremblement de terre.

Le barbecue cliquetait, les portes tapaient, la charpente grinçait, les maigres fleurs devenaient vivantes, les bambous gémissaient, les cactus remuaient les oreilles ; et le ciel oscillait avec une lenteur colossale. Le cœur leur venait dans la gorge et les yeux.

Rose tenait Solange et un pied de la table, Solange qui disait « c'est rien, ça va passer ». Christian était allongé sur Emma au centre de la pelouse, « c'est pas un gros », répétait Solange, mais Rose avait le temps d'imaginer une faille s'ouvrir, s'écarter, engloutir ces êtres irremplaçables. Et il arrivait quelque chose au temps, c'était très long alors qu'elles savent bien toutes les deux que c'est très court, c'est comme la vie, c'est déjà fini. Et pourtant le grondement durait, combien de temps dure un séisme même pas un gros, leur pensée s'égarait, revenait, repartait, la croûte terrestre allait-elle se détacher en disque et décoller avec la maison ? Les deux amies tournoyaient dans l'incertitude, dans cet instantané de catastrophe, pourtant pas si grave, ça dépendait à quelle échelle on regardait, vu de Mars ou de la Voie lactée, vu de Los Angeles ou du village, et qui se cramponnait à qui on ne savait plus. Solange regardait Rose et Rose regardait Solange, « on devrait se voir plus souvent, chaque fois je déborde de choses à te dire, et je ne m'en souviens que quand tu n'es plus là ».

REMERCIEMENTS

Louisiane Gouverneur
Bénédicte Guilbert
Isabelle Huppert
Delphine Lanson
Marianne Pujas
Isabelle Pichaud
Maëlys Ricordeau
Sarah Suco

Yacnoy Abreu Alonso
Mona Achache
Florence Ben Sadoun
Cécile Chavepeyre
Jean-Luc Demortier
Yann Diener
Marie Dumora
Didier Dutour

Céleste Germe
Rachid Hami
Darian Leader
Vincent Poymiro
Joseba Sarrionandia
Rodolphe Tissot
Emmanuelle Touati

L'interview de Francis Huster est adapté d'un entretien paru dans un *Marie-Claire* de la fin des années 1980.

TABLE

Achevé d'imprimer sur Roto-Page
en novembre 2023
par l'Imprimerie Floch à Mayenne

N° d'éditeur : 2876
N° d'édition : 623527
N° d'imprimeur : 103777
Dépôt légal : janvier 2024

Imprimé en France